Juan
Goytisolo

Juegos de manos

Ediciones Destino
Colección
Destinolibro
Volumen 39

No se permite la reproducción total o parcial de este libro, ni su incorporación a un sistema informático, ni su transmisión en cualquier forma o por cualquier medio, sea éste electrónico, mecánico, por fotocopia, por grabación u otros métodos, sin el permiso previo y por escrito de los titulares del *copyright*.

© Juan Goytisolo
© Ediciones Destino, S.A.
Enric Granados, 84. 08008 Barcelona
Primera edición: diciembre 1954
Primera edición en Destinolibro: marzo 1977
Segunda edición en Destinolibro: septiembre 1982
Tercera edición en Destinolibro: septiembre 1987
Cuarta edición en Destinolibro: noviembre 1995
Quinta edición en Destinolibro: octubre 1997
ISBN: 84-233-0679-8
Depósito legal: B. 42.952-1997
Impreso por Liberduplex, S.L.
Constitució, 19. 08014 Barcelona
Impreso en España - Printed in Spain

*Volvemos al lugar como el culpable
retorna siempre al sitio de su crimen.*

                             E. M. S.

I

Cuando salieron a la calle no había cesado de llover. Las gotas desprendidas del alero se desgranaban sobre el pequeño saledizo de pizarra y, junto al bordillo de la acera, las bocas de alcantarilla engullían el agua de la calzada.

Se detuvieron al lado de la puerta, sin decidirse a avanzar mientras el churrero gruñía y protestaba por los estropicios, que consideraba mal pagados.

—Vamos, salgan de una vez; si lo decía...

La luz cenicienta del amanecer impregnaba la atmósfera de una tristeza indefinible.

La niebla amarilleaba en torno a los globos de los faroles. Las construcciones que bordeaban la calleja, parecían maquetas de madera colocadas para el rodaje de una película. Nadie daba señales de vida.

—Tengo frío.

Eduardo Uribe, «Tánger», se desasió del brazo de las mujeres y golpeó la puerta recién cerrada.

—Abran, abran.

El aliento brotaba entre las comisuras de sus labios semejante al humo de un cigarrillo. Hacía frío: quería beber un trago.

Inmediatamente las mujeres le rodearon con sus brazos, solícitas y asustadas, ante la posibilidad de una nueva pelea.

—Vamos, «Tánger», ¿no ves que está cerrado? Ya no hay nadie dentro.

—Camina con nosotras, cielo. Te llevaremos a casa. Allí hay una buena cama. Lo importante es estar caliente.

Pero Uribe no admitía que nadie le sujetara. El contacto de otros cuerpos junto al suyo le enfurecía. Se desprendió con violencia.

—Déjeme. No quiero que me toquen. Lo que quiero es entrar.

Ahora, el puño alzado, golpeaba de nuevo la puerta metálica.

—Abran, abran.

La más pequeña de las tres, que era la culpable de la refriega, no había cesado de llorar y se esforzaba en apartarlo:

—Amor, amor mío.

Uribe se volvió lleno de furia:

—Usted no es mi amor ni lo ha sido nunca.

Otra lluvia de golpes.

—Sereno, sereno. Abran la puerta.

La calleja estaba vacía. Lloviznaba. Una mujer se había asomado a la ventana de una casa vecina.

—Sinvergüenzas... Vaya horas de molestar y armar escándalo...

Las mujeres se volvieron hacia la intrusa.

—Usted se calla. Nadie le ha pedido que intervenga.

Un nuevo insulto. Otro. Un crujido: el ruido de un postigo al cerrarse con estrépito.

—Al fin...

Apoyado en una farola, Raúl Rivera seguía el espectáculo con indiferencia.

Era macizo, robusto y cuadrado; un poco mayor que Uribe, tenía el cabello espeso y rizado y unos enormes bigotes negros.

Vestido de un modo extravagante, llevaba la chaqueta desabotonada y el pantalón lleno de polvo. La camisa estaba también abierta y la corbata pendía mal anudada. Su rostro tenía un color marchito y grisáceo, como si la piel exangüe absorbiera el matiz indeciso de los últimos jirones de la niebla.

Recostado en la farola, con el sombrero echado atrás y un cigarrillo entre los labios, se esforzaba en mantenerse ajeno al pequeño grupo que, sin embargo, contemplaba.

—Es inútil —dijo.

Una de las mujeres, la más gruesa, le dirigió una mirada de desdén.

—A usted tampoco le dice nadie nada. Usted tiene la culpa de todo. Podrían haberse entendido sin necesidad de golpearle.

Se detuvo un instante y señaló a Uribe:

—Si en realidad fuese amigo suyo, no hubiera ido a buscar pendencia, ni le hubiera insultado como le ha insultado por no participar en la pelea.

Rivera esbozó una sonrisa amarga.

—Sí. Ahora resultará que yo tengo la culpa. Está bien. Esto me enseñará a no meterme en camisa de once varas.

Con los brazos en jarras, el humo del cigarrillo enroscándose delante de su cara, ofrecía la viva estampa de la dignidad ultrajada.

—Sí, lo de siempre. El niño es un pobrecito. Soy yo el que le hago malas jugadas.

Hablaba para sí, no para la mujer, a la que no deseaba ni hubiera querido como amiga, con el tono

11

dolido del que disfruta torturándose. «Me he pegado por él, pensaba, y, para colmo, resulta que tengo la culpa.» La resaca le volvía frecuentemente masoquista.

Uribe, entretanto, continuaba golpeando la barra de la churrería.

«Eso no puede seguir así», pensó.

Pero no era la primera vez que se lo decía y, al recordarlo, se enfureció. La velada, como siempre, había terminado mal. Uribe cantaba. Los dos se emborrachaban. Cuando estaban bebidos, alguien, casi siempre Uribe, iniciaba la contienda. Y Rivera tenía que emplear la contundencia de sus puños para apaciguar la ira de los que atacaban, mientras Uribe reía y disfrutaba como una criatura.

«La próxima vez, aunque sean quince, dejaré que lo destrocen», pensó con satisfacción.

Sus relaciones con Uribe eran una mezcla extraña, en dosis variadas, de admiración y de desprecio.

Corrientemente se entretenía en ofenderlo, ridiculizando sus hábitos y sus ademanes, hablaba con repugnancia de sus costumbres y le jugaba gustosamente malas pasadas. Pero tampoco sabía arreglárselas sin él, lo tenía siempre a su lado, le pedía que charlara y se sentía feliz cada vez que lo embarcaba en una pelea.

El defecto —o la virtud— de Rivera era su prodigiosa fuerza física. Peleara contra quien peleara —inevitablemente—, ganaba.

Ello le llevaba a arrepentirse inmediatamente después de haber golpeado. Entonces se volvía hacia Uribe y le insultaba. Le llamaba cobarde. Le llamaba marica. Prometía enmendarse y castigarle. Y hasta, a veces, le pegaba.

Pero en tales ocasiones se arrepentía en seguida.

La humillación inferida a su amigo le atenazaba la garganta. No pasaba una hora sin que, con los ojos llenos de lágrimas, le suplicase que le perdonara, le acariciase los cabellos y le abrazara. Y continuaban como si nada hubiese sucedido, hasta que Rivera se retiraba con una de las mujeres y Uribe acompañaba a su domicilio a los últimos borrachos. Pero aquella noche Rivera no le había llegado a golpear. Apoyado en la farola, con los brazos en jarras, se sentía a la vez humillado y herido.

Uribe, en vista de que el churrero no respondía a sus llamadas, se había sentado en el bordillo de la acera y contemplaba el arroyo por entre las rodillas, con ojos huraños y cansados.

Las mujeres deliberaban en grupo, como si decidiesen lo que era preciso hacer. Hablaban a media voz, sin preocuparse de que pudieran escucharlas, pues creían a los dos amigos completamente borrachos.

—Llamemos un taxi.
—A estas horas es imposible.
—Tendrían que poner una parada.
—Lo mejor es que vayamos a buscarlo. Tal vez en Atocha...
—¿Crees que querrá?
—Bah, le llevaremos.

Miraron a Rivera.

La luz moribunda del farol rezumaba su halo amarillento sobre la piel exangüe de su cara, de modo que sus arrugas, sometidas a luz vertical, resaltaban, menudas y entremezcladas.

Había cesado de llover; pero, de los balcones de las casas vecinas, la pintura, humedecida por la lluvia, chorreaba sus legañas sobre la acera, como el rimmel despintado de unos ojos cuando lloran, y los ladrillos de la acera parecían absorber la luz vacilante del alba, entremezclada con la pálida espuma que escupían las paredes.

La calle continuaba desierta; semejaba que el alquitrán humedecido absorbiese la vibración de las pisadas. Lejos, en algún lugar ignorado, se oían las órdenes guturales de un hombre, acompañadas del pataleo furioso de cascos que resbalaban.

La mujer pequeña se aproximó a Uribe y le tiró de las solapas.

—Vamos, «Tánger» —dijo—. Vas a helarte de frío si te quedas ahí parado.

Uribe no se movió.

La mujer se demoró un momento quieta, sin saber qué partido tomar: acababa de abrirse la puerta de enfrente y el rostro gordezuelo de una muchacha contemplaba la escena con aire curioso.

—«Tánger».

Le sujetó por las hombreras y logró ponerle de pie.

Uribe la miró medio aturdido y se frotó los ojos con indolencia.

—Uff —dijo—. Las gorilas hembras.

Comenzaron a caminar.

—¿Y él?

Habían pasado junto a la farola en que Rivera se apoyaba y Uribe le señaló con el dedo.

La mujer volvió a tirarle de la manga: el dinero era de Uribe; Rivera no le interesaba.

—¡Bah!, déjale que se pudra. Ya has visto cómo se ha portado contigo. Te ha insultado. Es un mal amigo.

Uribe se volvió de nuevo y le miró con petulancia: Rivera, apoyado en la farola, con el cigarrillo blanco sesgado a través en la barbilla, sonreía con amargura.

Uribe vaciló unos segundos, gustando de su poder. Luego, recordando los insultos de hacía unos instantes, hizo un movimiento disciplente con los labios.

—Bien, vamos.

Lo dijo, como si disponiendo por arte de magia de algún poder omnímodo en favor de su camarada, se negase caprichosamente a utilizarlo. Ofreció el brazo a dos de las gorilas y le volvió desdeñosamente la espalda.

Casi al instante, Raúl arrojó al suelo su cigarro, se abotonó la chaqueta y, con paso rápido, marchó en dirección contraria.

Uribe y las mujeres ascendían en silencio la cuesta empinada de la calle. Un viento fresco hacía danzar unos papeles sobre la superficie de los charcos y arrancaba de sus gargantas, al respirar, unas delgadas bufandas de gasa...

Uribe sonreía. La breve cabezada, mientras descansaba en el bordillo, le había despejado. Bajo la hilera uniforme de fachadas, le asaltó la impresión de que las casas avanzaban con él. Como de costumbre, sus pies le conducían a un lugar que ignoraba y él se limitaba a seguir sus propias huellas. Los efectos de la bebida se habían disipado y con el día despertaban de nuevo su locura y su amor a los disfraces.

—Los pescados nupciales —dijo.

La frase había acudido a su memoria, de un poema leído no sabía dónde y le hacía gracia.

—He dicho: los pescados nupciales.

Las mujeres le miraban desconcertadas.

—Vamos, ríanse: es preciso estar alegre en los funerales del pescado.

Se detuvo en medio de la acera y sacó del bolsillo un pequeño espejo, con los bordes incrustados de nácar.

—Hola, viejo amigo —dijo a su imagen.

Se contempló: herido por la luz cruda del día, también su semblante parecía avejentado. En la frente, en torno a los ojos, junto a las comisuras de sus labios, un dibujante semejaba haberse complacido en el diseño de arrugas minuciosas.

Al enarcar las cejas, mientras gesticulaba, diríase que algo, desde dentro, succionaba la materia carnosa de su frente, poblándola de estrías, como un maquillaje, cuando se despinta.

—Estoy viejo, estoy triste —murmuró.

Dominado por un impulso brusco, aplastó el espejo contra el suelo: la acera quedó salpicada de menudas estrellas.

Las mujeres se inclinaron a recoger el marco destrozado.

—¡Oh, tan bonito!...

Uribe, con la mirada extraviada, hablaba para sí solo: «Es preciso lucir, brillar... Me gustan los farolitos y la música. A solas... me desagradan las gorilas hembras».

Se acercó a la más bajita y le golpeó familiarmente en la espalda.

—¿Hay algo abierto?

—¿Ahora?

—Sí, algún bar, un café... Un sitio donde haya público. No le respondieron.

—Aquí cerca, en Atocha —dijo una.

Uribe la tomó por el brazo.

—Yo te buscaré un macho, hija mía... Mejor que yo... Palabra.

Resignadas, las mujeres siguieron detrás.

—Miren: una vez en Irlanda...

Doblaron la esquina.

Una oleada de aire fresco estremeció súbitamente la superficie de los charcos. Los escasos transeúntes que deambulaban por las aceras lo hacían de un modo rápido. Soplaba el viento: el día prometía nuevos chubascos.

Una luz dura cincelaba netamente el mobiliario de la estancia: las paredes desnudas pintadas de gris claro, el escritorio americano de rígidas aristas, los modernos sillones de metal. La lámpara era un globo color mate. Sobre la mesa, el cortapapeles, el cenicero y los objetos de escritorio parecían brillar con luz propia, independiente de la que se filtraba por la ventana, a través de los visillos. Don Jerónimo, así se llamaba el hombre, tenía poco más de cincuenta años: su cara era una superficie de bulbos rosados y, en el centro de la carnosa barbilla, se le formaba un huevo del tamaño de un garbanzo. Detrás de la montura de sus gafas, sus ojos sonreían con indulgencia.

—De modo que es usted el hijo de Páez... ¡Quién lo iba a decir!... Hecho todo un hombre... ¿Se encuentra bien su padre de usted?... Tenemos una amistad de años, no sé si lo sabe... Éramos del mismo círculo... Luego, la vida... Cada uno tira por su lado... Se casa... ¿Está bien la mamá? La vi el año pasado en la fiesta de la Beneficencia... Siempre tan alegre...

Luis sonreía de oreja a oreja. «A estos tipos se les hace la boca agua cuando pueden encajar un discurso.» Componía su mejor rostro. Cortézar, a su izquierda, le seguía de reojo. «Verdaderamente tiene la cara de cemento. Aguantar a un tipo así. Qué asco. Todo sea por la causa.» Y le observaba mientras Luis inclinaba la cabeza con aire atento y sonreía de modo encantador.

—¿Y usted? ¿Universitario ya?... ¡Vaya, vaya!... Los jóvenes... Nada como tener veinte años, siempre lo digo... ¿Qué carrera estudia usted?... ¿Medicina, tal vez?... Derecho, naturalmente... Como el papá...

¡Caramba con el niño!... Son ustedes insaciables... En mi época no estudiábamos tanto, sólo pensábamos en divertirnos... Excepto su padre, créame... Él siempre fue un modelo... Con decirle que no puso jamás los pies en ningún baile...

Mientras hablaba, los pliegues de grasa del cuello se estremecían como si fuesen de jalea. Todo él era dinamismo, alegría... Viéndole recostado en el sillón giratorio, Páez se acordó bruscamente del modelo: una revista de economía que compraba su padre. Un señor gordo, medio calvo y con gafas, agitaba su mano en el aire como un hada benévola: «Sonría. Eso hará aumentar la cifra de sus negocios». Mentalmente lo mandó al diablo, pero su sonrisa no se desvaneció.

—Y viene usted a sacar el permiso. Bien, bien... Con que le gusta la mecánica... ¡Ah, los jóvenes de hoy día se interesan por todo!... ¿Ha conducido usted antes?... Sí, claro... ¿Desde hace mucho tiempo?... Gabriel me dice que su prueba ha sido satisfactoria... ¿Qué edad tiene usted?

—Dieciocho años —repuso Luis, mientras su mirada era un muestrario de todas esas virtudes positivas tan apreciables en un alma despierta y juvenil: interés, respeto, simpatía, admiración por los mayores.

—¿Y ha traído usted la autorización del papá? Hasta los veintiún años no podemos conceder el permiso si no...

«Tra, tra, tra, tra.» Las gafas, con montura de concha, completaban su aire triunfal... «No hay como sonreír para...» Desde el principio había aguardado ese momento y la expresión consternada de sus facciones resultó conmovedora.

—No, no lo sabía... Antes de marcharse, mi padre me dijo que todo estaba resuelto... Yo no tenía idea de...

—¿Está de viaje su papá de usted?
—Sí, hace dos semanas.

Recordaba la fórmula-tabú y acentuó el trazado de su sonrisa: «Debe ser, pensó, triste y melancólica, como la de un joven cuidadoso cuando se equivoca, y reflejar, al mismo tiempo, una expresión de serena confianza en el omnímodo poder de los mayores». Lamentaba no tener un espejo en el que verse reflejado pero, por el rostro de Cortézar, adivinaba que no le salía mal.

—¡Qué contratiempo! —dijo don Jerónimo.

Los ojos acariciantes del muchacho se volvían a él en demanda de ayuda.

—Yo creí que lo tenía todo en regla...

Había tal desconsuelo en aquella voz, que el hombre se sintió vacilar: «Por una vez...». Era cruel desilusionar a un joven que quiere aprender algo útil. Lo decía siempre: «No hay que poner cortapisas a nadie».

—Bien. Veré lo que se puede hacer. El reglamento es explícito: no puede concederse a los menores sin autorización paterna. Pero tratándose de un amigo de toda la vida, como es su padre...

Se había puesto de pie y, desde la puerta, le dirigió una sonrisa alentadora.

—Aguarde un momento. Creo que Gabriel tiene la documentación.

En cuanto se quedaron solos, el adolescente hizo una mueca.

—¿Has visto qué pedazo de animal? «¡Ah, esos jóvenes de hoy son insaciables! Su papá de usted.» ¡Qué bestia!

—Vaya forma de darse tono. Yo, del tipo, escribiría unas memorias.

—«Procuraré hacer lo que se pueda.» Procuraré, procuraré... Ya le daré yo a ése...

—Calla... No grites tanto. Puede oírte.
—Que me oiga.
Sacó la pitillera de la chaqueta y encendió un cigarrillo.
—La gente así me pone enfermo.
—Cállate —dijo Cortézar.
Luis cogió el cenicero de encima de la mesa y lo guardó en su bolsillo.
—¿Qué haces?
—Quedármelo. En casa faltan.
—No seas imbécil. Se va a dar cuenta.
—Me es igual. No va a registrarnos.
Se sentía molesto por la comedia que acababa de representar y de esa forma le parecía quedar en paz consigo mismo.
—Estás loco —dijo Cortézar.
Contemplaba, admirado, la audacia tranquila de su amigo. Páez no le hizo ningún caso. Se recostó en el asiento, y con el cigarrillo entre los labios, dirigió una mirada a su alrededor. La luz que se filtraba a través de los visillos era turbia, como de limonada. En la mesita se abría un anuario de la vida social. Lo abrió al azar: «En su señorial residencia de la calle Serrano, el marqués de Leriga recibió a destacadas figuras de la sociedad madrileña». Fotografías: «Un ángulo de la sala. Obsérvese la consola estilo Luis XV». «Otro detalle: tapiz flamenco bordado en oro.» Hizo un gesto con los labios. Y la voz de su amigo le arrancó de su ensimismamiento.
—Continúan faltándonos las mil pesetas. En tanto no las tengamos en el bolsillo, no se resuelve nada.
—No te preocupes. Saldrán.
—Saldrán... No sé cómo.
—¿No hemos obtenido ya el permiso de conducir? Tampoco creías que pudiese obtenerlo.

—El dinero es distinto. No encontraremos a nadie que nos lo preste.

—Te digo que *saldrán*. Antes de una semana habremos alquilado el coche.

—Como no te encargues tú de obtenerlo...

—Nadie te ha dicho lo contrario.

Se volvió hacia la ventana, bostezando. Afuera, la atmósfera se condensaba y la luz se tornaba cada vez más lívida. Un silencio opresivo paralizaba árboles y plantas. Inmóvil como una lámina fotográfica la calle ofrecía el absurdo de las personas caminando. Volvió a bajar el visillo.

—Óyeme —dijo Cortézar—. ¿Y si el viejo se encuentra con tu padre?

Páez le tranquilizó.

—Una vez tenga la licencia...

Se detuvo de pronto y a su rostro afloró la antigua sonrisa. Don Jerónimo volvía con la tarjeta en la mano e hizo girar la butaca un ángulo de treinta grados antes de tomar asiento.

—Como ven, no hay mal que no tenga remedio; si uno se propone alguna cosa, tarde o temprano la consigue. —Sonrió—. Amigo mío, su asunto está arreglado. Hemos llenado el impreso, como si el consentimiento hubiese sido dado, y cuando el papá llegue lo firmará debidamente.

El muchacho le sonrió ahora con una humildad encantadora.

—Oh, gracias.

Mientras el hombre estampaba su firma al pie de la licencia, los dos camaradas cambiaron una mirada de triunfo.

—No hay como ayudar a la gente joven, si se muestra deseosa de saber...

«Tra, tra, tra.» Arrugas, fosas, pliegues, bulbos, grasa, grasa, grasa. El hombre hablaba con un entusiasmo renovado. Atrapadas en la argolla de sus gafas, las pupilas eran como canicas azules en la córnea lechosa. Con voz amable preguntaba si llevaría a «papá» en el coche. «Fulanas, pensaba Luis, lo llenaré de fulanas.» Oprimió su mano fofa y abandonó el despacho con la promesa de regresar en breve plazo en compañía de su padre.

Desde hacía unos días la guerra de nervios que sostenía en el interior de su casa había alcanzado una intensidad intolerable. Los grifos del lavabo aparecían continuamente abiertos, la tapicería de la sala quemada, la alfombra cubierta de colillas. Conservaba aún el recuerdo de lo acaecido en la última Navidad: el árbol que había comprado doña Cecilia, las luces, los muñecos y los adornos de espumilla. Sobre la mesa había colocado los regalos: uno a cada lado del asiento que ocupaban de costumbre y con una tarjeta escrita a mano: Papá, Mamá, Luis... Las luces de la lámpara del techo estaban apagadas para dar mayor intimidad al ambiente. Y don Sidonio que lo había recibido con un abrazo, llevaba un sombrerito de papel sujeto a la barbilla por una tira de goma, descorchaba champán, hablaba por los codos y quería demostrar de todos modos que su acceso de cólera de la víspera había sido olvidado. Él creía de buena fe que Luis se había matriculado aquel otoño en la escuela de ingenieros. Descubrir el embuste fue algo excesivamente duro: había que disculparle. Tal vez estaba chapado a la antigua. «Sí, debe ser eso», decía con esa voz amarga que empleaba en sus claudicaciones cotidianas y que doña Cecilia tan bien conocía: «En mi época nos parecía algo tan terrible engañar a nuestros padres. Cuando pienso en tu pobre abuelo me hago cruces. Habría muerto de disgusto si yo le hubiera hecho eso. Sí, me vuelvo viejo», y le había mirado a él, Luis, con la esperanza de una retracción, una fórmula de compromiso, un clavo ardiente al que agarrarse. «No, pensaba Luis, no, no y no.» Un orgullo terrible se lo vedaba. Pero, en aquella Navidad todo estaba olvidado: don Sidonio había acogido con champán al hijo pródigo, llevaba un sombrerito en la cabeza, acariciaba a los niños. Campanas, campanas. Luis creía oír su voz: «Destapa tu regalo, Gloria». «¿Qué han regalado a estos pequeños?» Y los gritos: «¡Oh, gracias, gracias, papaíto!» La familia feliz. El juego al matrimonio bien avenido. ¿Y él? ¿No quería destapar su regalo para contentar a su pobre madre? No, no quería. ¿Y si se lo ordenaba él, su padre? No, tampoco. Al diablo todo, al diablo todos. Él se iba. Irse, ¿dónde? No lo sabía. A cenar fuera. Los amigos le esperaban. ¿Amigos? Piratas, eso es lo que eran; ladrones, anarquistas, fulleros. Don Sidonio se congestionaba bajo el sombrerito. Doradas burbujas de champán ascendían a la superficie de la copa; gajos, mondas de fruta, medialunas, flotaban a la deriva en la cocktelera. Sus hermanos le miraban boquiabiertos. Doña Cecilia pedía calma, invocaba la santidad del día. Les interrumpió el timbrazo de la puerta; por el pasillo, rumorosos como si avanzaran por una acera cubierta de hojas secas, los pasos de un desconocido se aproximaban al comedor. *Nunca he experimentado un dolor tan fuerte como en esos momentos. ¿Es posible que toda una existencia de trabajo pueda terminar así? ¿Es posible, Dios mío, es posible?* Y «Tánger» había irrumpido borracho en el comedor con yoyos y trompetitas, desafiando audazmente las normas del decoro: «Mi caso trasciende la moral media burguesa». «Todo eso con la infinita gama de matices que sabía y sabe poner a su expresión, cuando se disfraza de hada o de marica y se dedica a obsequiar al auditorio con reliquias de flores, recuerdos marchitos extraídos de las páginas de viejos misales, colocados allí por centenarias abuelitas fallecidas en olor de santidad, aroma del pasado que se desvanecía entre sus dedos.» Y él, Luis fascinado por lo que iba a ocurrir, por lo que ocurría ya en aquellos momentos, por el demonio que le estaba ganando la partida mano a mano: «Mi querido señor; sí, querido, porque querido es este hijo suyo al que tanto aprecio y al que tantos vínculos entrañables me unen Espero que usted sabrá perdonar mi presencia en una reunión tan íntima y familiar, máxime si se tiene en cuenta que mi estado, por no emplear una palabra injuriosa que podría ofender a las damas aquí presentes, lo calificaré de lamentable». Y con su cara torcida, los brillantes ojos desviados, eructando los vapores de su borrachera, le había agitado el yo-yo ante sus mismas narices: «Vamos, crapulita; las gorilas nos aguardan ahí abajo». Y el se había sentido, por vez última, partido en dos el pasado que se aferraba a los ojos secos de la madre y a la comedia dulce del hogar feliz, y el ser balbuciente que contemplaba el rostro fantástico de Uribe, sus gestos de payaso y los moldes de lacre de sus labios. Sin saber cómo, se había encontrado en la calle. Sí, al diablo. Su padre no quería comprenderle, se engañaba. Al diablo todos; el viejo, los chiquillos y la madre. Tapas. Tapas para pinchar con palillos, como aceitunas sevillanas Y Uribe, aferrado al brazo, sorprendido por la seriedad de su semblante: «He metido la pata, ¿verdad, crapulita? He dicho sin duda algunas inconveniencias. ¿Me perdonas? ¡Oh, dímelo! Me moriría de tristeza».

¡Qué fresco se mantenía todo aquello y, sin embargo, qué lejano! Había salido de la prueba fortalecido, casi invulnerable. «El baño de Sigfrido», bromeaba. En adelante, comenzó a verlo todo con distintos ojos: «El mundo es un intercambio de servicios». Había que desconfiar del afecto: hay algo siempre turbio debajo. Don Sidonio le hablaba de los esfuerzos que tuvo que hacer cuando joven para costearse una carrera: «Pregúntaselo a tu madre». Y doña Cecilia, entre dos aguas, siempre en su papel de comparsa, hablaba con voz monótona de entrevistas fugaces, largas noches en blanco, horas arrebatadas al sueño, diminutos ladrillos del hogar futuro, de la prosperidad que disfrutaba. Las pequeñas golondrinas construyen sus nidos con materiales que transportan con el pico; así aquel hombre, su padre, había edificado las paredes de su hogar, había fabricado la concha protectora que salvaguardaba la inocencia de sus sueños, el pan nutricio que sustentaba su cuerpo y la trama y la urdimbre del tejido que le cubría durante el invierno. Eso era todo. Sin duda era un anormal si lo consideraba poco. Pensaba: «Mi padre es un pedazo de carne sin alma». Sólo Agustín tenía razón: «Para ser hombre...». Había tan pocos hombres... «Es tan difícil demostrar algo. Todo lo encontramos hecho. Nunca somos verdaderamente nosotros.» Sí, los grifos continuarían abiertos, los sillones quemados, la discordia dentro de la casa. Sus padres estaban siempre silenciosos y aunque no les oía al acostarse, sabía que don Sidonio conspiraba: «¿Qué hace fuera de casa? ¿En qué se ocupa? ¿De dónde saca el dinero?». Susurros, voces, fragmentos de palabras, ecos muertos, ahogados en seguida en toneladas de vergüenza, en mares de resignación, bajo la certeza absoluta de que, a la postre, no cambiarían nada...

Cortézar acababa de tomarle del brazo y al sentir su contacto experimentó un ligero sobresalto.

—Perdona —dijo—. ¿Quieres repetirme lo que has dicho? Estaba distraído y no escuchaba.

Tranquilamente continuaron caminando en dirección al garaje.

Raúl se demoró unos instantes en el marco de la puerta; el sombrero echado atrás, la chaqueta abierta y el cigarrillo entre sus labios le conferían el aire, levemente marchito, de un chulo callejero. Como el chulo, ponía los brazos en jarras. La camisa estaba empapada de vino. La corbata asomaba de uno de los bolsillos, tal como la había dejado al disputar con las mujeres. Había venido andando desde la churrería y un sudor microscópico salpicaba todo su rostro.

Sus pensamientos, durante el regreso, habían cobrado un tinte sombrío, atroz. Los cobardes. Los había golpeado uno tras otro, como en un vértigo, hasta ponerlos en fuga, y, ahora, ni siquiera recordaba cuántos eran. Conservaba tan sólo la imagen del más alto, apretándose la nariz con un pañuelo, en un intento inútil de detener la sangre. La mujer rubia, que había respondido a sus insultos, lloraba. El dueño recogía las sillas. Todos le miraban con ojos acusadores. De nuevo había hecho «el Raúl»; la borrachera, el estropicio, la disputa con las mujeres, todo por culpa del marica de «Tánger»: «Sí, porque lo es; por mi madre santa que lo es. Uno se parte las manos para ayudarle y así se lo paga». Le estaba bien merecido. De ese modo aprendería a no meterse en donde no le llamaban.

Sus manos habituadas a la penumbra del dormitorio localizaron el pomo sin dificultad. Abrió la ventana. La luz cinceló en un segundo la exacta configuración de los objetos y le devolvió la imagen fiel de aquella estancia cuyos detalles conocía de memoria. Todo estaba allí, en inmovilidad forzada, como un grupo familiar ante un fotógrafo: el armario de luna en el que se veía reflejada la cama de Planas, vacía, y él, la vergüenza de la familia, que se pateaba el dinero del papá y no aprobaba ninguna asignatura, acostándose borracho después de una noche de farra... ¡Oh, basta!

Comenzó a desvestirse, exasperado. Sus movimientos, bruscos, tirantes, obedecían a una insoportable tensión física. Sus pupilas, recortadas lo mismo que dos focos en un negativo fotográfico, comunicaban a su semblante, hecho todo él de savia y furia, una animalidad salvaje y densa.

Desnudo, la visión de su propio cuerpo despertó su ardor combativo. Los músculos se le agarrotaban; los puños avanzaban por sí solos. Dirigió una mirada en torno buscando un ser sobre el que derramar su cólera, pero no encontró a Planas por ninguna parte.

En Las Palmas, cuando regresaba a la pensión donde dormía, a primera hora de la mañana, la portera devota de la casa le sonreía con dulzura: «¿Tan de mañana y ya de pie? A quien madruga, Dios le ayuda». Raúl la había considerado siempre como un caso acentuado de maldad, pero le resultaba aún más soportable que el silencio paciente de su compañero de pieza cuando, al regresar medio borracho le despertaba. «Si gritase.» Al menos él lo hacía así las mañanas en que Planas le despertaba al levantarse: no le costaba nada hacer lo mismo. Pero Planas callaba. Y a su imaginación acudía todo un mundo de seres susurrantes y resignados, a los que cada disgusto añade una arruga a su rostro marchito, que ruegan en silencio por la salvación de los malvados y que pasean por la vida como entes benéficos a quienes nadie hace caso.

Lo peor, sí, lo peor era que su repulsa le hacía sufrir. Habituado como estaba a la abnegación recíproca, el espectáculo frío de su desdén le confundía. Un mes antes, tras una serie infinita de rodeos y zalemas, como un gato bien cuidado antes de aceptar un bocado, le preguntó si tenía algo en contra de él.

No, no tengo nada. Mejor dicho, tengo muchas cosas: ¿Por ejemplo? No, no valía la pena explicárselo, no le entendería. ¿Y si él se esforzara en entenderlo? Ni aun así. ¿Y si se lo pedía él? Tampoco. ¡Oh, basta! Lo que quiero es que me dejes en paz. Si al menos le devolviera los insultos, o le diese motivos para justificar su aversión... Raúl le tomó una vez por las solapas: «Insúltame, sé hombre. Demuestra al menos que corre sangre por tus venas».

No; Planas no replicaba. Volvió a ver a su padre, diez años antes, pero con el rostro avejentado, de cuando su última visita: «Los niños bien educados no replican en la mesa». Al otro lado, el tío explicaba que la densidad de población de Bélgica era muy superior a la de España. «Atiende, Raúl.» También se lo decía Planas. Miró el lecho vacío y trató de imaginárselo. A veces, sin ningún motivo, le dirigía observaciones hirientes que no tenían otro objeto que excitarle. Pretendía, por ejemplo, que no se bañaba lo bastante; olía mal; su sudor le desagradaba. «Deberías ponerte talco.» Planas le escuchaba con aire anonadado. Inclinaba la cabeza y al día siguiente se apresuraba a enmendar la falta. «Supongo que hoy no podrás quejarte», le decía. Y buscaba su aprobación con la mirada.

Era para volverse loco. Parecía que lo hiciera a propósito. Durante todo el día se quedaba en la habitación estudiando, con su mirada mansa de animal doméstico. Su comportamiento metódico le sacaba de quicio. Cada uno de sus actos, juzgado con independencia, se le hacía acreedor de una censura especial. Así, al acostarse, cerraba los ojos en seguida y cruzaba las manos sobre el pecho. Un día en que se sentía irritado consigo mismo tras la resaca de una borrachera, su forma de meterse en la cama desató el volcán en lo hondo de su pecho.

—Tú no duermes —le gritó—. Tú cumples con el deber de dormir.

Planas se había incorporado con los ojos dilatados por el asombro pero, siguiendo su costumbre, no hizo ningún comentario. «Quiere quitarme las razones de ser —pensaba Raúl—. Acabará por expulsarme.» Ahora, con la mirada fija en las sábanas arrugadas, sintió que la furia le subía a la cabeza. ¡Ah, con qué satisfacción hubiese sacudido su silueta fofa! Imaginándolo, sentía estremecerse los músculos de sus brazos, volverse todo él de piedra.

La noche anterior, antes de ir al estudio de Mendoza, había cursado a su familia un telegrama angustiante: «*Nadie vive de aire*. Firmado: *Vuestra desgracia*». Y ahora le parecía que el telegrama tampoco arreglaba nada. No tenía porvenir. No estudiaba. El auxiliar de Anatomía le había suspendido en seis convocatorias. La última vez, había salido del aula con el firme propósito de estudiar desde aquel día. «Tánger» le esperaba en la calle, y al enterarse del fracaso, le invitó a beber vino. Hacía de ello más de tres meses y desde entonces no había leído una página. «Si al menos pudiese obtener dinero.» En Arucas tenía la vida organizada: su futuro era un traje hecho al que debería de adaptarse. Con el título de médico viviría en casa de sus padres y se casaría con cualquiera de las muchachas acomodadas de la población. Tenía la seguridad de ser feliz, si por felicidad entendía, como su padre, tranquilidad, sosiego y falta de preocupación por el futuro. «Se trata de organizar la vida como un seguro a largo plazo.» En la escuela había sido un muchacho trabajador y voluntarioso. Su perseverancia funcionaba sin el menor sobresalto. Al trabajar, lo hacía por un fin práctico y preciso. Se había acomodado a la idea de ser un burgués honrado y la perspectiva no le disgustaba en absoluto; antes bien, extraía un secreto placer en aceptarla.

Los años de estancia en Madrid le pasaron con gran rapidez. A veces sentía cierta sensación de despego por la existencia pacífica de Canarias, pero atribuía ese despego a la distancia y al tiempo que vivía alejado. «Bastará que regrese, pensaba, para que todo sea igual que antes. Mi verdadera vida radica allí.» Su padre le escribía unas cartas larguísimas, llenas de frases cariñosas, dándole noticia de las últimas novedades ocurridas en el pueblo, acompañadas de numerosos comentarios y él contestaba con mentiras piadosas hablándole de estudios y cursillos prácticos.

El año anterior, durante las vacaciones veraniegas, Raúl se decidió, al fin, a hacer las maletas. Sin avisar a los familiares tomó el barco. Pero, ya en la misma travesía, una parte de sí mismo se negaba a admitir la realidad del regreso. Era inútil que intentara decirse: «Seré médico de Arucas. Allí me esperan mis padres, el consultorio, y la mujer con quien me he de casar». La frase le parecía ajena, como pronunciada por otro. Cuando llegó a Las Palmas dio al taxista la dirección de sus abuelos: «La suerte está echada», pensó. Iba a su casa: el auto le conducía allí; pero ni por un segundo se le ocurrió la idea de que iba a ver a sus familiares. Tenía el convencimiento de que no encontraría a nadie. La visita le parecía algo ritual: un expediente para quedar en paz consigo mismo. Al detenerse frente a la casa cayó la venda de sus ojos. Había luz en la salita, la radio funcionaba. Permaneció inmóvil junto a la verja, pero no pudo decidirse a entrar. La casa le daba la impresión de haberse encogido, ahogada entre los edificios recién construidos. Se aproximó furtivamente a la ventana y, como un ladrón, dirigió una ojeada al interior. Su padre estaba de pie frente a la ventana y, amparado en la oscuridad, tuvo ocasión de contemplarle del mismo modo que lo hubiera hecho un desconocido: magro, arrugado, era más bajo de lo que siempre había supuesto: también él parecía haber cambiado, como si durante su ausencia lo hubieran sustituido. El abuelo leía el periódico en el sillón y su hermana hojeaba antiguas fotografías. *Han cambiado. La ciudad, el ambiente, la familia, me son desconocidos. No puedo volver a esa casa: no es la mía*. Y a través del vidrio habían llegado a sus oídos fragmentos de conversaciones, voces antiguas. Habría permanecido allí aún durante largo rato si el taxista no le hubiese gritado desde la puerta: «Se decide usted, amigo, sí o no. No puedo esperarle ahí toda la noche». Claro, no faltaba más. Pagó el trayecto y luego recogió las maletas.

Tenía la frente empapada en sudor y las manos le temblaban. La luz del comedor le obsesionaba. El nocturno olor de las glicinas le producía una extraña embriaguez. Haciendo un esfuerzo, logró llamar.

Hacía de ello más de un año y Rivera creía percibir aún ahora el olor de las glicinas. No, era el perfume endiablado que «Tánger» le regaló en su cumpleaños. Había dejado el frasco abierto. Con un ademán brusco lo encerró en el cajón y echó la llave.

Consultó el reloj: casi las diez. Un deseo imperioso de dormir se había adueñado de él. Los ojos le dolían. Las sienes le pesaban. Sin poderlo evitar, su pensamiento le llevaba al telegrama, a Uribe, a la pendencia, a la necesidad de obtener dinero por cualquier medio.

Las paredes, grisáceas a la luz de la mañana, le aplastaban con la rigidez de sus aristas. Parecía que una multitud de seres, apostados en los rincones oscuros de la estancia clavasen en él la mirada punzante de sus pupilas. Los veía danzar entre las sombras de los cuadros, brincando entre las butacas, menudos y desconfiados.

Atemorizado, Raúl ajustó los postigos de la ventana, tomó la caja de las pastillas contra el insomnio, engulló tres y cerró los ojos. Luego, hecho un ovillo, abatió su rostro entre las sábanas, inmóvil como un muñeco caído entre los muebles silenciosos que le acechaban.

Aunque llegó dos minutos antes de la hora fijada, Suárez la aguardaba en el chaflán. Al divisarla, había ido a su encuentro con paso vivo. Se estrecharon la mano.

A aquella hora, en el bar, apenas había público. Casi todas las mesas estaban vacías. Podían, por tanto, hablar con tranquilidad, sin que nadie les molestase. Antes de cambiar una palabra, Enrique le ofreció una cajetilla de cigarrillos Gloria eligió uno. El muchacho prendió una cerilla.

—Gracias.

El camarero se había aproximado: un viejo ridículo, medio calvo, que hablaba con voz monótona.

—Tenemos centollos, almejas, ostras, gambas a la plancha, callos, pájaros fritos...

Enrique la consultó con la mirada.

—A mí, unas almejas —dijo Gloria.

—Está bien: ponga dos. Y que sean con limón.

Se quedaron observándolo hasta que se alejó de ellos. Entonces, Gloria, levantó la cabeza.

—¿Y bien?...

Suárez vaciló unos momentos.

—Nada nuevo aún —dijo.

Las manos de la muchacha, como agitadas por una irreprimible fuerza interna, jugueteaban con los

mondadientes: los partía en menudos fragmentos.
—¿Has podido localizarlo?
—No. Aún debe estar incomunicado.
—¿Y Gerardo?
—He ido a visitarle esta mañana. Pero el asunto es más serio de lo que en un principio pensábamos. Tampoco él puede hacer nada.

Gloria tragó saliva: su rostro expresaba una angustia invencible. Con los ojos brillantes, suplicaba a Enrique que la auxiliara.

—¿Se han enterado en la residencia?
—Hemos inventado una excusa —dijo Suárez.

Se detuvieron mientras el camarero servía las almejas. Gloria tomó la rodaja de limón y la exprimió sobre las conchas.

—¿No hay forma?...

Enrique la contuvo con un ademán.

—Mira: Gerardo cree que no. Si has leído esta mañana los periódicos, sabrás cómo castigan los atracos. Estamos en plena represión y los detenidos durante esas semanas permanecerán encerrados durante algún tiempo. No sabemos las medidas que adoptarán: tal vez se les procese y...

—Pero si él no ha hecho nada —balbuceó la muchacha.

—Ya lo sé —repuso Enrique—. Pero tendrá que demostrarlo. Y tal vez no le hagan caso.

Gloria apenas daba crédito a lo que oía.

—¿Tan grave es?

También Enrique cogía los mondadientes y los destrozaba nerviosamente entre los dedos.

—Yo no digo que el asunto sea grave, entiéndeme. Ya sabes lo que son esas cosas. A lo mejor lo dejan libre en seguida, pero también es posible que lo sometan a proceso. Lo cual puede ser bastante molesto.

La muchacha le oía consternada.

—Si al menos supiésemos de quién depende la resolución del caso... tal vez mi padre, por medio de algún amigo, pudiese hacer algo.

—¿Tu padre ¿Y cómo lograrías convencerle?

Gloria se mordió los labios.

—Muy sencillo: contándoselo todo.

—¿Contándoselo? Estás loca.

—Le amenazaría con un escándalo, por ejemplo. No sabes cómo es. Antes de permitir que yo contara lo sucedido a todo el mundo, sería capaz de ahorcarse.

—¿Y si no te hiciera caso?

La muchacha tragó saliva.

—Cumpliría lo prometido. Diría a todo el mundo que amo a Jaime y que hace quince días me hizo suya.

Tenía la palma de la mano llena de astillas de mondadientes y las arrojó al suelo.

—Óyeme, Gloria. Pase lo que pase, es preciso que afrontes las cosas con calma. Tú misma sabes que lo que dices es imposible. Jaime sería el primero en prohibírtelo, si lo supiera. No harías más que disgustarle, sin obtener ningún provecho.

Gloria contempló sus propias manos con fijeza: blancas, delicadas, se retorcían como seres diminutos, dotados de vida independiente.

—Le amo —murmuró.

Suárez desvió la mirada.

—Lo sé, Gloria. También yo soy amigo suyo y no ignoro lo que duelen esas cosas. El pobre Jaime andaba bastante mal con su familia antes de ese asunto, para que encima tuviera que ocurrirle esto. Si se enteran, le obligarán a volver a Canarias.

—¿Tú crees?

Gloria había palidecido.

—Les conozco: le dejarán de mandar dinero, de forma que tendrá que regresar si no quiere pasar hambre.

A Gloria todo se le había derrumbado. Le parecía absurdo estar allí, sin hacer nada, mientras las circunstancias se confabulaban en torno a ella para apartarla de Jaime. Sus dedos nerviosos jugueteaban con los palillos.

—Hemos de hacer algo —murmuró.

Enrique devoraba las almejas en silencio.

—Gerardo me habló de una fianza —comenzó.

Vio que Gloria levantaba la cabeza, esperanzada, y añadió:

—Es lo que se suele hacer en esos casos. Se paga y asunto acabado. —Sonrió tristemente—. Pero para nosotros es lo mismo que si no existiera. Tampoco podríamos pagarla.

—¿A cuánto asciende?

Suárez esbozó un gesto vago.

—No sé. Mil. Quizá mil quinientas.

—¿Y tú? ¿Tienes algo?

El muchacho denegó con la cabeza.

—No. También estoy mal con mi familia; nunca me mandan ni un chavo.

—¿Y entre tus compañeros de residencia?

—Ya he mirado esta mañana. No tienen blanca.

No. No había forma de salvarle: le tendrían dos meses en la cárcel y al salir, se iría con la familia al quinto cuerno. Mientras reflexionaba así, la muchacha sintió que una oleada de rebeldía escalaba su garganta. Impulsivamente, tomó por la mano a Suárez.

—Yo... —dijo— conseguiré lo que haga falta.

El muchacho enarcó las cejas con asombro.

—¿Tú?

La decisión de Gloria había brotado de sus labios, anticipándose al pensamiento. Ahora se sorprendía de la seguridad con que había hablado.

—Sí. De una forma u otra, lo lograré.

Enrique dudaba.

—¿Piensas pedírselo a tu padre?

Ella denegó con la cabeza.

—No. No me lo daría. Pero da igual. Esta misma noche, si es preciso, reuniré el dinero necesario. ¿Corre mucha prisa?

—No sé... Cuanto antes se tenga... De todos modos, puedo preguntárselo a Gerardo. A esas horas se habrá informado ya de los trámites que exige la fianza y esta tarde...

Gloria clavó sus uñas afiladas en la palma de la mano: había acabado ya con todos los mondadientes.

—Está bien. Si le localizas, dile que tendremos el dinero mañana por la mañana.

Se había puesto de pie, como impelida por una urgencia extraña. Los ojos le brillaban. Suárez la imitó.

—¿Y cómo vas a conseguir ese dinero? —dijo.

La propia Gloria no lo sabía aún.

—Lo ignoro. Pero no te preocupes. Dentro de unas horas lo tendré en mis manos.

Enrique la miraba dubitativo.

—Supongo que no cometerás ninguna tontería. Ten en cuenta que Jaime sería el primero en enfadarse.

—¡Bah!, no lo sabrá nunca. Jamás le diré que fui yo quien consiguió el dinero.

Enrique vacilaba.

—Bien... Tú sabrás lo que haces.

El camarero se había aproximado con la nota. Enrique se apresuró a pagar.

—Quédese con el cambio —dijo.

El camarero hizo una reverencia. Salieron.

Afuera, una luz cruda corroía las fachadas de las casas. El viento barría las nubes encima de los tejados. Durante un momento permanecieron en el chaflán sin decir nada.

—¿Cuándo hablarás con Gerardo? —dijo ella.

—Esta misma tarde.

—Bien. Yo telefonearé a las cinco a tu casa. Puede que ya entonces tenga el dinero necesario. Por tu parte, procura comunicarte con él a toda costa. —Vaciló unos segundos—. Pero ten bien presente una cosa. Mi nombre no ha de salir mezclado en nada. Es preciso que Jaime ignore totalmente lo del dinero. Sé que si se enterara no me lo perdonaría nunca.

—Pierde cuidado.

Se estrecharon la mano. Enrique le golpeó cariñosamente en el hombro.

—Vamos, arriba el ánimo. Todo se arreglará.

La muchacha le sonrió tristemente. Sus pupilas, menudas como cabezas de alfileres, le evitaban.

—Hasta las cinco, pues.

Se separaron. Gloria, siguiendo Claudio Coello; Suárez, hacia la Castellana.

Pum. Pum. «Somos sombras, reliquias del pasado, espectros atemorizados por el desprecio del mundo y el recuerdo frágil de nuestro esplendor pretérito. Derribados arcángeles perpetuamente estériles, nuestro sino es odiar a la especie. Nos transformamos como Proteos. Somos Ícaros.» Pum. Pum. «Sembramos flores de pétalos geométricos y semicírculos astrales...» Otra vez. Oh, era intolerable. Basta, basta. Se llevó las manos a los oídos. «Vamos, "Tánger", no te hagas el dormido; sé de sobra que aún estás despierto.» Favor. Se puso de pie y contempló la estancia con ojos adormilados. No hacía media hora que acababa de tumbarse y los amigos venían a molestarle. «Ya va, ya va.» Abrió la puerta y contempló a Cortézar con aire irritado.

—¿Puede saberse qué quieres? ¿Te parecen esas horas de venir a despertar a los amigos?

Sin decir palabra Cortézar le tomó la barbilla entre las manos y lo arrastró hacia la ventana. Apartó las cortinas. Uribe llevaba aún el gabán de terciopelo con la doble hilera de botones de nácar y el cuello de piel subido hasta las orejas. Tenía la cara pálida, somnolienta, del que no ha pegado un ojo.

—La una. ¿Te parece pronto?

Era la primera vez que iba allí desde que se conocían y como todo recién llegado enarcaba las cejas con asombro Grande como era la pieza, apenas si había dos palmos de lugar libre. Las paredes, pese a sus cuatro metros de altura, estaban literalmente cubiertas de grabados, recortes de papeles, chales, carteles taurinos y de feria, farolillos y máscaras. El techo era de madera labrada y, por medio de ganchos hábilmente disimulados, gran número de carabelas y de naves surcaban el aire como una flotilla que milagrosamente se aguantase por sí sola. Sobre la cama, una piel de leopardo extendía su cabeza y sus patas con aire protector, y las numerosas mesitas y veladores aparecían cubiertos de una heteróclita mezcla de objetos, que alguien parecía haber sembrado allí al azar, como simientes, y que habían adquirido, al crecer, proporciones monstruosas: bolas de vidrio, lacas, pajaritos disecados y una caja de música con el emblema dorado de la Libertad.

El ceremonial de las visitas era uno de los pasatiempos favoritos de «Tánger». Mostraba los acordeones de papel que cubrían las bombillas. Las máscaras también se iluminaban: había puesto bombillas forradas con papel de seda en el hueco de sus ojos. Y si el visitante preguntaba con ironía si tenía otros secretos ocultos, Uribe abría uno a uno los cajoncitos del bargueño donde ocultaba todo un mundo de ingredientes y de productos mágicos: talismanes, herraduras, cada una de las piedras astrales: topacio, granate, jacinto, Lapis Nephriticus, rubí, zafiro, coral, lapislázuli y ámbar. En otros tantos sobres de colores, los ingredientes de la receta de San Cipriano y las tablas astrológicas, así como los útiles necesarios para el encantamiento de la gallina y obligar al diablo a aparecerse con frac escarlata galoneado, chaleco amarillo y calzón de cuadros. Pero la llegada de Cortézar le había puesto de mal humor y Uribe no tenía ningún deseo de mostrar su tesoro a nadie. Se restregó los ojos y observó a su amigo con las cejas enarcadas.

Sobre la cama, al entrar, había encontrado una nota de la patrona. «La señorita Ana desearía verle a usted este mediodía. Dice que llame al 67218.» Perfectamente. No tenía más remedio que resignarse. Pero convenía que antes pusiese a Agustín en antecedentes. Tal vez ignoraba la iniciativa de la muchacha y lo mejor era evitar complicaciones.

Con la palma de la mano, acarició la suave piel de las solapas en actitud meditativa. «¡Bah! —se dijo—, que reviente. Yo me cisco.» No podía ir a verla. Estaba demasiado borracho. Miró a Cortézar. En aquel momento sostenía entre las manos una bola de vidrio: con estrías de colores, transparentes, creaba la ilusión de que la luz surgía desde dentro. Cortézar había venido a hablar; quién sabe qué cosas iría a decirle. Un temor irrazonable le obligó a adelantarse.

—Esa bolita la robé en Barcelona de una forma

curiosa. Regresaba de una excursión campestre y me dirigía hacia mi casa, cuando reparé en unas bolas de colores expuestas en la vitrina de una tienda. Aunque no tenía dinero, entré sin vacilar. La propietaria, una mujer ampurdanesa, padecía de un tic nervioso; un segundo sí y otro no, cerraba los ojos. Yo estaba sentado frente a ella con la cartera abierta entre las piernas, de forma que la mesa, donde tenía las bolas, la ocultase a su mirada: cada vez que la mujer cerraba los ojos yo sustraía una bola.

Encogido, con los brazos pegados a los costados, sostenía un cigarrillo agonizante entre sus dedos diminutos. De nuevo le asaltaba la impresión de que Cortézar quería decirle algo: una noticia, alguna extravagancia de la «tarde de lepra». Tal vez, como no había ido, quería enterarse.

«Ojalá sea eso», pensó. «Ojalá, ojalá.» Se detuvo a tomar aliento; en realidad, a improvisar otra historia. Los incidentes de aquella mañana le habían humillado y ahora experimentaba, irresistible, la necesidad de un oscuro desquite contra el destino.

—Cuando robé por vez primera —dijo— tenía dieciséis años y estaba enamorado de una linda gorila. Con mis pequeños camaradas moros había aprendido lo esencial para ser un buen ratero. La niña deseaba un regalito y yo no tenía dinero.

Un día mi madre me presentó a la esposa del cónsul americano: una señora rubia, afectuosa, de exquisitos modales. Por aquellas fechas yo era un niño inocente, con cara de santito y de hornacina. Dejé que me abrazara. Momentos después, cuando se separó de mí, tenía en mi poder su célebre collar de brillantes.

Su mano blanca hurgó en la pitillera de Cortézar y extrajo un cigarrillo chafado que colocó de través entre sus labios.

—Pero la historia no acaba aquí: mi madre me había visto. Yo temblaba. Temía su castigo y me disponía a emprender la huida. «Cuando salga la embajadora, pensé, me matará.» Dejé que la acompañara hasta la puerta e incliné la cabeza resignado: un mártir cristiano ante un león no hubiera sufrido tanto. La oí regresar, sus pasos cada vez más cerca. Cerré los ojos. Y cuál no sería mi sorpresa al comprobar que mi madre me abrazaba. «Hijo mío —dijo—, eres más listo de lo que me imaginaba. Yo sola no hubiera podido hacerlo nunca.» Y sin hacer caso de mis lágrimas, se ciñó el collar en torno al cuello. Sólo dijo: «Habrá que cambiarle la forma. Es una lástima».

Se detuvo, agotado. Media hora antes, en el vestíbulo había sufrido la acometida de dos acreedores. Siguiendo su antigua costumbre optó por ignorarlos. «No sé quiénes son ustedes ni de qué me están hablando.» Con gran afectación extrajo del bolsillo unas tijeras de plata y se cortó una uña. «Los seres como yo hemos venido al mundo con el único objeto de brillar. Como las mariposas y los centauros. En fin, en pocas palabras: me están ustedes molestando.»

Pero los acreedores no le habían hecho ningún caso y habían armado un gran escándalo a doña Asunción. *A la pobre y honrada doña Asunción, cuya vida ha sido y es un perpetuo Vía Crucis.* Al acordarse se llevó una mano a la cabeza.

—Oh, es horrible.

Descubrió que Cortézar le miraba y cayó en la cuenta de que no estaba solo. Claro está. Qué tontería. Él mismo le había abierto la puerta no hacía aún diez minutos. Había tratado de dormir: tenía sueño, necesidad de descanso. Un hombre en Norteamérica había pasado nueve años sin dormir. Aquel hombre...

—Veo que no has pegado un ojo en toda la noche —dijo Cortézar—. ¿Puede saberse qué hicisteis?

El rostro de Uribe se iluminó: «¿Conque era eso tan sólo...?».

—Había unas gorilas en Manuel Becerra.

Esbozó una sonrisa, como si fuese a contar algo muy gracioso, pero se detuvo.

—Bien. A ti no te importa.

Cortézar le dirigió una mirada inquisitiva.

—Me decidí a buscarte porque creí que Raúl estaría contigo. Habíamos quedado en que esta mañana, a primera hora, iría a buscarle a su cuarto para acompañar a Páez a obtener la licencia. Pero aún no había venido. Tal vez a estas horas ya haya regresado.

—Tal vez —dijo Uribe.

—¿Dónde lo has dejado?

—No sé. Créeme. Si lo supiera te lo diría. Pero me he olvidado.

—¿Bebiste mucho?

—Creo que sí. En realidad yo...

—¿Y tu primo?

—¿Mi primo?

—David.

—Oh, David... No sé. Lo perdí de vista después de medianoche.

Siempre que hablaban de él, olvidaba que era primo suyo. Debía vigilarse; le tomarían por tonto. *David es un muchacho de sentimientos delicados*. «Su abuela y mi madre... O su abuela y mi abuela. Me estoy armando un lío.»

Cortézar tomó una pistola que estaba encima de la mesa.

—¿Es tuya? —dijo—. Supongo que no estará cargada.

La cogía con cierta precaución. El cañón era corto y la culata tenía incrustaciones de nácar: pequeños rosetones grabados al esmalte.

—Es romántica —explicó Uribe—. En lugar de

cartuchos tira flores de trapo, fotografías de Nápoles y el Vesubio, y de parejas de enamorados.

Le había asaltado de nuevo la conciencia de su embriaguez y con ella la necesidad de falsearse: dos horas antes, en Manuel Becerra, había dejado plantadas a las tres mujeres de la churrería. El local a donde las llevó tenía dos salidas y él se había escapado por la falsa. «A estas horas es posible que empiecen a inquietarse.» Reflejado en un espejo sin marco —los había por docenas en toda la pieza— se veía y sabía borracho. Adquiría conciencia del público. Representaba. Cortézar, con aire cansado, prendió fuego a su cigarrillo.

—Ya ha conseguido la licencia —dijo—. Ahora sólo le falta el dinero para alquilar el auto.

«¿El auto?» Otra vez estaba distraído Desde hacía un momento acababa de brotar de su cerebro un haz de recuerdos. Alcohol. Una refriega. Los insultos de Raúl. Consultó el reloj. La una y cuarto. Tarde. Tenía que dar una vuelta antes de la comida.

Se dispuso a salir. Sobre la mesa, la nota de la patrona reclamaba su solicitud. Desvió la mirada. No. Debía contestar. Sacó la estilográfica. «Si la señorita Ana llama, dígale usted que me he muerto.» Cogió un alfiler y lo clavó en la puerta.

De nuevo la locura. Repitió en voz alta:

—Muerto.

Tomó el paquete de cigarrillos y lo introdujo en el bolsillo con sumo cuidado. Cortézar le aguardaba junto a la puerta.

—Está bien. Salgamos.

—¿Matarle sola, dices? —Agustín había apoyado las rodillas en el reborde de la mesa y echó la silla hacia atrás—. Me parece algo conmovedor. Cómo diría yo... Romántico. —Se detuvo un momento y añadió con voz burlona—: Pero no sirve.

Ana estaba frente a él, al otro lado de la mesa, con la vista perdida en las sinuosidades de las llamas. Acababan de fundirse los plomos de toda la escalera y el muchacho había encendido una vela.

—Tú crees que estarías dispuesta a hacerlo sola, ¿no es eso?

En el rostro ladeado de Mendoza las pupilas hacían un pequeño movimiento al mirarla.

—Sí.

—Y hasta te dejarías prender si conviniera, o te suicidarías tal vez.

Cuando Agustín hablaba así, Ana ignoraba dónde quería llevarla. Comenzó a arrepentirse de haber hablado. *Ahora ya no tenía remedio*.

—Eso no ofrece ningún interés.

—Sí lo tiene.

La mano de Mendoza se había extendido vacilante hacia la jaula del canario que Lola acababa de regalarle. Era pequeña, con alambres de colores y al abrir la portezuela, el pájaro vaciló unos segundos antes de emprender la huida.

—Te detendrían en menos de lo que canta un gallo.

—Imposible. Lo tengo todo previsto.

Agustín le cortó con un movimiento de cabeza.

—No. No tienes previsto nada, y si lo llevases a cabo tal como dices, no arriesgo un centavo por tu piel.

Se detuvo en el momento de iniciar otra frase y contempló con atención al pajarillo: inmóvil, acurrucado en uno de los alambres, ofrecía un aspecto desamparado y triste, de animal disecado, de flor marchita.

—No comprendo —dijo Ana.

—En pocas palabras, el plan es infantil.
—¿Infantil?
—Sí. Cualquier aficionado con dos dedos de frente hubiera pensado lo mismo: la ausencia de motivos. Buscando una rareza no logras otra cosa que señalarte.

«Es preciso enfriar un poco esa cabeza», pensaba. «A la muchacha no le faltan ideas, pero tiene que ordenarlas.» Era curioso, volvía a tener sed. Aquel licor dulce de Uribe era endiablado.

—Oye; es mejor que hablemos con calma. Tú has venido aquí con un ofrecimiento en toda regla y yo te lo discuto. Te pongo un precio, si quieres. Tal como tú planteas el asunto, no puede interesar a nadie. Los motivos que tengas contra ese caballero es algo que sólo concierne a ti y yo no tengo nada que ver...

Encendió la pipa sin prisas y la saboreó unos instantes.

—¿Quién pondría interés en ayudarte si no obtiene nada a cambio? Mira, en interés propio, el móvil del asunto ha de disfrazarse. El robo, por ejemplo. Dices que la mujer esa te ha hablado de la caja de caudales. Magnífico. He aquí el elemento que puede modificar la faz de ese asunto. No puedes exigir a nadie tus propias virtudes sin ofrecer un precio por ellas...

Ana le contemplaba, perpleja, vacilante.

—No veo qué ventaja puedes obtener de ello a menos que lo hagas por el dinero, y en este caso...

—Y en este caso... —dijo Agustín.

La muchacha se mordió los labios.

—Nada. No he dicho nada.

Mendoza deslizó la pipa entre sus dedos.

—Óyeme. Se trata de echar tierra a tus espaldas. Darles una falsa pista. Si lo haces tú sola te meterás en un callejón sin salida. Conoces a la portera. Lo atribuirían a móviles revolucionarios. Antes de la quincena, en el mejor de los casos, te atrapan. Y yo no tengo vocación de mártir, créeme. Me interesa el asunto por muchos motivos, pero no quisiera perder la piel de un modo estúpido. Además, el dinero...

Hizo un ademán con la mano. Encima de la oscura botella de champán, la vela proyectaba una luz vacilante. En las paredes, las sombras, como seres espectrales y aterrados, retrocedían cubriéndose la cara con las manos.

—Si te detienen no habrás conseguido otra cosa que un viajecito a Africa, bastante largo, por cierto. Una locura, créeme.

El panorama esmaltado de la pieza, con la botella, la vela y Mendoza al fondo, se proyectaba en el círculo oscuro de sus pupilas como en la lente inversa de unos prismáticos.

—Lo he pensado muy bien —dijo Ana—. El piso no tiene vigilancia, y una vez en la calle...

—Te equivocas. —Años atrás, en ocasión de un hurto en el que había participado con varios camaradas, expuso y desarrolló las teorías que ahora repetía—. Y te diré el porqué, con pocas palabras: has hablado a la sirvienta, pero, si no la comprometes de un modo definitivo, nadie te garantiza que calle. Has dejado ya un testigo que en un momento dado se puede volver contra ti. Si pensabas matarle tú sola, estoy de más. No tengo por qué estar informado de nada, aunque sea de confianza.

Se acababan de encender las luces y en el intervalo de un segundo la habitación recuperó sus límites precisos. El pájaro les espiaba inmóvil, sorprendido. Mendoza apagó la vela de un soplo y prosiguió:

—Uno no sabe lo que piensa de él el prójimo y lo que puede decir a sus espaldas. Confiarse es proceder a ciegas. Nadie te garantiza que no tenga la lengua suelta y que me rompa los codos hablando. En lo que va de día has dejado dos cabos sueltos. Eso —añadió con aire interrogante— si no has hablado ya con algún otro.

—No —dijo Ana—. No he dicho nada.

—Bien. Con dos basta.

—Denegaría —dijo Ana—. Si no hay pruebas...

—Por favor, no seas romántica. Cantarías como cualquiera. Ya sabes lo ocurrido a los canarios.

Se entretenía deliberadamente en humillarla. Hacía apenas un par de horas, Ana se había presentado en su estudio, después de haber intentado inútilmente comunicarse por medio de Uribe con la certeza de haber proyectado algo de gran envergadura y en pocos minutos Mendoza había transformado su alegría en un sentimiento confuso y vergonzoso.

—Si tan malo te parece mi proyecto, dime qué harías en mi lugar.

Lo dijo en un tono cortado, claramente molesto, que prendió la sonrisa en los labios de Mendoza. Un ligero aleteo del pájaro reclamó su atención unos segundos; acababa de posarse en la pantalla de la lámpara y se balanceaba suavemente.

—Para hacer un atentado de este tipo se necesitan varios y no uno sólo. Mientras uno lo hace, los otros le cubren las espaldas. Y aquí interviene otro factor. Cualquiera de nosotros tiene una gran ventaja sobre ti. No somos sospechosos. De los hijos de los burgueses no desconfía nadie. Menos aún si se trata de un robo.

Ana jugueteaba nerviosamente con los pinceles desparramados encima de la mesa.

—¿Quieres avisar a tus camaradas?

—Sí, si quieres que yo intervenga. Y créeme, lo peor es andar con rodeos. Tenemos que ser rápidos y eficaces. El que mate ha de preocuparse sólo del tiempo necesario para poder salir afuera. En el chaflán le aguardará un automóvil en marcha y diez minutos más tarde lo dejará al otro extremo de Madrid. Y más de diez personas, en caso necesario, jurarán que en aquellos momentos estaba en Carabanchel jugando a los dados. Se hace así, o no se hace.

Ana bajó la cabeza.

—¿Entonces...?

—Ante todo, avisar

—¿Quiénes?

—Rivera, Cortézar, David, Páez...

—¿Tú crees?

—Ellos tienen la palabra. Me parece que todos aguardan un asunto como éste. Si no les interesa, siempre están a tiempo de rechazarlo.

La muchacha vacilaba.

—No sería mejor... nosotros solos.

—No. Nada de planes baratos. La cosa se hace en serio o no se hace.

—Bien. Tú verás lo que sea conveniente. Los conoces mejor que yo.

En el silencio que bruscamente se abatió sobre la estancia el pájaro de Lola ponía una nota irreal, casi fantástica.

La colección de sellos había desaparecido del despacho del señor Páez. Aquella tarde, al regresar de la oficina, don Sidonio había adquirido unos ejemplares muy curiosos de los Estados Unidos de Venezuela, a un coleccionista de la calle Marqués de Cubas y, cuando se disponía a colocarlos en el álbum, comprobó, con asombro, que lo habían robado. La cerradura de la cómoda presentaba señales de haber sido forzada de un modo muy rudimentario por un ladrón que, por otra parte no se había preocupado de ocultar las señales de su fechoría.

Don Sidonio, que era un hombre de costumbres ordenadas, se creyó en el deber de consultar con su mujer, antes de proceder a las primeras pesquisas. Según se temía, éstas no iban a prolongarse mucho tiempo. Desde hacía unos meses sospechaba de su hijo. El muchacho...

Con el sobre de los sellos en la mano, se dirigió a la cocina, donde su esposa disponía los postres de la cena.

—Cecilia.

Su mujer, que retiraba en aquellos momentos los bollos del horno, le miró con aire interrogante.

—Ha desaparecido el álbum de los sellos —dijo.

Ella le contempló sin comprender.

—¿Tus sellos?

—Sí, alguien los ha robado esta misma tarde. Ha forzado la cerradura de la cómoda y se ha llevado el álbum.

Doña Cecilia se tomó el tiempo necesario para secarse las manos. Las tenía llenas de pasta y las frotaba contra el delantal.

—¿Cuándo te has dado cuenta?

Sidonio reflexionó.

—Ahora mismo. Sin embargo, si no recuerdo mal, me parece que este mediodía noté algo extraño. Mientras dormía la siesta.

Vaciló unos segundos.

—Pero puede que haya sido un sueño.

Sin añadir una palabra, la acompañó hasta el despacho. Juntos observaron la cerradura forzada, las astilladuras de la madera. El ladrón había dejado intactos dos pliegos de documentos y una carpeta de dibujos. También habían desaparecido dos cigarros habanos.

—¿Tú crees? —dijo Cecilia.
Su marido dudó antes de responder.
—No sé...
Sin cambiar una palabra, se habían puesto de acuerdo: la sospecha les ofendía recíprocamente, pero no encontraban el medio de evitarla.
—Podemos irlo a ver —dijo Sidonio.
Los dos se dirigieron al dormitorio del muchacho y doña Cecilia encendió la luz.
La habitación, como siempre, estaba en completo desorden. Luis seguía en todas las ocasiones la política del menor esfuerzo. Cuando fumaba, dejaba las colillas sobre los sillones. Al salir del lavabo se negaba a tirar de la cadena. No daba jamás los buenos días a nadie, ni respondía cuando los demás saludaban. Su egoísmo le absolvía de cualquier clase de deberes.
Ahora la cama estaba revuelta y manchada, y el suelo, cubierto de colillas y papeles. Doña Cecilia lo contempló todo con aire resignado.
—Una se pasa todo el día rompiéndose las manos... Pero no hay forma de arreglar esta pocilga.
Su marido, entretanto, se había agachado junto a la estera y sobre la palma de la mano sostenía una colilla de puro. ¿Qué haces? —dijo su mujer.
—Me parece que es de los míos.
En la habitación de su hijo ausente, las sospechas avergonzaban a doña Cecilia. Su natural bondad atribuía los desplantes del muchacho a su escasa experiencia. «Los jóvenes siempre son los mismos», se decía. Y no podía dejar de admirarle.
—Bah; los puros son todos iguales.
Don Sidonio se lo había llevado a la nariz: con las aletas dilatadas, olfateaba.
—Que no, mujer; yo sé lo que me digo.
Ella no cejó. Interiormente se acusaba de conde-

nar a su hijo sin suficientes pruebas, y deseaba absolverse ante sí misma.

—Que sea de la misma clase —repuso— tampoco indica nada. Bien puede haber comprado cigarros de tu marca.

Pero en seguida se arrepintió de haber hablado. Oficialmente, desde que el año último Luis se negó a seguir la carrera, ni ella ni su esposo le daban jamás nada. A veces, ella le había dado en secreto cinco duros que Luis se embolsillaba sin darle siquiera las gracias; conforme a su sistema, le parecía que los demás estaban obligados con él y que él no tenía por qué agradecerles sus servicios. Pero, por regla general, jamás le entregaban nada y, a pesar de ello, Luis disponía siempre de dinero: fumaba cigarrillos de marca, recibía llamadas telefónicas de amigos y llevaba una vida bastante agitada. Aunque la pregunta brotaba por sí sola, ni ella ni su esposo osaban decirle nada. Ahora, sus palabras se le antojaban una torpeza. La pregunta que esperaba había aflorado también a los labios del marido.

—¿Comprado, dices? Me gustaría saber de dónde saca el dinero.

Cecilia no respondió: con la cabeza baja, fingía mirar con profundo interés las colillas aplastadas de la estera.

Su marido se paseaba de un extremo a otro de la pieza, con el sobre de los sellos en la mano.

—Sí, ¿de dónde saca el dinero? No trabaja, no hace nada, en casa no le damos ni un céntimo y, sin embargo, no se priva de ningún capricho. Va al cine, fuma, se compra novelones...

Con el índice extendido señaló la pila de libros amontonados encima de la mesa: obras de teatro socialista, novelas francesas y soviéticas...

—Ésos, los libros, tienen la culpa de todo. Le distraen, le llenan la cabeza de ideas; le hacen perder el tiempo.

Se volvió a su mujer y la miró con fijeza.

—Sí, ¿acaso sabes tú cómo consigue ese dinero?

Sus preguntas estaban cargadas de reproches. Doña Cecilia callaba.

—No, tampoco lo sabes, pero prefieres ignorarlo —se corrigió—. Preferimos ignorarlo. Le vemos volver del cine, pasearse con mujeres de la calle, comprarse libros y cigarros, y no le decimos nada. Como si fuese la cosa más natural del mundo que un chico, a su edad, tuviese repleta la cartera. Pues bien, eso no puede seguir así. Si el chico tiene dinero, hemos de averiguar de dónde lo saca.

Su mujer le contemplaba, consternada.

—Pero, Sidonio. Estás hablando como si supieras con certeza que ha sido él quien se ha llevado el álbum. Hasta que regrese no podemos averiguar nada. Tal vez no haya sido él.

Don Sidonio se encogió de hombros.

—¿Ah, no? Dime entonces quién puede haber sido. ¿La muchacha? ¿La abuela? ¿Gloria? ¿O alguno de los pequeños?

Cecilia inclinó la cabeza.

—No, no digo eso... Lo que quiero decir es que tal vez no lo haya robado. Ya sabes cómo es Luis. Puede que tuviese deseos de contemplar la colección y al encontrar la cómoda cerrada...

La explicación caía por su base. Al terminarla Cecilia se percató de que ni siquiera creía en ella. Don Sidonio advirtió su confusión y decidió aprovecharla para volver a la carga.

—¿Contemplarla? ¿Desde cuándo ha demostrado afición a los sellos? ¿De cuándo ha demostrado afición a alguna cosa útil? Lo hemos estropeado a fuerza de mimos, buscándole siempre excusas: «Ay, pobre, que se enfadará. No le digas nada, que se llevará un disgusto». Y ya ves cómo nos lo agradece: nos oye como quien oye llover; a la postre, hace siempre lo que le da la real gana.

Se sentía irritado consigo mismo por la debilidad de su carácter y, como siempre que se enfurecía, juraba ser inflexible con el muchacho. Pero sabía de sobra que Luis había perdido el respeto a su autoridad: a la cara no le regateaba las muestras de su feroz desprecio. Y la certeza de su propia impotencia le exasperaba.

Su esposa, como siempre, era la encargada de soportar las invectivas que, en apariencia, descargaba sobre Luis, pero que, en realidad, dirigía tan sólo a sí mismo. En el semblante de doña Cecilia se leía su resignación anticipada. La idea de sufrir los reproches que Luis merecía, la aproximaba a su hijo.

—Y bien. Eso no puede seguir así. Estoy cansado de aguantarle y no le aguantaré. Él y su pandilla de amigos anarquistas pueden hacer fuera lo que les pase por la cabeza. Me da igual. Pero dentro del piso, no. Estoy harto de que entren y salgan como Pedro por su casa, ensuciando el pasillo de colillas, emporcándose en el lavabo y dejándolo todo igual que un estercolero. Hasta aquí podíamos llegar. Los anarquistas, a la calle. No tienen nada que hacer en mi casa. Bastante hace el Gobierno con tolerarlos fuera.

Había alzado la voz progresivamente: los dos hijos pequeños se asomaban, curiosos, por la puerta. Olfateaban algo, una disputa, un combate. Doña Cecilia los expulsó.

—Vamos, idos de ahí. ¿No veis que estáis estorbando? Fuera, fuera...

Las pequeñas cabezas rapadas se esfumaron como por ensalmo, haciendo muecas. Desde el pasillo llegaron sus cuchicheos y sus risas contenidas. Doña Cecilia intentó calmar a su marido.

—Sí, desde luego debemos hacer algo, pero es mejor que lo hagamos con calma. Con prisas, las cosas salen peor. Corremos el riesgo de indisponernos con el chico de un modo injusto y luego resulte que nos hemos equivocado. Mira, déjamelo a mí. Si el chico te ha quitado el álbum, me lo dirá. No podemos hacerle una escena, sin saber a ciencia cierta lo que ha pasado.

A sus labios acudían las viejas razones, que el uso consagraba. Cuando don Sidonio se irritaba con Luis ella era la encargada de interponerse entre ambos: «Calma, calma». Por su parte, don Sidonio jugaba a dejarse convencer. Fingía dar por buenas las razones que amparaban su cobardía y, al descargar en los hombros de su esposa la labor de decidir acerca del muchacho, le parecía cumplir al mismo tiempo con el deber hacia su hijo y con la necesidad de contemporizar con ella.

Dejó que Cecilia repitiese los consabidos tópicos y se limitó a decir:

—Está bien; como tú prefieras. Si quieres continuar estropeando al chico, hazlo. No será porque yo no te haya dicho lo contrario.

Luego, sin tomarse el trabajo de registrar en los cajones del armario, abandonó el dormitorio de su hijo.

Cuando Luis llegó, la familia estaba reunida en torno a la mesa: siguiendo su norma de conducta, entró sin saludar y ocupó el puesto que le correspondía sin despegar los labios.

Por regla general, llevaba un libro o un periódico y, entre plato y plato, leía sin preocuparse de la conversación de sus padres y hermanos. Esta vez, aunque no leía, tampoco evidenciaba el menor interés hacia la charla cinematográfica. Se limitó a engullir los platos, a medida que los traían, sin levantar una sola vez la mirada.

Al servirle la sopa, su madre le había preguntado:
—¿Hace frío, afuera?

Pero Luis no se dignó contestarle. Y doña Cecilia había preferido no insistir. Sabía que, en caso de responderle, el muchacho lo hubiera hecho con alguna impertinencia y temía que Sidonio se exasperara.

Con el mayor tacto posible, se dedicó a desviar la conversación.

A Luis no le importaba mentir, si la mentira le rendía algún provecho. A menudo, mentía, sin tomarse la molestia de ocultarlo. Lo que cualquiera de sus familiares pensase de él, le tenía sin cuidado. Sabía pasarse perfectamente sin la aprobación de las opiniones ajenas.

Muchas veces doña Cecilia le preguntaba si era él quien quemaba con las colillas los sillones de la sala. Su respuesta era: «No». Y, si cambiando el sentido de la pregunta, le decía, minutos más tarde, por qué lo había hecho, el muchacho le contestaba: «Porque sí». La contradicción flagrante de sus respuestas no le importaba.

Una vez, doña Cecilia le había dicho:
—Entonces, ¿por qué dijiste hace un momento que no habías sido tú?

A lo que Luis había contestado:
—Porque me dio la real gana.

Lo decía él y los demás tenían que aceptarlo. Y, si no lo aceptaban, peor para ellos.

Cuando doña Cecilia preguntó si se había llevado el álbum de los sellos, poco antes de concluir con los postres daba por descontado que Luis lo negaría. Por eso, su asombro no tuvo límites cuando el muchacho, tras dirigir una breve ojeada en torno a la mesa, esbozó un ademán de indiferencia.

—Sí. He sido yo.

Don Sidonio no daba crédito a sus oídos. El tono con que Luis había contestado se le antojaba una verdadera provocación. Estuvo a punto de alzar la voz, pero su esposa le cortó con un movimiento de la mano.

—¿Y qué has hecho con él?

Luis se encogió de hombros.

—Me lo he vendido.

Doña Cecilia había palidecido.

—¿Vendido? ¿A quién?

—Eso a ti no te importa.

El tono con que lo dijo no dejaba lugar a dudas: Luis daba por zanjado el incidente. Hicieran lo que hiciesen, nada obtendrían de él.

Hubo un penoso silencio interrumpido de pronto por un ruido brusco: don Sidonio se había puesto de pie, y, rojo de ira, abandonó la habitación dando un portazo.

Al salir del comedor, Luis tomó a Gloria por el brazo. La muchacha estaba pálida como la cera y, cuando su hermano la miró, inclinó sumisamente la cabeza.

—¿A quién se lo has dado? —dijo Luis.

No obtuvo respuesta.

Cuidado. *Cuidado*. CUIDADO... Estaba sacudiendo a uno de los chóferes y no tuvo tiempo de volverse: el golpe lo recibió en plena cara y lo abatió cuan largo era: estrellas, flores extrañas de geométricos pétalos, luces, como destellos de espejos rotos. Había emprendido la pelea con varias copas en el estómago y despertó en la residencia con la cara llena de moretones; una mascarilla de cuero abollada y despellejada. Al principio le costó comprender lo que ocurría: estaba seguro de haberse portado bien; sus brazos y sus puños eran los mismos de antes. Se miraba al espejo y no comprendía. Luego, poco a poco, sintió que algo se derrumbaba dentro: el mito. Los vapores de la borrachera no se habían disipado aún por completo y una tristeza indefinible le empapó como una esponja. Estaba tendido sobre la cama, con la cara cubierta de cruces de esparadrapo y la piel untada de tintura de yodo, y cuando Uribe fue a verle le saludó con una sonrisa amarga: «Me vencieron, "Tánger". Estaba borracho y me atacaron por la espalda, pero me vencieron». Hablaba con una voz triste, que él no conocía, tumbado sobre la cama y cebándose en sus propias heridas. Fueron diez días durante los que Raúl no pudo salir a la calle y durante los que «Tánger» permaneció allí, sin apartarse un momento: filetes, miel silvestre, cera blanca fundida, pomadas y ungüentos cuyo secreto sólo él conocía. «Tánger» era supersticioso, creía en los hechizos y en los talismanes. Desde la cama Raúl asistía, impávido, a sus extraños manejos y, sólo al cicatrizarse las heridas, como al conjuro de sus recetas, acabó por convencerse de que Uribe tenía aptitudes mágicas. «¿Qué sería del mundo —dijo— si nosotros no disimulásemos sus asperezas? Nuestro empeño consiste en ocultarnos, y alguien que no somos nosotros nos rodea y da un nombre. ¿Hasta cuándo huiremos por los senderos de la angustia?» Y Raúl había reído al fin: sus labios gruesos dejaron ver la blanca dentadura y la salud de sus encías rojas. *Sí, ¿hasta cuándo?, ¿hasta cuándo?* Hacía de ello varias semanas, y desde entonces había corrido mucha agua. Ahora, con gran riqueza de ademanes, Raúl estaba narrando las incidencias de la víspera en la churrería. Llevaba vendada una de las manos y le habían pedido explicaciones.

—¿Por qué os peleasteis? —decía David.

Rivera, con el sombrero echado atrás, que ni aun en los cafés se lo quitaba, dejó que el humo atornillara sus volutas en torno a la cara.

—¿Por qué? —dijo. Y sus manos velludas habían aflojado el nudo de la corbata—. ¿Y por qué iba a pelearme sino por ese marica?

Señaló con el dedo: Uribe, envuelto en su abriguito de terciopelo verde con solapa de pieles, parecía un muñeco de cera. Con una mano blanca, inverosímilmente pequeña, impartía bendiciones.

Mendoza, tras de encargar una ronda para todos, ocupó un asiento vacío a la cabecera de la mesa.

—¿Qué hizo? —dijo.

Rivera se recostó en el asiento: el cigarrillo le partía en dos la barbilla recién afeitada.

—¿Qué queréis que haga? Lo de siempre. Provocar el combate, para escaparse luego. Pero por Cristo Santísimo, que esta vez le salió mal.

Y con el tono vehemente con que relataba sus grandes hazañas, explicó lo sucedido.

—Para colmo —decía— el muy sarasa no sólo no me dio las gracias, sino que se consideró muy ofendido cuando le canté las claras. Yo había partido la cara a dos tipos, sin que él moviese un dedo. Además, la culpa había sido suya: era muy lógico que al terminar le dijese lo que pensaba. Pues, no señor. El gran cobarde se las daba de estrecho y se largó sin saludar.

A Uribe, la luz lívida de los mecheros le hacía parecer aún más pálido de lo que ordinariamente era.

—Me fui con las gorilas hembras —dijo.

Rivera hizo una mueca desdeñosa.

—Para lo que te sirven a ti las mujeres...

Uribe se sacó una flor de trapo del bolsillo y se la colocó con afectación en el ojal.

—Me adoran —repuso—. En cuanto hablan conmigo se quedan prendadas. Yo les ofrezco la magia: la alquimia de los colores. Las amo en habitaciones iluminadas con luces violadas y les coloco cintas de seda en la punta de los senos. A una gorila muy fea le envolví con una gasa verde toda la cara y le hice creer que era joven y hermosa. Y a todas les beso la mano, al concluir, como si me hubiesen ofrendado su doncellez y les coloco sobre la almohada un ramo de rosas blancas. Y me quieren porque les hago creer que son distintas. Las engaño. Les doy magia.

Las imágenes acudían como bengalas a su cerebro: cuando hablaba así, ni el propio Raúl podía abstenerse de admirarle.

—Sin embargo —terció Cortézar—, esta mañana les diste un plantón.

Uribe esbozó una ademán de disculpa.

—Sí, odio la mañana—. Y su aspecto de muñeco al pronunciar esas palabras, acentuado por sus diminutas manos blancas, le confería en esos momentos una apariencia irreal, casi fantástica—. A la luz del día aquellas mujeres eran burdas y ordinarias, tenían la piel áspera y las bocas desdentadas, como sifilíticas. Yo llevaba en el bolsillo unas máscaras preciosas: delicadas caretas de seda con sonrisas equívocas; les propuse colocar pantalla de papel y farolillos de colores. Tenía también unas alas transparentes, como de libélula. Pero no quisieron hacerme ningún caso. *Eran reales y horribles*.

Había bajado el tono de voz a medida que hablaba y al concluir observó un momento a Agustín.

—Óyeme —dijo—. ¿Has visto a Ana?

Mendoza había llenado la pipa, que sólo usaba después de la cena. La encendía trabajosamente.

—Sí. Ha venido al estudio.

—¿Qué quería?

—Nada de particular.

—Supongo que no le habrás hablado de mí. Me había llamado por teléfono y como yo estaba borracho, no sé qué recado debí dejarle...

—Bah, pierde cuidado.

Hablaba con indiferencia, dando a entender que el tema no le importaba. Al salir del estudio había comprado el periódico de la noche. Ahora lo desdobló sobre la mesa, con los grandes titulares dando cuenta de los desmanes revolucionarios.

El pequeño Páez se inclinó para poder leer; los rizos dorados del cabello le caían anillados por encima de la frente.

—¿Sabéis una cosa? —dijo de pronto—. A Betancourt, el tipo canario amigo de mi hermana, lo detuvieron hace un par de días.

Rivera le miró con súbito interés.

—¿Betancourt? ¿Cómo lo sabes?

Luis eligió un cigarrillo de la petaca que David le ofrecía.

—Me lo ha dicho ella misma. Estaba desesperada porque creía que lo iban a procesar. Según parece, lo detuvieron a él y a otros cuatro en un piso de la Carrera de San Jerónimo, por tenencia ilícita de armas.

Se detuvo un segundo a comprobar el efecto de sus palabras; sabía que David estaba enamorado de su hermana y deseaba saber cómo las encajaba. «Parece atontado», pensó.

—No hubiera podido imaginarme jamás a Jaime en plan de revolucionario —dijo Raúl—. En Las Palmas habíamos estudiado el bachillerato juntos y él obtenía todos los años el premio de conducta. Su familia, como la mía, es muy de derechas.

Con el sombrero echado atrás, las cejas enarcadas, el espeso bigote en forma de uve y las pupilas redondas como dos bolas negras, su rostro denotaba tal asombro que alguno de los reunidos se echó a reír.

—¿Y cómo lo pescaron? —dijo Cortézar.

Páez se encogió de hombros.

—No sé. Mi hermana no está muy enterada, según parece. Por lo visto tenían en el piso un pequeño depósito de armas y alguno dio el chivatazo. Cuando entraron los policías fueron directamente al lugar donde estaba oculta: una imagen del Niño Jesús de Praga que ponían allí para despistar.

—Los otros, ¿quiénes son?

—Gloria tampoco lo sabe. Aunque me parece que uno de ellos es Zin, aquel dibujante anarquista de las manos quemadas.

A Rivera la noticia le había dejado estupefacto: echaba la cabeza atrás, fruncía los labios y hacía girar el cigarrillo entre los dedos. Como siempre que trataba de explicarse algo que no comprendía y que tal vez le humillaba, sonreía amargamente.

Le conozco desde que era chiquito así —y sus manos se separaron palmo y medio, el espacio aproximado de un feto—, cuando íbamos al colegio por las mañanas. Él era entonces un chavalillo flaco, que nunca jugaba en el recreo y que tenía miedo a todo: a hacer novillos, a practicar lucha canaria y hasta a bañarse en el puerto.

Uribe levantó las solapas peludas de su gabán de terciopelo.

—En resumen —dijo—. Que era más inteligente que tú.

—Sí, era más inteligente, pero más pacífico y sosegado. Y algo cobarde también. Recuerdo que en una ocasión me hizo enfadar y le sacudí de lo lindo.

—Tú siempre has sacudido de lo lindo a todo el mundo —dijo Uribe—. No es necesario que lo digas. Lo sabemos.

Recortadas en el blanco de la córnea, las pupilas de Raúl parecían dos agujeros negros.

—¿Quieres callarte de una vez? —exclamó.

Se tomó el tiempo necesario para expulsar el humo que almacenaba en los pulmones y prosiguió.

—Hace tres meses le vi en un café de la Gran Vía. Tenía el mismo aspecto inofensivo de siempre, y cuando me dijo que estudiaba Derecho, le creí un alumno aplicado. Bromeé acerca de sus éxitos escolares y nos dimos la mano como dos viejos amigos. Y ahora resulta que lo han enchironado.

La noticia le había humillado. Decía: «Y ahora resulta que lo han enchironado» en el tono con que otro diría: «Y ahora resulta que es mejor que yo».

—Parece que la noticia te disguste —observó Cortézar irónicamente.

Rivera vaciló unos segundos.

—Hombre, tanto como disgustarme, no... Pero me sorprende, palabra. Tenía un aspecto tan inofensivo que no le creía capaz de meterse en esos líos.

Mendoza había doblado el periódico de la noche, de forma que sus titulares resultasen visibles para todos.

—Lo que sucede —dijo— es que nadie se atreve a comprometerse de un modo definitivo. Ninguno de nosotros, por ejemPlo, ha hecho nada para significarse.

Recordaba que en la revista clandestina que habían publicado un año antes y que sólo llegó a sacar un ejemplar de las prensas, el artículo de fondo rezaba: «Una ideología que no transforme sus postulados en normas de acción inmediata, es falsa y nociva».

—Sí —apuntó el pequeño Páez—. Estamos perdiendo el tiempo.

Los sucesos de los últimos días habían despertado su indignación: ahora también sentía la necesidad de ser útil.

—Hace ya mucho que hablamos de hacer «algo» y dejamos que los demás nos adelanten.

Agustín apuró de un trago una copa de ginebra.

—Sí, eso es lo grave. Ni nosotros ni los amigos de Zin hemos hecho algo que valga la pena. Cuando fundamos *Ática*, preconizábamos la acción, y Rudy, Jorge y su pandilla, se burlaron porque nos creían incapaces de actuar. Y en cierto modo tenían razón. El que ellos tampoco actúen no es, desde luego, una disculpa, sino un motivo más para que actuemos nosotros. Bastaría que regresáramos a nuestras casas para que todo prosiguiese igual y se nos recibiese como a ovejas perdidas.

Se había detenido para escanciar la copa y recorrió el auditorio con la mirada. Tan sólo Uribe no le oía: con la cabeza ladeada susurraba algo misterioso al oído de su vecino, un muchacho rubio de aspecto seráfico, llamado Ángel. «Su aspecto, pensó Agustín, responde exactamente al nombre que lleva. Uno se lo imagina vestido con una túnica blanca, deambulando por los cielos con una flor en la mano.»

—¿No opinas así? —preguntó a David.

El muchacho deslizó la lengua por los labios antes de contestar: tenía el semblante pálido, como enharinado y unas manos delgadas que no dejaba un instante quietas.

—Sí —contestó—. En casa nos aguarda el festín y los invitados. Todo está dispuesto para el regreso del hijo perdido: el buey, los parientes y los servidores.

Tal vez hasta el padre nos espíe en el recodo del camino.

—Bien —dijo Mendoza—. Eso es lo que no debe suceder.

—Pues lo más probable es que ocurra así —le interrumpió Páez—. Y que volvamos a poseer lo que por nacimiento nos pertenece. —Había hablado algunas veces con Ana y había aprendido su lección—. Todas las generaciones han hecho lo mismo. Los padres tratan de prevenir a los hijos; éstos no les hacen caso: se extravían. Juegan a vivir la vida y a la postre regresan al redil con los ojos anegados en llanto. Un final de comedia rosa, ya se sabe. En el fondo, ninguno de nosotros ha actuado en serio.

Había hablado con tal vehemencia que hasta alguno de los burgueses de las mesas vecinas interrumpió su conversación para escucharle.

—Sí. Está bien. Somos parásitos —dijo Cortézar—. ¿Y qué otra cosa podemos hacer?

—Ante todo —repuso Agustín con voz suave— cortar las amarras. Si queremos ser lógicos y aspiramos a seguir avanzando, tenemos que quemar las naves.

Observó que todos los ojos estaban fijos en él: la luz de los mecheros les daba una fosforescencia lívida, casi de fantasma.

—Sólo un acto irrevocable y definitivo que nos comprometa para siempre puede garantizar que no jugamos. Un acto sin salida, sin escapatoria. Hasta el presente nos hemos contentado con hablar. Y es preciso que después de ejecutar este acto podamos decir: ya está hecho; ahora no hay remedio.

—Lo importante —dijo David— sería determinar la índole del acto.

Páez encendió un cigarrillo.

—El fin es evidente. Queda por solventar la cuestión de los medios.

—Sí —dijo Uribe—. ¿En qué forma debemos actuar?

Había formulado la pregunta con aire despreocupado, sin volverse siquiera. En aquel momento recibía las confidencias del muchacho rubio con aire complacido: adelantaba sus diminutas manos de celuloide, en ademán de rehusar, como si lo que oyese le escandalizara. Rivera le fulminó con una mirada: la del agujero profundo de sus ojos.

—No será dejándose tocar las nalgas, gran marica —dijo.

En el café se produjo un cierto revuelo.

—Está bien, callad ya —medió Cortézar—. No hemos venido aquí a hablar de nalgas. Y si queréis hablar de eso lo mejor que podéis hacer es largaros con la música a otra parte.

Raúl, ofendido, se desabrochó el botón de la camisa.

—No he hablado con el deliberado propósito de molestar a nadie —dijo—. Lo único que he hecho es poner las cosas en claro.

Hubo una pausa; el tiempo necesario para que todas las miradas, curiosas e interrogantes, se fijaran en Mendoza.

—Sí, de eso se trata. Determinar la índole del acto a realizar. En realidad, éste es el único problema.

Durante unos segundos se acarició la barbilla con los dedos. Estaba de cara a la luz: enmarcado por la barba y el cabello, su rostro resaltaba inverosímilmente blanco.

—Las experiencias de esos días debieron de habernos enseñado algo: que allí donde hay jerarquía hay engaño. Sólo un grupo pequeño, bien organizado, puede actuar de un modo eficaz.

Los ojos del pequeño Páez brillaban.

—¿En qué forma?

Mendoza vaciló unos instantes. Le parecía que había avanzado demasiado y juzgaba prudente no hacerlo más. «Por hoy, se dijo, ya hay más que suficiente.»

—La forma se determinará más tarde, por acuerdo. En un principio lo que cuenta es el factor individual. Si cada uno está seguro de sí mismo no hay problema. Ahora bien, si tiene escrúpulos de cualquier clase, la puerta de salida está siempre abierta. Los débiles no tienen cabida en el grupo. Una vez se está dentro de él, debe saberse llegar hasta el final.

Por un momento pensó en el tedio de sus tardes solitarias: el sueño, la pereza, el alcohol. Lola había quedado en ir a buscarle. Al día siguiente se sentía preso en el laberinto que él mismo se había fabricado.

Hubo un largo silencio, interrumpido de pronto por una exclamación ahogada. Uribe había sacado la flor de su solapa y apuntaba con ella al muchacho de aspecto seráfico.

—Miradle, miradle.

Había asumido el ademán trágico de sus mejores escenas. Enjuto, pálido, sin separar apenas las manos del cuerpo, como un muñeco torpe, apuntaba al muchacho con su flor de trapo. El abrigo de terciopelo le caía pequeño: le adelgazaba.

—Acaba de hacerme una proposición inadmisible —exclamó.

La salida, tan inesperada, había descargado el ambiente tenso de la conversación. Mendoza se sentía aliviado. Los vecinos de las restantes mesas reían y miraban.

El muchacho, turbado, protestaba.

—Yo —decía—. Lo que yo...

Uribe se tapaba los oídos.

—Oh, basta, basta.

Con una bandeja de cartón, como las que se emplean en las dulcerías, recorría el local de mesa en mesa. Sabía que Rivera le miraba y eso le hacía sentirse aún más loco.

—Pierna mala... Chist... Pierna mala...

Los clientes no comprendían lo que pasaba, pero sonreían de oreja a oreja.

—Sí, la pierna... Cojito... De nacimiento...

Al llegar al centro del local, bajo la confluencia lívida de las luces de gas, su rostro adquirió una expresión de angustia.

—Va a imitar las películas de bandidos —explicó Cortézar, divertido, a los ocupantes de las otras mesas.

Frágil, verdosa, la pequeña figura del gabán de terciopelo se derrumbó con una mueca trágica.

—Oh, Johnny... Lo hice sin querer, te lo juro... Yo nunca te quise mal. Cuando disparé... Oh, yo no sabía que eras tú, Johnny... Recuerdas, en Las Rocosas jugábamos bajo los pinos... Éramos como hermanos, Johnny... Yo... Oh, te lo juro... No... Johnny, Johnny...

Se había dejado caer al suelo con una mímica dolorosa, pero en seguida se incorporó de un salto.

—Oh, estoy borracho.

Todos aplaudían, hasta Rivera. El encargado del local, que en un principio temía que aquella exhibición espantase a la clientela y se disponía a rogarle que cesara, se apresuró a felicitarle en vista del éxito.

—Tome. Una copa. La casa paga.

Uribe brindó entusiasmado.

La peña se disolvió. Cortézar fue el primero en levantarse y los demás se apresuraron a imitarle: la pirueta les había vuelto locuaces.

Ya en la calle, el farsante tomó a Rivera por el brazo.

—Oh, Raúl —dijo—. ¿Te habías enfadado en serio?

Y en vista de que su camarada, aún ofendido, callaba, prosiguió su cantinela.

—Huyamos. La luna es nuestra cómplice.

Sobre el asfalto reluciente de la calzada se separaron del resto de la banda. Y en el silencio de su amigo, Uribe comprendió que lo había perdonado.

—Óyeme —le dijo—. ¿Por qué no vamos a emborracharnos?

II

Para Gloria la vida era bien distinta de cómo sus padres se la habían enseñado. La muchacha hizo el descubrimiento y aún ahora le asombraba la fidelidad de su memoria al evocarlo. Don Sidonio les llevaba en aquella época a un pueblecillo de Guadalajara; fue allí, durante las vacaciones estivales, donde tuvo ocasión de comprobar que el mundo no concluía con las cuatro paredes de su piso y que la imagen que su hermano le ofrecía no era peor ni más absurda que las que le habían enseñado en su casa. En aquel pueblo gris, refugio de culebras y lagartos, en el que sólo dondiegos y geranios ponían una nota de color desesperada, Luis la había iniciado en los secretos de su pandilla: un mundo de fuerza y de crueldad, en el que la astucia era un recurso y la mentira un arma de combate. En el pajar abandonado de la colina, entre herrumbrosos aperos de labranza, y sacos destripados y vacíos, se celebraban las juntas de los Cangrejos, la terrible banda que rompía los faroles del alumbrado, robaba las frutas de los puestos callejeros, vaciaba el cepillo de la iglesia y perseguía a las parejas solitarias que se ocultaban en los rincones umbrosos del jardín del casino. Los Todo Poderosos Hermanos empleaban disfraces y capuchas, cuchillos y navajas. Ser iniciado en los Misterios equivalía a someterse a una serie de pruebas, en las que el aspirante debía dar muestra de su capacidad: robar una jarra al viejo alfarero, arrancar las cadenillas de la puerta del colmado, pinchar el neumático de la bicicleta que el empleado de Correos dejaba junto a la entrada del hotel, y realizar una serie de hazañas más o menos caprichosas, que oscilaban desde la casi imposible, a la burlona e irónica.

Ella, en atención a su sexo, fue admitida sin prueba alguna y, convertida en Todo Poderosa Hermana, presidió más de una vez el Bautismo de los nuevos iniciados. Luis - Ojo de Halcón, con su antifaz de seda - corsé, y su látigo - cadena de lavabo, aplicaba la justicia a los refractarios. También ella había asistido a la tortura del hijo del peluquero: se le habían hecho unas incisiones en el brazo con una navaja previamente desinfectada con la vela que ella sostenía sobre la boca de una botella de cerveza y el muchacho, así mareado, fue dejado en libertad, bajo promesa de silencio.

A cien metros de allí, pero a muchos kilómetros de distancia efectiva, don Sidonio y doña Cecilia, sentados en mecedoras, hojeaban periódicos y revistas en el vestíbulo de su casa. Diariamente el padre tenía cargos contra Luis, que no estudiaba y se mostraba indigno del veraneo que, a costa de tantos esfuerzos, le había procurado. ¿Era aquélla la educación que había recibido? Sí, era aquélla. ¿De qué le servía entonces su estancia en un colegio de pago? De nada: ni las matemáticas, ni la física, ni la geometría servían para nada. Y así hasta el infinito. La abuela, a su lado, tocada con una cofia blanca como las que aparecen en las cubiertas de los libros de cuentos, le hablaba de un mundo suave y acolchado, donde las plantas agradecían que se las regase y los animales premiaban con lejanos paraísos las caricias que los niños les daban en el lomo. Había también niños pobres, que no tenían madre y a los que se debía querer y compadecer, e imágenes regordetas y glotonas a quienes rezar y encomendarse. Luis le había enseñado a despreciarlas. Con sus pequeños camaradas se orinaba en los tiestos de claveles, que al día siguiente aparecían quemados y que las lágrimas dulces de su abuelita no lograban resucitar; ponían trampas a los pájaros y cemento en la boca de los hormigueros. Perseguían a los mendigos a pedradas y al niño paralítico de la confitería lo ensuciaron con boñigas de vaca.

Regresar a Madrid era como volver a otro mundo. Luis en aquella época se hacía pagar sus concesiones: por guardar corrección en la mesa los días de invitados, cinco pesetas. Por no cantar en el pasillo cuando la abuela dormía, una cincuenta. Gloria le observaba y no decía nada. Un día, los cuatro hermanos vaciaron en el patio de la casa un almohadón de miraguano y don Sidonio les encerró en su dormitorio durante toda la tarde. Luis les quitó entonces los vestidos y, desnudos, con sus hermanos chiquitines, se asomaron al antepecho de la ventana. Era invierno: se estremecían y lloraban: «Tenemos frío». Los transeúntes, sorprendidos, comenzaron a aglomerarse debajo de la ventana. «Es papá. Nos ha castigado.» Momentos después subían en tropel por las escaleras y don Sidonio pasó muy mal rato.

«Lo que has hecho hoy, supera lo que podía imaginarme. Has perdido los límites de la vergüenza. ¿Es posible que lleves mi misma sangre?» Y al dar el portazo, el primero que Gloria presenciaba, el reloj de cuco había iniciado sus burlones repiques, y la gramola continuó girando, como un insecto torpe y obstinado, atascada a mitad del disco, y, por un momento, pareció que el tiempo se detenía y que, en aquella congelación momentánea, las campanas del reloj de cuco y el zumbido de la placa que giraba constituían la única nota de vida de una casa en la que, como pálidos e inmundos murciélagos, las rencillas acababan de instalarse. La abuela, con un breviario en las rodillas, leía en voz alta: «¿Quién *será* aquel que diga que vino *algo* que el Señor no mandó?». Y todos se volvieron hacia ella porque no reconocían su voz, lo mismo que si aquella sombra nueva que Gloria adivinaba, hubiese hablado por boca de su abuela y hubiese resumido, aunque de un modo incomprensible, su opinión. Habían pasado desde entonces cinco años y Gloria no pudo olvidar nunca aquellos momentos.

Luis había crecido en la desvergüenza. «Sí, en la *desvergüenza*, porque se requiere fortaleza para romper con todos y con todo; para jugar con los respetos ajenos, poniéndoles precio», palabras que ella, Gloria, asociaba a los «Cálmate, Sidonio; el chico es aún pequeño» y que componían la música de fondo de la comedia que, desde hacía muchos años, estaban representando. Luis era esto y mucho más: «Un *pioneer* gracias al cual has podido crearte una vida propia —le había dicho Betancourt—. Esa es la ventaja que tienen los menores». Era verdad. Su respuesta a propósito de los dichosos sellos era una buena prueba. Ella había intentado darle las gracias, no sólo por eso, no, sino de haberla arrancado «de esa sociedad donde —como decía Betancourt— hasta el concepto de vida se recibe de prestado». Pero cuando quiso hacerlo, las ideas se le habían enmarañado en la cabeza hasta formar un revoltillo. Fracasó. Jaime le había hablado de algo así como «la tragedia de la estrechez moral ambiente», pero no estaba muy segura. Por si acaso, prefirió callar.

Y la deuda se mantenía en pie. Era inútil revolotear en torno a él. Luis no le hacía ningún caso. O, como diría Jaime, «iba directo a su objetivo».

Aguardó a que los demás se marcharan, y, cuando al fin le dirigió la palabra, le pareció que acababa de producirse un milagro.

—Ven a dar una vuelta —dijo—. Tengo que hablarte.

—Como tú quieras.

Se pusieron los abrigos, en silencio. En la puerta doña Cecilia recomendó:

—Abrigaos. Hace mucho viento.

Salieron a la calle.

Gloria caminaba a la derecha, sin decir palabra, levemente emocionada. Contemplaba los pies de su hermano abriéndose un sendero entre las hojas secas de los castaños y respondió con un estremecimiento a la pregunta que tanto aguardaba:

—¿Qué hiciste con los sellos?

Se aclaró la garganta antes de responder

—Se los di a Suárez. Él los vendió a un aficionado

—¿Cuánto os pagaron?

—No sé... Poco. Seiscientas pesetas.

—¿Eran para Betancourt?

—Sí. ¿Por qué?

—Aún está en la cárcel.

La muchacha evitó su mirada. Parecía confusa

—No sirvió para nada. Por lo visto, la fianza no se aplica en estos casos, pero Gerardo dice que lo soltarán en seguida. A otro que le acusaron de lo mismo, tenencia ilícita de armas, lo dejaron libre al cabo de diez días

Luis encendió un cigarrillo. Para defender la llama que se extinguía entre el hueco de sus manos, se detuvo en un portal.

—¿Y el dinero?
—¿Las seiscientas pesetas?
—Sí.

El semblante de Gloria expresó consternación.
—¿Las necesitas?

Luis escupió una mota de tabaco.
—Sí.

Caminaron unos segundos, en silencio.
—Yo... Aquel mismo día se las di a Gerardo.
—Tú misma has dicho que no fueron necesarias.
—Sí, pero quedaban las deudas...

Vaciló unos instantes, avergonzada.

—Su familia no le manda nada. Están peleados con él y quieren que vuelva. Él nunca las hubiese aceptado, pero como yo sabía por Gerardo que andaba en apuros...

Dirigió a Luis una mirada suplicante.
—Estúpida.

El muchacho se quitó el cigarrillo de los labios y lo arrojó contra el suelo.

—Eres una estúpida.
—Debía mucho dinero —dijo ella.

Su hermano no le hizo ningún caso.

—Debía, debía... Cuéntaselo a la abuela; quizá te crea.

Las mejillas de Gloria tenían el color de la grana.

—Tal vez... no lo hayan pagado aún. Si quieres, esta misma tarde iré a ver a Gerardo y le diré que lo necesito. Le contaré que...

—Son quinientas pesetas las que me hacen falta. Si te han de devolver dos reales, puedes guardártelos en el bolsillo.

—Si tú quieres... Yo...

—Yo no quiero nada. Se me había ocurrido pedirte ese favor, simplemente. Si no quieres hacerlo no es asunto mío.

Hablaba con voz dura, con esa voz del que reniega del hogar, que no reconoce al padre ni a la madre y que se hunde cada vez más en la desvergüenza. Señor, Señor, ¿hasta cuándo tendré que soportarlo? Gloria se llevó una mano al corazón.

—Yo... te aseguro que no tengo el dinero. Se lo di a Gerardo, créeme. Si quieres puedes preguntárselo ahora mismo por teléfono. Allí, desde aquel bar...

Ostras. Aperitivos. Servicio a... De nuevo irrumpían en su cerebro las palabras de don Sidonio: «Sin moral, sin decencia, ¿cómo puede desenvolverse un hombre en la vida, cómo...?».

—Excusas... Están al alcance de cualquiera. También yo aquella noche podía haber dejado que te atraparan, y excusarme luego. Me gustaría saber de qué te hubiese servido.

Habían llegado a Alcalá y bajaban hacia Cibeles, pegados a la verja del Retiro.

—Sí, hubiera podido lavarme las manos y no lo hice. También podría explicar esta noche el asunto del álbum y hablar de la gente con quien andas mezclada y pedirte luego perdón.

Sonreía con desprecio y apretó ligeramente el paso. A su lado, Gloria tenía que hacer esfuerzos para seguirle. Se sentía la criatura más desgraciada del mundo. Estaba a punto de soltar las lágrimas.

—Bien. No hay nada más. Lo mejor que puedes hacer es marcharte.

Le hablaba de perfil, sin mirarla siquiera. Luego, en vista de que no se separaba, su expresión pareció dulcificarse. La tomó por el brazo y se amoldó al paso de ella.

—Bah, olvida cuanto te he dicho. No tiene ninguna importancia.

En el cielo azul pálido las hojas de los árboles amarilleaban suavemente. Sobre el tejado de las casas, unas nubes blanquecinas tendían una delgada bufanda de seda. Durante algunos instantes caminaron en silencio.

—¡Ah, se me olvidaba! —dijo el muchacho, de pronto—. Un día de éstos, mejor hoy que mañana, es preciso que llames a David.

Su observación, hecha al desgaire, llenó de sorpresa a Gloria. Seis meses antes, sí, en mayo, Luis les había encontrado juntos en la calle y al llegar a su casa la había acribillado a preguntas: «¿Por qué te sigue?». Ella no le contestó. Siempre que discutía con Luis prefería callarse. Su hermano no intentaba nunca convencer a nadie: le bastaba con decir la última palabra, cerrarle el pico. Se limitó a explicarle que, si alguien se acercaba a saludarla, no podía despedirle a cajas destempladas. *Además, David no es mi tipo. Tal vez esté enamorado de mí. Tal vez. Le aprecio como amigo, sí, como un excelente amigo, sí, como un excelente amigo, pero...* Y Luis la había interrumpido en sus reflexiones para hablar con ese desprecio que, sólo él, sabía imprimir a las palabras: «¡David, oh, el Perfume de la Bondad!». Y ahora, el propio Luis pedía que fuera a visitarlo.

—¿Qué mosca te ha picado?

Lo dijo con el temor de que su hermano le contestase con un insulto y se llevó una sorpresa al oírle:

—Me parece que está enamorado de ti.

—¿De mí?... Si hace meses que no lo veo.

—Pues bien. A partir de ahora debes salir con él hasta que yo te lo diga.

Cuando hablaba así, con su voz seca, tan indiferente a los pensamientos de la persona a quien hablaba, Gloria no podía dejar de admirarlo.

—Hace mucho tiempo que no nos vemos y yo creo...

—Lo que tú creas me tiene sin cuidado. Te pido un favor, sencillamente.

Ella inclinó la cabeza, confundida.

—Sí, desde luego. Únicamente decía que si tú le llamases sería mucho más fácil.

—Como prefieras. Esta misma tarde le invitaré a ir a casa. Una vez allí, ya encontrarás la manera de abordarle.

El recuerdo de sus actividades en la banda de los Todo Poderosos Hermanos afloró de nuevo a su memoria. La enviaban a las zonas de peligro como emisario emboscado y transmitía los informes que obtenía del enemigo.

—¿He de averiguar algo?

Luis denegó con la cabeza.

—No. Has de salir con él, simplemente. Te advierto que ya sabe lo de Jaime, de forma que es mejor que no se lo cuentes. Tan sólo —añadió con una sonrisa irónica— tienes que mostrarte tierna.

«Es algo, decía, que me atrevo a calificar de único. Se hace querer por cuantos la rodean.» El año anterior don Sidonio había invitado a comer a algún muchacho de porvenir brillante con el que soñaba en verla casada algún día y Luis, la cruz que él, don Sidonio, llevaba a sus espaldas desde que el niño tenía cuatro años, preguntaba al invitado si era rico, si su padre tenía alguna renta y alababa de un modo burlesco las virtudes hogareñas de su hermana. «El descastado, porque se necesita ser descastado para...» Ahora, Gloria pasó la observación por alto. Habían llegado junto a Correos y allí el muchacho hizo ademán de abandonarla.

—Bien. Ya hablaremos después. Esta misma tarde le llamaré por teléfono.

—¿Te vas?
—Sí. Tengo que hacer.
—¿Y el dinero? Si quieres...
—No te preocupes. Ya lo obtendré de cualquier lado.

Se alejó silbando. En el primer café de la Gran Vía bajó al lavabo y pidió a la encargada una ficha de teléfono. La introdujo en la ranura.

—¿Podría avisar a David?
—¿De parte de quién?
—De Páez.

Dejó el receptor encima de la mesa y dirigió una ojeada a la mujer encargada de las fichas. Buscaba algo entre el revoltijo de sus faldas y mascullaba imprecaciones en voz baja. Al cabo de un minuto pegó la oreja al auricular.

—¿David? Soy Páez. Óyeme. Mañana por la tarde viene Cortézar a casa. Tiene unas entradas para el cine y he creído que podía interesarte.
—¿Dan algo bueno?
—No sé. No me ha dicho nada.
—¿A qué hora le aguardas?
—A las seis.
—Está bien, iré.
—Te espero.
—De acuerdo.

Luis cortó la comunicación en el momento en que David daba las gracias. Subió los escalones de dos en dos. Sonreía. «Ahora, pensó, sólo me falta el dinero.»

En la calle detuvo a un taxi con un movimiento de la mano.

—Lléveme usted a Noviciado.

Ya en el taxi abrió el pañuelo en el que había metido el anillo de oro de su abuela y las medallas de bautismo de sus dos hermanos. Los analizó con ojo crítico.

—Veremos qué me dan por esa porquería.

A través del cristal indicó al taxista que se apresurara.

La muchacha le había confiado los informes aquella misma mañana, después de una lucha de dos horas en la que ella, Ana, estuvo a punto de perder la partida. Tenía un novio alto, moreno, que asistió a la entrevista con aire desconfiado: era un campesino manchego de piel como cocida a terracota, que hacía girar incesantemente la boina entre las manos. Paula se había acercado a ella, dijo, venciendo mil resistencias interiores manifestadas por gestos angustiosos de los labios, movimientos irreprimibles de los dedos, músculos que palpitaban a flor de piel, temores...

«Sí, me decía, estoy de acuerdo, siempre que no le ocurra nada al señor. Usted no sabe lo bueno que ha sido conmigo. Llevo seis años en la casa y no he recibido de él la menor reprimenda. Créame. Es un caballero de verdad que sabe agradecerlo todo y que no pasa por alto ninguna atención. No podría perdonarme que le ocurriese nada serio. Usted me entiende: una cosa es robar y otra es causarle daño, qué sé yo, matarle... Para eso no cuenten conmigo. Yo soy una mujer tranquila que quiere casarse y tener hijos y el mejor modo de hacerlo es evitar complicaciones.» Continuó explicándome lo limpia y ordenada que había sido desde niña y el amor que una fallecida abuela le había inculcado hacia el prójimo y las cosas humildes: «Yo, que soy una mujer sin estudios, tengo un amor extraordinario hacia la vida de familia...».

Ana la había envuelto en un rosario de palabras tranquilizadoras y suaves, que implicaban un reconocimiento y homenaje a su manera de ser tan íntegra, dándole toda clase de garantías, alabando la naturaleza de sus sentimientos y exhortándola a mantenerse con el corazón puro y blanco.

«Fue una verdadera competición de elogio y cortesía. Desde el principio me había dado cuenta de que el novio estaba de mi parte. Bastaba verle la cara: la frente estrecha, los labios enormes, el bigote espeso cortado al cepillo y unos ojos líquidos que brillaban de codicia. Tenía, eso sí, un hermoso cuerpo, escurrido de caderas y amplio de espaldas, pero su cerebro era el de un mosquito. Yo fingía hablar a Paula, pero en realidad me dirigía sólo a él: me forjé el propósito de convencerle, de forzar su cazurrería innata. Ella me miraba con fijeza. Es de esas mujeres gruesas, de rostro almidonado, que invocan continuamente a las potencias celestiales y proclaman su honradez a los cuatro vientos. "El caso actual es distinto, le decía, tiene usted que casarse; no puede usted esperar." Y ella se dejaba acariciar por mis sonrisas tibias y, con el ceño obtuso, cubierto de arrugas, parecía devorarlas glotonamente.»

Mientras hablaba, dejó de pasearse y se sentó en la butaca que ordinariamente ocupaban las modelos. Para ello tuvo que apartar los pinceles resecos y una de las dagas que Agustín había olvidado allí. Mendoza se apoyaba en el caballete con aire indolente y la contemplaba como si fuese a dibujarla.

Sobre la mesa, en un bol de agua amarilla, flotaban algunas rosas deshojadas: «Obsequio de una amiga», había dicho Agustín. En los rincones, donde el techo caía oblicuamente, hasta dos palmos del suelo, unas carpetas mostraban infinidad de proyectos de danza, y un tutut de gasa y seda descansaba sobre una de las viejas arcas marineras.

—¿No te importa que maneje los colores? —había dicho Agustín.

Ella hizo un movimiento con la cabeza: su rostro terso, de tez pálida, parecía absorber la luz plomiza de la tarde e incorporarla a su piel como algo propio. La blusa, a través del jersey desabotonado, dejaba traslucir el empuje juvenil de unos senos que se adivinaban bien formados.

Explicó cómo, en un momento dado, la partida estuvo a punto de escapársele de las manos y los esfuerzos que hizo para adquirir la iniciativa de nuevo, soltando cuerda lo mismo que un pescador, para que la presa tuviera tiempo de agotarse.

«Hace seis años que sirvo en casa del señor Guarner», me decía, e inmediatamente, por el tono de la voz al recalcarlo, la incluí en esa especie de seres que especulan con los sentimientos como un objeto de mercado y deduje que se disponía a arrancar de mí un precio más alto. «Seis años, lo comprende usted, es un período muy largo, y aunque no sea casa propia, una le toma cariño, se familiariza con los muebles, acaba por considerarla como suya. Además, el señor ha sido siempre tan bueno conmigo... No ha habido año en que, por Navidad o por Reyes, no me haya hecho un obsequio. Mire usted. Estos pendientes me los regaló el año pasado. Son de oro.» Tendrías que haber oído su voz: embebida de esa ternura que ponen las gentes en compadecerse, en confiarse sus cuitas, en curarse. Yo dejé que se explayara. El hombre estaba a su lado, cejijunto, obstinado, afirmando con la cabeza. La vez anterior habíamos quedado en pagarle dos mil pesetas y a Paula le parecía poco...»

Comenzó un regateo, que, según dijo, se prolongó media mañana. Ana había insistido en mantener la cifra. La mujer especulaba con el peligro, hablaba de sus sentimientos hacia el viejo, del dolor que le causaba traicionar su confianza.

«Les había prometido un diez por ciento del beneficio que sacáramos, con lo que, si se añadía el anticipo, podrían comprarse una casita en Puertollano, que es donde vive el novio. Paula me dijo que si el robo fracasaba se quedarían sin su diez por ciento y, por otra parte, añadió, nadie me asegura que en lugar de mandar el diez, me manden el ocho, el seis o el cinco. Le contesté que, en este caso, el novio podía participar en el golpe. Eso sí que no, me dijo. Nosotros no queremos mezclarnos en ese asunto. Mi novio es un hombre honrado que necesita dinero para establecerse, pero no es aficionado a las aventuras. En el momento en que demos el golpe, ella quiere estar en Puertollano. Aunque ha servido en la casa desde hace seis años y se ha granjeado la confianza del viejo, teme que su partida, pocos días antes del golpe de mano, despierte algún recelo.»

Ana extendió la mano y tomó uno de los pétalos que flotaban en el agua amarilla. Sus pupilas, al mirarle, eran como dos ventiladores en vertiginoso movimiento.

Apoyado en el caballete, Mendoza dibujaba sin decir nada.

—Habíamos llegado a un punto en que la conversación amenazaba ser estéril y recaía de nuevo en el mismo punto. Me disponía a aumentar la cifra cuando el novio me miró con una cara extraña. Los ojos le brillaban al preguntarme si tenía allí el dinero. Le dije que sí. Entonces se dirigió hacia la mujer: «Vamos, dáselo». Paula vaciló unos instantes, pero no tuvo más remedio que plegarse. Sacó el papel del monedero y me lo entregó...

Como si obrara por reflejo, Ana abrió el cierre del suyo y desdobló el papel.

—La clave de la caja es RAY-12. Guarner oculta el llavín en el bolsillo del chaleco. Una vez con la llave, la cerradura no ofrece complicaciones. Me ha dado también un plano del despacho, señalando el lugar donde está empotrada. El resto me lo había dicho ya. La forma de lograr una entrevista, la gente que hay en la casa...

Se detuvo porque creyó que Mendoza iba a hablarle; pero era sólo un bostezo. La atmósfera del estudio se había tornado irreal. Ahora el tutut absorbía la luz incierta de la tarde con avidez desesperada. Su cuerpo, erguido en la butaca, proyectaba una sombra frágil sobre el suelo. Sus dedos dejaban la medialuna de las uñas en los pétalos marchitos.

—Pasado mañana dejará definitivamente la casa, de forma que, cuando actuemos, tendremos el campo libre.

Y Ana recordó que años antes, cuando sólo tenía quince, su padre guardaba en la cocina una navaja, cuya hoja cortante le fascinaba. Cuando nadie le veía, la contemplaba con avidez. Se preguntaba qué resistencia podía poner a su filo la carne humana e imaginaba que bastaba apoyar la punta sobre la piel para que el cuerpo, atraído por la inevitabilidad del crimen, se precipitase al encuentro del mango.

La banda de chiquillos de la que formaba parte había vivido a su manera la confusión que flotaba en el ambiente aquellos años: corrían por los escombros y callejas, armados de cuchillos, dando gritos y órdenes guturales, absorbiendo vorazmente los modales de los mayores en su forma de abordarse. Tato, el más arriesgado de ellos, había segado de un solo tajo la garganta de un gato. La sangre había manado como la pulpa de un fruto salvaje, y ella y sus camaradas, ebrios de entusiasmo, bañaron sus manos en ella, acribillaron a pedradas a una vieja mendiga y regresaron a su casa llenos de excitación.

Todo había quedado atrás, pero, en aquellos momentos, Ana creía revivirlo.

—Sí —dijo a media voz—, ha llegado el momento de decidirse.

Había apoyado la mano en la frente, en actitud de reflexionar. Mendoza hundió el pincel en la jarra.

—Yo creo que el problema individual es el más importante.

Se detuvo un momento a observar el efecto de sus palabras.

—¿No te parece?

Sus palabras flotaban en el aire como espectros. Las notas desafinadas de un piano se dejaban oír a través del ventanal del patio. Afuera, el viento segaba oblicuamente la lluvia. Mendoza, que estaba junto a la ventana, contemplaba el espectáculo con indiferencia: las gotas burbujeaban en los charcos y sobre los cristales se anudaban caprichosamente las cintas de agua.

Ahora Ana había callado de nuevo. La pantalla de papel rizado, en medio de la desolación oscura de la estancia, ponía una nota de color: residuo único de luz al que se aferraba la tarde moribunda. En el bol de agua amarilla ya no quedaban más pétalos. Sólo unos pinceles descoloridos asomaban sus brochas despeinadas por el borde. La muchacha se puso de pie y acudió a contemplar el dibujo.

—¿Soy yo? —le preguntó.

Agustín no dijo nada.

Pese a sus esfuerzos, la imaginación se aferraba a los recuerdos de la última tarde, cuyos detalles revivía con penosa insistencia. Dos días antes, Luis le preguntó si deseaba ir al cine y al llegar a la casa se había encontrado con la hermana.

—Venía por Luis.

Ella buscó en la habitación.

—Creo que se ha marchado. Si esperas un segundo voy a mirarlo

No. No había nadie. Gloria estaba en traje de calle.

—Iba a dar un paseo.

—Saldremos juntos.

Mientras ella callaba, la condujo a lo largo de los senderos que tan bien conocían. Todo en ellos les recordaba sus escasos paseos veraniegos: la maleza de árboles, arbustos y enredaderas; los troncos de castaños en que, dos meses antes, habían grabado sus iniciales con un cortaplumas. Se sentaron en un banco de piedra emplazado en la zona más frondosa y allí Gloria echó atrás la nuca, con la mirada perdida en lo alto.

Las hojas de los castaños, membranosas como las alas de una libélula, se recortaban sin relieve, en un cielo caprichoso. Más arriba, invisibles casi, los pájaros trazaban en el aire pequeñas «uves» negras. Durante cerca de una hora le había dirigido preguntas a las que Gloria respondía con aire distraído.

El decurso de aquella tarde le dejó una impresión extraña. La actitud de la muchacha fue fría, casi indiferente. Habían hablado de muchas cosas, pero ella lo hizo de un modo forzado y mecánico. Sin embargo, al mismo tiempo, adivinaba un abandono que le confundía. «Si al menos tuviese la suficiente valentía para besarla.» Pero, como sucedía siempre en esos casos, le faltaron las fuerzas.

Ahora, mientras emborronaba las páginas de su diario, el recuerdo de las incidencias de la víspera le dejaba un resquemor amargo. Un sentimiento confuso, hecho de esperanza, irritación y amargura, se albergaba en lo hondo de su pecho.

La forma en que Gloria hablaba de los hombres de acción, le enfurecía. Pensó en Betancourt, en su actividad su estancia en la cárcel. Tal vez le creía más hombre y por eso le amaba. Lleno de cólera dirigió una mirada al paisaje que se adivinaba a través del visillo.

Su habitación se abría sobre una amplia perspectiva de chimeneas, altillos y tejados. En el cielo gris de plomo las buhardillas de las casas vecinas se recortaban en un plano bidimensional, como fotografiadas. David estaba con la pluma en la mano, inclinado sobre el cuaderno de hule y cuando llamaron se limitó a decir:

—Adelante.

Era Gloria: vestía un traje negro, de corte ajustado, que la hacía aparecer más mujer de lo que en realidad era y bajo el que sus formas se insinuaban audazmente. En su turbación, David percibió que le sonreía.

—Eres tú...

Se puso en pie de un salto y le estrechó cordialmente la mano. Él llevaba un jersey de punto lleno de manchas y unas zapatillas oscuras de andar por casa.

—Estaba trabajando —dijo.

La voz le salió con esfuerzo: tuvo que aclararse la garganta.

Ella cogió un pisapapeles: un cisne de vidrio de forma curiosa, que retuvo entre los dedos, como pesándolo.

—¿Es tuyo?

David sonrió con embarazo. Le parecía que todas las ideas se le escapaban, dejándolo vacío, muerto.

—Si lo quieres... Yo tengo otros muchos en casa. Son mallorquines.

Gloria lo dejó sobre la mesa. Llevaba unos guantes de seda negra y comenzó a sacárselos con desenvoltura. El cuaderno de hule que había encima de la carpeta, llevaba una inscripción escrita a lápiz. Leyó:

—Diario. ¿Escribes un diario?

—Verás —David se apresuró a quitárselo de las manos con suavidad, pero con firmeza—. Cuando no tengo nada que hacer me dedico a emborronarlo. Son tonterías sin importancia. El día que me canse, lo tiraré al fuego.

Por fortuna tampoco le interesaba. Con una media sonrisa recorría la habitación con la mirada: los grabados de las paredes, la colección de bastones que su padre le había regalado. Se detuvo ante un machete.

—¿Y esto?

—Fue de mi abuelo. Lo trajo de Cuba.

El corazón de David latía con rapidez. Llegaba hasta él, el perfume suave del cuerpo de la muchacha. Sus miradas se fijaron en la nuca, que el pelo, recogido, dejaba al descubierto.

—Me gusta —dijo Gloria.

David estuvo a punto de decir: «Te lo regalo. Si te agrada, puedes quedártelo también». Pero se supo detener a tiempo. «Calma, calma», pensó. Lleno de rabia, comprobó que la cama estaba aún deshecha y el pijama tirado sobre la alfombra.

—Todo está sucio —se excusó—. La chica no ha subido esta mañana y la cama está aún por hacer.

—Oh, me da igual. Me gusta verlo así, todo revuelto. Yo había pasado muchas veces bajo los arcos y me preguntaba cómo serían las casas por dentro. Cuando subí, no daba con tu puerta. Creí que iba a caerme.

—Sí, apenas se ve.

Ella se aproximó a la ventana y contempló el paisaje de las azoteas.

—No tenía la menor idea de que vivieses en un

lugar tan hermoso —dijo—. Esta mañana se me ocurrió preguntarlo a Luis y, en cuanto lo supe, decidí visitarte.

Mientras le daba la espalda, se abotonó el cuello de la camisa y rehizo el nudo de la corbata. Se sentía a un tiempo feliz e insatisfecho, indeciso entre el deseo de mostrarse audaz y el temor que, ante la muchacha, le sobrecogía.

Gloria le hizo algunas preguntas sobre los edificios que desde allí se divisaban. No parecía turbada en absoluto, como si su visita fuese la cosa más natural del mundo.

Sobre la mesa había un jarro de vino y algunos vasos sucios. David fue al lavabo a limpiarlos.

—Yo bien quisiera ofrecerte algo mejor, pero, a menos de que baje un momento, tendrás que contentarte con un vaso de cazalla.

Gloria le mostró los dientes al sonreír: eran blancos, pequeños, bien formados.

—Sírveme cazalla, no te preocupes. Lo mismo me da una cosa que otra.

Su misma desenvoltura le chocaba. Meses atrás, cuando la rondaba, Gloria era sólo una chiquilla. Ahora, sus actitudes eran las de una mujer. David se sentía desconcertado.

Le tendió un vaso, que ella retuvo entre los dedos, sin llevárselo a los labios. Al cogerlo, sus uñas le rozaron.

—¿Permites que me ponga cómoda? —dijo.

—Desde luego.

Tomó asiento encima de la mesa y apoyó los pies en el respaldo de la silla.

Contemplándola mientras bebía, David pensó que la muchacha tenía toda la gracia de un animal joven. Sus movimientos eran suaves, precisos. No se había repuesto aún de su sorpresa e interiormente trataba de descubrir las razones de su visita. Pero no se atrevía a hacer preguntas. Temía romper el encanto.

—No es corriente que a las muchachas les guste beber cazalla —dijo cuando ella le devolvió el vaso.

—No. Ni yo soy una muchacha corriente.

Mecánicamente le había llenado el vaso.

—Supongo que no quieres emborracharme —dijo ella.

David enrojeció ligeramente.

—Si no lo quieres, déjalo.

—No te lo tomes a mal.

El traje negro, descotado, dejaba su garganta al descubierto. En una de las solapas Gloria había colocado una flor, cuyos pétalos se abrían sobre la piel.

—¿Me permites?

Él mismo se asombró de su audacia. Adelantando un paso David se inclinó para olerla. Su cara rozaba el pecho de ella. Gloria, con una sonrisa, le pasó la mano por el cabello. De nuevo sintió el roce de sus uñas afiladas. Sin poderlo evitar, su cuerpo se endureció. Pensaba: «No, no es posible». Su mano, independientemente de su cuerpo, se había posado en el hombro: los dedos agarrotados sobre la suave piel. La abrazó, brutalmente. Ella sintió el choque de sus labios, de su cabello. Luego, se apartó de él.

—Por favor —dijo—. Con eso basta.

Había retrocedido hacia la mesa y le contemplaba con frialdad.

Despeinado, pálido, David le inspiraba más bien pena. No era honrado dejarle avanzar cuando menos lo esperaba y así, de pronto, cortarle el avance en seco: David era de los que se resignaban.

Extrajo una polvera del bolso y deslizó la borla por la nariz. Se imaginaba que Luis les observaba y se esforzó en sonreírle con despego.

—Había venido a visitarte, no a que me besases —dijo.

El muchacho inclinó la cabeza.

—Lo siento. Perdóname.

Hubo un momento de silencio y Gloria dijo:

—Arréglate un poco. Será mejor que nos vayamos.

Unas semanas antes, Mendoza le había preguntado el origen de su aversión hacia Guarner. Al abandonar el grupo juvenil al que estaba afiliada, Ana le había expuesto su plan con gran precisión de detalles y Mendoza tuvo la impresión de que lo tenía meditado desde hacía mucho tiempo.

La idea, le confesó, databa de un recuerdo infantil, ocurrido hacía muchos años, con motivo de la inauguración de un grupo de casas económicas, cercano al que ocupaban sus padres. Desde el amanecer —las imágenes desfilaban ante sus ojos como en un noticiario cinematográfico— el barrio vestía sus mejores galas. El señor delegado, se anunciaba, iba a visitarlo. Una brigada de obreros limpiaba las fachadas, barría las aceras, distribuía colgaduras, alfombras y gallardetes. Frente a la escuela el procurador que era de Aravaca, había pedido prestado el arco triunfal que empleaban en tales solemnidades: era de junco verde, cuidadosamente entrelazado, ornado de laurel y de retama, con una pancarta de madera en el centro. Dos horas antes los pintores habían borrado apresuradamente una inscripción que rezaba: «Bendita sea tu pureza», que los de Aravaca pusieron años antes en homenaje a la Patrona local y que desde entonces había saludado a todos los huéspedes ilustres que visitaban el pueblo. También los encargados pensaban dejarla así, pero el procurador —un señor sonrosado con pliegues de grasa debajo de la barbilla— opinó que aquello no era serio. En su lugar, inscribieron un «¡Viva el Señor Delegado!» y un gallardete con los colores nacionales encima.

La barriada ardía en fiestas. Unos empleados con emblemas oficiales en la manga distribuían chocolatines, almendras y caramelos entre la bulliciosa chiquillería que se aglomeraba en torno a ellos, gritaba, se perseguía y protestaba. La gente agitaba banderitas de papel. Los vecinos tendían entre las casas una tupida red de banderolas. Los niños, imaginando que era carnaval, preguntaban a los padres si echarían cohetes a media fiesta y soltarían los globos después de la traca. También ellos querían disfrazarse de un modo parecido a los caballeros de la Junta receptora que, de levita y pantalón a rayas, con su vientre voluminoso y su cadera redondeada, ofrecían, de perfil, una vaga apariencia de palomos. Se les veía correr de un extremo a otro, atropellarse y perseguir a los hombres del emblema en la manga.

Ana —era curioso cómo lo recordaba después de tantos años, parecía que se lo hubiesen grabado en la memoria con imágenes de fuego— vestía un abriguito azul de cuello redondo. Al salir a la calle le habían entregado dos banderitas, que sostenía bien enhiestas, una en cada mano, a la altura de la cara: NOSOTROS DECIMOS SÍ. Las pupilas redondas asomaban en el globo de sus ojos como peces boquiabiertos. Vista de lejos, su cara era un disco blanco con tres agujeros chillones en el centro: los ojos azules y un caramelo rojo, viscoso, que los hombres del emblema le habían metido en la boca al pasar, tieso y erguido, como la pipa que se coloca entre los labios de un muñeco de nieve.

De pronto, al otro extremo de la calle habían sonado los aplausos. La gente se asomaba a los balcones, echaba flores, prorrumpía en vítores. Los niños decían: «¡Viva el Señor Delegado!». También ella, con una banderita en cada mano, tiesa en su abriguito azul, decía: «¡Viva, viva!». El caramelo rojo se le encallaba entre los labios. La voz le salía apenas. Se lo sacó, chupado. «¡Viva, viva!» Era una gran jornada: todos los niños tenían su banderita.

—La mía es roja —explicó—. Roja, amarilla y otra vez roja.

El niño que estaba a su lado la contempló unos momentos, con desprecio.

—Sí. Y la mía también. Todas son iguales.

—Pero tu caramelo es verde —dijo entonces Ana—. En cambio, el mío es colorado.

—Sí —respondió el niño—. Eso es verdad.

El delegado avanzaba hacia ella. Vestía levita negra como todos los demás y respondía a los vítores del pueblo con ligeras inclinaciones de cabeza. Su rostro se le había grabado de un modo indeleble, la mirada suave, el andar pausado, la pequeña barba negra, que se mesaba durante las pausas de su discurso. Entre la cohorte de levitas, parecía un ser de otro planeta, más fino y delicado.

Ana había aplaudido a rabiar. Cuando pasó bajo el arco, la alegría de la multitud se elevó en forma de aullido. Cómo gritaban los niños. A Ana, el caramelo se le había caído de la boca: se inclinó a recogerlo, limpió el polvo con la manga y prosiguió sus aplausos. Minutos después le vio subido en la tribuna, bajo los alegres banderines que ondeaban al viento.

Los gallardetes, en lo alto de los edificios recién inaugurados, flameaban. Un tapiz escarlata cubría la tribuna. La gente se apiñaba para oír el discurso y Ana se sacó el caramelo de la boca. Hubo un silencio. El micrófono y los altavoces carraspeaban. No se sabía si el delegado se aclaraba la garganta o era del interior del aparato de donde salían aquellos ruidos. La gente vacilaba, hacía conjeturas. Ana permanecía con la boca abierta, sorbiendo un pequeño fragmento de caramelo y agitando una banderita en cada mano. Comenzó un discurso que no entendía, pero la voz le agradaba: era suave, matizada.

«Se nota a la legua que es un caballero», había dicho su madre.

Y de improviso, durante una de las pausas, se dejó oír al otro extremo de la calle una extraña charanga. Sin poderlo evitar los ojos de la multitud se volvieron hacia allí; los de Ana también, redondos de sorpresa. Se escucharon gritos, protestas, maldiciones.

—Ya están aquí.
—¿Quiénes?
—Los revolucionarios.

Se le cayó el caramelo de la boca, pero, esta vez, no se acordó de recogerlo. Una lluvia de silbidos interrumpía las palabras del delegado. Entre uno y otro bando —Ana no advertía diferencias— se cambiaban insultos y desplantes: «Fuera, fuera», «Hijos de Tal», «Hijos de Cual». Los niños corrían de un lado a otro, ávidamente. Algunos aplaudían. El que estaba a su lado preguntaba:

—¿Van a encender la traca?
—Eso parece...
—Los globos, los globos.

Sin darse cuenta, Ana había corrido envuelta en la multitud de chiquillos que reían y jaleaban. También ella gritaba: «Viva, viva». Unos mozalbetes se habían encaramado en los balcones de las casas y arrojaban las banderas a la calle. «Detenedles», decía la gente. Los chiquillos, exaltados, se precipitaban sobre los despojos, luchaban por ellos, se perseguían, lloraban. Alguien repartía octavillas: ABAJO LA OPRE-

SIÓN. Los niños aullaban: «Abajo, abajo». Sin saber cómo, se había encontrado entre las manos con un puñado de octavillas. Las colocó junto a las banderitas del NOSOTROS DECIMOS SÍ, y comenzó a agitarlas en el aire.

En el tablado el hombre proseguía su discurso. A su alrededor, la multitud le escuchaba en religioso silencio, aunque nadie pudo recordar a ciencia cierta el significado de sus palabras. Los altavoces funcionaban bien, pero, en los rostros vueltos hacia la tribuna los ojos, como si fuesen enfoques mecánicos graduables a voluntad, se volvían hacia el extremo de la calle de donde venía la charanga.

Allí, la confusión era cada vez mayor. A medida que se alejaba de la tribuna, la multitud volvía descaradamente la espalda al señor delegado. Una manzana más allá se olvidaba de guardar la compostura: intervenía en el bullicio, aplaudía, siseaba. Los enemigos —su padre les había llamado así— desfilaban a lo largo de la carretera. Eran jóvenes mal vestidos, portadores de carteles, que pegaban pasquines en los árboles y en las paredes de las casas: A TODOS LOS OBREROS DE LA CIUDAD Y DEL CAMPO, SOCIALISTAS, HOMBRES. Luego seguían explicaciones en letra de imprenta, que Ana no entendía: su madre, hasta la fecha, sólo le había enseñado las mayúsculas. El desfile, sin embargo, la había llenado de entusiasmo. Seis meses antes, desde una azotea, pudo ver la cabalgata del Circo Krone. Aquello era algo parecido, aunque en barato.

La comitiva, ante la oscura aparición de los guardias prosiguió su marcha a lo largo de la calle paralela en orden cerrado: NOSOTROS, LA LUCHA. BASTA. Ana no entendía lo que decían las pancartas, pero aplaudía a rabiar. Los hombres llevaban unas manos sucias y alzaban los puños en alto. También había mujeres mal vestidas que reían y chillaban. Algunos chiquillos corrían entre las filas con sus insignias de combate: cintas de colores, banderitas que ondeaban al viento, alocadas.

Cerrando la marcha, un gitano menudo tocaba un tambor más grande que su cuerpo: Tam-tam. A su lado, una gitanilla, como agitando unas invisibles castañuelas, cantaba y bailaba. Ana observó, atónita, que iba descalza. Sus pies morenos evolucionaban ágiles sobre el polvo de la carretera. Su magra silueta se enfrentaba con la gente, hacía reverencias, tiraba besos y remolineaba en torno del pequeño gitano.

Ana conservaba aún las banderitas cruzadas sobre el pecho, en actitud de hacer señales y su rostro se hallaba inmovilizado por el asombro. La gitanilla, tan sucia, le fascinaba. Al pasar a su lado había sentido deseos de hablarle, de besarla. Y le pareció que los ojos brillantes de la niña se fijaban también en ella.

Se iban. Con sus banderas al viento, ondeando, se alejaban por la carretera. Cómo les miraba Ana: Volved, volved. Quería seguirles. El niño del tambor corría, la gitanilla se levantaba las faldas y enseñaba el trasero a los espectadores. Sus pequeños cuerpos estaban llenos de vida. Ana lloraba. Repetía sus gritos: Abajo, abajo. Las consignas de los pasquines se confundían en su mente con las palabras del anciano. Las lágrimas le corrían por las mejillas. No entendía nada. Tenía sólo ocho años.

—El delegado —le dijo Ana— se llamaba Francisco Guarner, y con el tiempo simbolizó para mí el compendio de lo que más odiaba. Es bondadoso, tierno y afable con los niños. Lo reúne todo: la superficialidad y la educación, el dinero y los modales.

Le contó cómo, desde hacía unos años, había seguido su carrera a salto de mata. Guarner era una figura decorativa, un figurín, un payaso, pero a los ojos de los burgueses —el mundo cerrado de los padres del que todos se sentían desvinculados— encarnaba el antiguo estilo, los modales y la concepción sosegada de la vida, todo aquello que los jóvenes que olían el cambio y la cercanía de la lucha aspiraban a desterrar para siempre. «Matarle —dijo— equivaldría a dar un golpe de muerte a la concepción de vida que representa.» «El ambiente —había escrito el propio Guarner— está lleno de sangre. Parece que los jóvenes la olfatean desde lejos. Es extraño. Decididamente me estoy volviendo viejo» y concluía el artículo que, entre sus padres, había causado sensación: «En mis tiempos todo era distinto. Entonces, al menos, se conservaban los modales». Ana le había tendido el recorte con aire de triunfo, y al preguntarle Agustín si su rebeldía databa de aquella época, hizo un ademán con la mano.

—Fue mucho más tarde —dijo—. Yo permanecí aún largo tiempo bajo la absoluta influencia de mi madre y durante más de siete años viví la existencia ahogada de las personas mediocres. Mi madre era absurda, inconsecuente y generosa. Sus enseñanzas tenían algo infinitamente consolador, como esos manuales honorables que enseñan a vencer la timidez o el arte de triunfar en los negocios. Eran grotescas, vacías de significado, lo mismo que unas cáscaras huecas. «Ten confianza en ti misma.» O bien: «Tienes que comportarte tal como eres para sacar partido de tus recursos». Y sus palabras, enunciadas con aire convincente, se colaban en mis oídos a hurtadillas y sin dejar ninguna huella.

»Los manuales pedagógicos que compraba la habían sumido en un mar de confusiones y era yo quien pagaba todas las consecuencias. Se esforzaba en hacer de mí una mujer de provecho y pretendía forzar mi timidez con tales medios que, en realidad, no lograba otra cosa que acrecentarla. Me obligaba a vestir mi pequeño disfraz de colegiala para visitar a las damas ricas en cuya casa había servido años atrás y allí me presentaba como una muchacha inteligente e instruida "muy por encima de las restantes chicas de su edad".

»A veces me llevaba a una casa extraña donde, según ellos, unos niños exquisitos tenían grandes deseos de ser amigos míos. Era inútil que yo me resistiera. Mamá era firme como una roca: jamás abandonaba una idea que tuviese entre ceja y ceja. Era preciso, pues, ir de visita a un lugar donde se me esperaba con fastidio; subir los escalones que conducían a la puerta fatídica, apretar el timbre que invariablemente producía un penoso estremecimiento. Más de una vez, al contemplar mi semblante alterado, la dueña de la casa me preguntó si estaba enferma.

»En otras ocasiones recibía a mi vez la visita de algún muchacho endomingado, evidentemente traído a la fuerza, con el que mi madre quería que intimase. Imaginaba la escena que se había producido en su casa, cuando el niño se resistía a ir y su madre le obligaba: "Anda, tanto si quieres como si no, debes ir allí y mostrarte amable. Se lo prometí a la pobre mujer: no puedes hacerme quedar mal. El que sea una niña sin dinero no es motivo bastante para que la desprecies. Al fin y al cabo tiene tu edad. Tal vez os divirtáis jugando juntos". Y al pensar en ello mi timidez se acrecentaba. Me sentía enrojecer y me costaba un esfuerzo sobrehumano articular una sílaba.

»Mi madre abrigaba la ilusión de que mi destino fuese distinto del suyo. No quiso nunca que aprendiese a cocinar y se indignaba si le decía que, a la postre, acabaría obrera igual que ella. "Mientes —exclamaba—; te juro por lo más sagrado que no pasarás tu vida en una fábrica. Tienes madera de artista y los modales de una señorita." Y casi sin darnos cuenta nos enzarzábamos las dos en una discusión descabellada: ella, empeñada en probarme que yo era inteligente, y yo, decidida firmemente a rescatar mi mediocridad. La hacía sufrir: "Tú sabes bien que lo que dices no es cierto". Y yo: "Es inútil que quieras engañarte. Soy como las otras; tan fea y vulgar como cualquiera". Y entre las dos, mi padre, que nos observaba con disgusto, excluido como estaba del círculo de nuestros afectos.

»Mi madre era más ambiciosa e inteligente que mi padre, a fin de cuentas, un simple carpintero que respetaba como algo establecido su natural superioridad. Le había abandonado por entero la tarea de educarme y nunca le vi traspasar el límite que voluntariamente se imponía. Mamá le agradecía esa comprensión y cuando hablaba de él, le llamaba "tu pobre padre". También se encargaba de disculparlo si alguna vez me ofendía. Atribuía su malhumor al exceso de trabajo, aunque, cada vez que pienso en ello, adivino una complacencia en su piedad y algo así como un secreto afán de distanciarnos. Pues mi madre era en el fondo una egoísta, que no podía soportar que nadie gozase de mi afecto y al referirse a nosotras, daba por entendida la exclusión de papá: "Sólo tú y yo, hijita —decía—. Lo restante no importa".

»Hace ocho años, cuando yo tenía quince, frecuentaba un catecismo de niñas ricas que los domingos por las mañanas asesoraban al cura párroco. Eran muchachas de la jerarquía social más elevada, que nos reunían en unas aulas limpias, se hacían amigas nuestras y nos regalaban juguetes y golosinas. Mi madre, que soñaba en introducirme en su clase, me obligaba a asistir todos los domingos y, a mi pesar, me veía obligada a complacerla.

»Allí conocí a una muchacha llamada Celeste. Era delgada, elegante y bonita y creo que desde el primer día me prendé de ella. A mis ojos encarnaba el ideal más alto de mi vida: la posibilidad de ser una figura en el baile. Diariamente recibía lecciones de danza, y en una ocasión me mostró varias fotografías suyas, vestida con una túnica griega.

»A partir de entonces, las cosas cambiaron por completo de aspecto. Todas las semanas aguardaba febrilmente la llegada del domingo, para poder verla de nuevo, sorber el timbre musical de su voz y el delicado perfume que emanaba de su persona. También ella se daba cuenta de la admiración que suscitaba y me obsequiaba con un trato preferente. Yo era su favorita. La llamaba "señorita Celeste", pero ella se empeñaba en que no la llamase señorita. "Por Dios, Ana —me decía—; si somos amigas tendremos que tutearnos. Llámame Celeste a secas."

»Celeste simbolizaba a mis ojos el logro de mis aspiraciones: un ser de clase selecta cuya simple proximidad me llenaba de dicha. Poco a poco, me acostumbré a contar los días de la semana por los que me separaban de su presencia. Los domingos por la mañana me levantaba al amanecer. Me ponía el horrible uniforme de colegio y a toda prisa corría al centro parroquial con el corazón desbordante de dicha.

»Lo que podía hacer Celeste durante el resto de la semana me tenía sumamente preocupada y, como no me atrevía a interrogarla, apenas lograba moverme por indicios. Lo imaginaba un coto vedado y hermético, al que no lograría jamás tener acceso. Cuando pensaba en ello, lo frágil de nuestra relación me ponía el alma en vilo. se me ocurría la idea de que Celeste podía no volver jamás y me parecía que el mundo se desplomaba en mis espaldas. Mentalmente me prometía interrogarla. Lejos de ella, hablaba con desenvoltura y precisión; se me juzgaba brillante y audaz. Pero, al aproximarme a su lado, toda esa fachada aparente se desvanecía: apenas lograba balbucear una palabra.

»La situación se hubiera prolongado tal vez de un modo indefinido, si la misma Celeste no hubiese sospechado lo que pasaba. Un día aproximó al mío su rostro perfumado y me preguntó si la quería. El corazón me volteaba como una campana dentro del pecho: tuve que hacer un esfuerzo para articular el sí. Entonces Celeste me tomó de las manos y me pidió con una sonrisa que la visitase cualquier tarde. "Todos te queremos mucho", dijo. Y tras su figura vi formarse una multitud de rostros complacientes, tiernamente predispuestos hacia mí. Me lo hizo prometer antes de alejarse y, desde la puerta de su automóvil, se volvió por última vez y me echó un beso.

»Como el domingo siguiente no se presentó en las aulas, dos días más tarde, haciendo un acopio de valor, acudí a visitarla a su piso de la calle Velázquez. En casa me coloqué lo mejor que supe una cinta para el cabello de color lila y mi madre me cedió un bolso de piel granate en el que guardaba el cambio cuando volvía de la plaza.

»Me presenté así, con el corazón palpitante, frente a la puerta aterradora y recuerdo que, durante largo rato, permanecí allí, de pie, con el oído pegado a la hoja, a riesgo de ser sorprendida en tan ridícula postura. Cuando al fin llamé, un estremecimiento nervioso sacudió todo mi cuerpo. Como en sueños, dejé que una doncella engolada me introdujese en el saloncito, en el que no osé sentarme y dentro del cual sentí aumentada mi fealdad y mi insignificancia. Permanecí largo rato, llena a la vez de dicha y de pánico, y cuando llegó Celeste, estuve en un tris de no romper en sollozos.

»Estaba más bella que nunca, vestida con un traje de seda fina y un diminuto cuello de encaje. "Caramba, qué sorpresa", dijo, pero instintivamente comprendí que mi presencia le importunaba. Sin embargo, me besó en ambas mejillas y me hizo tomar asiento en uno de los sillones.

»Su mirada me recorría de arriba abajo con un apresuramiento que traicionaba su impaciencia. "Bien, bien... De modo que al fin te has decidido a visitarme." Fue a buscar unas golosinas con las que quería obsequiarme y durante la pausa, reparé en las frutas del aparador: eran redondas, enormes y acharoladas, muy de casa rica; parecía que la doncella se hubiese entretenido en darles brillo.

»Entonces oí voces en la habitación vecina y a través de la puerta vislumbré a un grupo de muchachas, vestidas con elegancia, que me observaba con asombro. Se me ocurrió una idea ridícula: se habían reunido allí, al acecho de mi llegada. Y sentí que se me asomaban los colores.

»También Celeste se sentía algo cortada y se creyó en el deber de disculparse. "Es una de las niñas de la catequesis —dijo— que ha tenido la gentileza de visitarme. Ana, querida, ve a darles un beso." Y yo pasé de ternura en ternura, como quien pasa de mano en mano, con la adherencia viscosa de sus caricias inserta a flor de piel. Celeste me sonreía con benevolencia. "Su ambición es ser bailarina." Comprendí que sus miradas se posaban en mis piernas estrechas y mientras todas me dirigían preguntas estúpidas, sentí que brotaba en mi interior la llama del odio: deseé morir y que la tierra me tragara.

»Suponía que todo el mundo, excepto yo, tenía alguien que le alentase, y entre la multitud que deambulaba por las calles en el momento del regreso creía ser una flor de una especie desconocida cuyo aspecto no interesa a nadie.

»Unos días después, recibimos en casa la visita de un antiguo compañero de mi padre. Acababa de ser despedido con motivo de las últimas huelgas y —según pude enterarme— militaba en un partido de izquierdas. Le oí discutir con mi padre después de la cena y aquella noche no pude conciliar el sueño. Le había oído decir que en el mundo futuro debía abolirse la caridad, y aunque el sentido de la frase me escapaba, había algo en ella que me turbaba y confundía

»Al día siguiente, al levantarme, abordé a mi padre de improviso:

»—¿Qué quieren los revolucionarios? —dije.

»Mi padre era un hombre de cortos alcances. Vaciló unos segundos antes de contestarme y, por fin, respondió:

»—Pretenden destruir el orden existente. Predican la Revolución.

»Empezaba a comprender, y pregunté:

»—¿Y tú? ¿Eres revolucionario?

»Papá llenó la cazoleta de la pipa:

»—No; no lo soy. Yo creo que cada uno debe buscar la elevación por sí mismo.

»Le interrumpí:

»—¿Y los que no pueden?

»No supo qué contestarme y se alejó.

»La charla me dejó a la vez deprimida y excitada. Vislumbraba que podía ser útil en algo, pero no adivinaba el medio. Aquella noche abordé de nuevo a mi padre:

»—Los revolucionarios ¿matan a sus enemigos?

»—Sí —me contestó—. A esas gentes no les importa verter sangre.

»Inmediatamente el prestigio del partido se acrecentó a mis ojos. "Los hay que matan —me dije— y otros que se dejan matar", y sentí rabiosamente que pertenecía a los primeros.

»—Y ahora, ¿por qué no combaten?

»La mirada de papá vagaba distraídamente por la habitación. Estaba muy lejos de sospechar la trascendencia que tenían para mí aquellos segundos.

»—Quizás esperan el momento oportuno para manifestarse.

»La idea de una conspiración, oculta por el instante, pero que trabajaba tal vez sordamente, me hizo estremecer.

»—¿Y tú? —insistí—, ¿no les ayudarías si se sublevasen?

»Comprendía que la pregunta iba a enojarle, pero, a pesar de todo, se la hice.

»—Verás —me dijo—. Cuando uno se hace viejo no se preocupa de esas cosas. Lo único que quiere es que lo dejen en paz. En este país, todos los cambios son para empeorar.

»—Y sin embargo, tú fuiste revolucionario, hace algunos años. Mamá me lo dijo un día.

»Mi padre permaneció unos segundos en silencio.

»—Sí. Cuando era joven.

»Desalentada, corrí a refugiarme a mi habitación. Me tumbé en el catre boca arriba. Sin embargo, una necesidad irresistible de actuar me impedía estar un instante quieta. Incapaz de contenerme, me apresuré a decírselo a mi madre.

»—Mamá, quiero ser obrera.

»Vi que me miraba unos instantes, atónita y desencajada, sin llegar a comprenderme.

»—¿Tú? Estás loca.

»Pero yo ya lo había decidido.

»—Sí. Trabajaré en una fábrica.

»No hubo forma de hacérselo comprender y aquella misma tarde abandoné la casa.

»Dos semanas después acepté una colocación en un taller de relojería.

»Aquel gesto representó para mí el repudio de mi niñez. Mi infancia había sido muy desgraciada y yo no quería que ninguna otra niña pudiese tropezar en el futuro con una señorita Celeste. Por aquellas fechas comencé a experimentar como en sueños el ansia de matar. Sólo por medio de la sangre, me decía, se puede alcanzar el derecho de ser revolucionario. Imaginaba entonces que todos los hombres auténticos tenían en su haber al menos una muerte y...

Se detuvo unos segundos, como si vacilase en la elección de sus palabras. Frente a ella, Mendoza había apoyado en el caballete el dibujo de una danzarina enana y contrahecha que intentaba inútilmente remontarse por los aires.

—Lo demás ya lo sabes —dijo ella—. Nada podría decirte que ya no supieras.

—Por mi madre santa que lo hago.

Raúl golpeó con el puño la mesa de madera: estaba en mangas de camisa, con el sombrero echado atrás y el cigarrillo, entre los labios, extinguido.

—En este caso —dijo Suárez—, no tienes más que probarlo.

Raúl batió con las palmas.

—Claudio.

El hombre de detrás del mostrador le miró con ojillos atentos.

—Usted dirá, don Raúl.

—¿Tiene una botella vacía?

—Sí, señor. ¿La quiere de alguna marca especial?

Rivera arrojó el cigarrillo al suelo y lo aplastó con el tacón.

—Lo mismo da. Es para un experimento.

Claudio revolvió apresuradamente entre los cajones: llevaba un delantal blanco, anudado a la cintura, como un peluquero de barrio, y en medio de sus ojos color ceniza, sus pupilas destellaban como brasas.

Raúl era cliente suyo desde hacía más de un año: desde la vecina residencia le hacía una visita todas las mañanas. De entre todos los asiduos, era el que dejaba más dinero.

—Parece que la familia se acordó al fin de usted, don Raúl —dijo.

Rivera, como siempre, había bromeado.

—No todo han de ser vacas flacas.

Claudio le entregó una botella de amontillado.

—¿Le sirve ésa?

Raúl la tomó entre las manos.

—Tiene el culo bastante grueso. Pero en fin...

Gerardo, Suárez y los amigos canarios le contemplaban sin decir nada.

—Llénela de agua —dijo.

Claudio le obedeció: estaba acostumbrado a sus exhibiciones y se prestaba a ellas con aire satisfecho. Le entregó la botella, llena de agua hasta la boca.

—Bien. Ahora deme un trapo cualquiera para sujetarla. Gerardo le entregó su pañuelo.

—Ya basta.

Lo dobló por la mitad y lo enroscó en torno al cuello. —Es para no cortarme.

La clientela del local, una mezcla extraña de estudiantes de la Residencia de Isaac Peral y de conductores de camiones del garaje vecino, le contemplaba con curiosidad.

—¿Quieres probar? —le dijo a Enrique.

Suárez denegó con un movimiento.

—Que lo haga Gerardo.

—Toma.

Le tendió la botella.

—Has de golpear fuerte, con la palma derecha y el fondo saltará hecho pedazos.

Gerardo, un joven pálido, robusto, vacilaba:

—A lo mejor me corto.

Rivera sonreía. Bajo el espeso bigote negro sus labios se curvaban, redondos, brutales.

—Pruébalo.

—Si tenéis que romper el fondo —dijo Claudio— lo mejor será que lo hagáis en la calle.

—Como usted quiera.

El grupo desalojó el local. Fuera, unos hombres oscuros, con sacos doblados encima de las cabezas, descargaban carbón de una camioneta. La vieja mendiga, a quien Raúl soltaba toda la calderilla, les sonreía con labios de madera desde su habitual emplazamiento de la esquina.

—¿De un solo golpe, dices?

—Ah, eso lo has de ver tú.

Se apoyó en la pared, con los brazos cruzados sobre el pecho y las piernas separadas. A la luz del sol sus ojos brillaban como dos bolas de cristal ahumado.

Gerardo sujetó la botella con la mano izquierda y golpeó la boca con la palma de la otra mano. El golpe fue seco, pero el fondo no cedió.

—¿Es así? —dijo.

Raúl sonreía.

—Sí. Pero más fuerte.

Gerardo le tendió la botella.

—Eso no hay quien lo rompa.

—Intenta otra vez.

—Bah, con una basta.

Se miraba la palma de la mano, en cuyo centro la boca había dejado una señal; un círculo rosado que enrojecía progresivamente. Rivera cogió la botella. Había dejado el cigarrillo en la pequeña repisa del lado de la puerta y aseguró el pañuelo en torno a su garganta.

—Veremos si me sale.

El arte de sujetar la botella con una mano, de agitarla como un elixir de maravillosos efectos y describir con la palma un ademán, breve como un centelleo, adquirían en Raúl un significado oscuro y casi sagrado: como las ceremonias que integran un determinado rito. Golpeó.

El fondo de la botella saltó hecho pedazos: el agua se derramó sobre la acera. Los asistentes prorrumpieron en vítores.

—Una ronda para todos —dijo Raúl.

Volvieron a entrar. Mientras Rivera iba al lavabo, los canarios tomaron asiento en la mesa del fondo. Allí, dos compatriotas y una muchacha discutían de política con el «Proletario».

—Yo no estaría tan seguro.

—Te digo que todo terminará en agua de borrajas.

Mostraron a Gerardo los titulares referentes al proceso de los revolucionarios.

—¿No crees que les harán algo?

El «Proletario» sonrió con desprecio.

—Terminarán fusilando a algún obrero que pasaba por la calle. A los señoritos jamás les sucede nada.

Gerardo se encogió de hombros.

—Eso es lo que creo.

Aquella mañana, Betancourt y otro camarada habían sido libertados. Con Gloria Páez y la novia del otro fueron a esperarlos a la puerta de la cárcel: acababan de afeitarse y ofrecían el aspecto habitual. Tal vez algo más pálidos.

—Unas vacaciones algo aburridas —le dijo Jaime—. En cuanto nos tuvieron detenidos no sabían qué hacer de nosotros ni qué excusa dar para soltarnos.

Sus palabras, tan irónicas, les habían devuelto el optimismo.

—Para mí, que eliminarán a algún obrero y gracias.

—Sí —dijo el «Proletario»—, siempre la pagan los de la alpargata.

Se corrió para hacer sitio a Raúl. Uno de los canarios, el más pequeño, apoyó el codo encima de la mesa.

—¿Y qué os dijo?

—¿Quién?

—¿Quién iba a ser? Betancourt.

—Nada. Que lo habían pasado muy bien. Por lo visto su familia no se ha enterado. Al llegar a la pensión se encontró con que tenía un giro retenido.

El «Proletario» escupió con desprecio.

—A ustedes no les pasa nunca nada. Se divierten. Esos espectáculos de miseria han entretenido siempre a los estómagos bien cebados.

Los canarios no le hacían ningún caso. Estaban habituados a sus reproches y se los sabían de memoria. Su ira, en especial, se descargaba sobre los colaboradores de *Ática*.

—Ustedes no tienen pueblo —les decía—. Son unos burgueses con ideas de izquierda. No tienen ambiente. Lo que hacen no sirve para nadie. Trabajan en el vacío. Escriben para un público inexistente.

El canario preguntaba de nuevo:

—Y ahora, ¿dónde está?

Gerardo se volvió hacia Raúl y sonrió burlonamente.

—Se fue con la hermana de tu amigo Páez. Por cierto. Se portó como una heroína.

Con la mano en el bolsillo se palpaba los billetes: sobraban aún doscientas.

—No la conozco —dijo Rivera.

Los canarios se echaron a reír.

—Ni falta que te hace.

Raúl apuró el vaso de un trago.

—Conozco a su hermano. Es amigo de Agustín.

—Sí. Estamos enterados. La chica, ¿sabes?, nos tiene mucha confianza.

—Sí. Mucha.

Sonreían con aire burlón. Rivera comenzó a irritarse.

—¿Se trata de algún secreto?

Su posición ante los canarios era de recelo y desconfianza. Todos sus compatriotas se habían separado del grupo a raíz de la publicación de *Ática*. Y desde entonces vivían a la greña.

Suárez fingió mirar con profundo interés el vino que quedaba en el fondo del vaso.

—¿Se te ha perdido algo? —preguntó Raúl.

—No. ¿Por qué?

—Como miras con tanto interés el vaso...

Gerardo se echó a reír.

—¿Conoces a David, aquel catalán tan bien educado, amigo de Mendoza?

Raúl afirmó con la cabeza. La sospecha de que sus amigos pudiesen divertirse a su costa aumentó su fanfarronería.

—Sí.

Bajo el mentón de Gerardo se formaba, al hablar, un hoyo pequeño.

—Si le ves, puedes decirle que ande con cuidado, no se vaya a coger los dedos.

—Según tenemos entendido, se dedica a meter las narices donde nadie le llama.

—¿Te refieres a Gloria?

—Sí. De ella se trata.

El tono de suficiencia que empleaban al hablar sus antiguos camaradas, le exasperaba. «Porque salieron a la calle el día de la huelga y corrieron como una bandada de lebreles se imaginan que son un puñado de héroes.» Era demasiado.

—Yo creo que es muy libre de salir con quien le dé la gana.

Se llevó una mano al cuello y jugueteó con la medalla de plata.

—Gloria es una fresca —dijo el otro canario—. Y si se cansa de él, le hará alguna de las suyas.

—Si no se la ha hecho ya en estos momentos.

—Sí. Si ya no se la ha hecho.

Hubo un intercambio de miradas.

—Sois unos malvados —dijo la otra chica—. Gloria no es así. No es una mala muchacha.

—No. Dinos que es una inocente y nos lo creeremos.

—Eso. Es una santa.

La muchacha se encogió de hombros.

—Exagerados.

—A las mujeres les gusta defenderse siempre —dijo el «Proletario»—. Será porque no tienen la conciencia tranquila.

Hubo risas. Gerardo adelantó su rostro chato: tenía los labios rosados, como de lacre.

—Mira. Mejor es que lo dejemos de lado. Nosotros nos hemos limitado a advertirte porque es amigo tuyo. ¡Ah! Además puedes decirle a Mendoza que no juegue con fuego.

La sangre afluyó a la cara de Raúl.

—No sé a qué te refieres.

—A lo que oyes. Si quiere que el asunto permanezca en secreto, debe ir con mucho tiento en lugar de exhibirse con ella por la calle.

—Sigo sin entenderte.

—No me dirás que no conoces a Ana. Os he visto varias veces juntos.

—¿Puede saberse qué relación tiene todo esto con la hermana de Páez?

Gerardo se encogió de hombros.

—Ninguna. Absolutamente ninguna.

—Por mí —dijo Suárez— podéis hacer lo que os dé la gana. Pero repito que el momento me parece mal elegido. Fue hace meses cuando debisteis dar la cara.

Los días de la huelga, Raúl había vivido cerca de Atocha, en el piso de una enfermera del Clínico, de la que por entonces andaba enamorado.

Ahora, la salida de Suárez le calentaba los cascos.

—Si llamáis dar la cara a las maricadas que hicisteis, yo soy san Luis Gonzaga.

—Al menos salimos a la calle —dijo Enrique.

—Pues podríais haberos quedado en casa. No creo que la revolución hubiese perdido nada.

El «Proletario» aprobó con la cabeza.

—Raúl tiene razón. Los burgueses como vosotros tendrían que quedarse en su casa y esperar que los degollaran. El mundo saldría ganando.

—También tú, en lugar de emborracharte, podrías hacer algo más práctico —dijo el canario pequeño.

El «Proletario» escupió dentro del vaso.

—A usted nadie le ha dicho nada.

—Sí —dijo la chica—. También usted es un inútil.

—Todos somos unos parásitos —concluyó el «Proletario».

Había algo atrayente en el cuerpo de Raúl: a las mujeres les agradaba cierto balanceo suelto de sus miembros que le confería al andar una apariencia descoyuntada. Ocurría que en la calle las modistillas se volvían a mirarle. Raúl sentía el peso de sus miradas adherido a sus espaldas y no podía evitar un leve regodeo.

Aquella mañana, en la sala del dispensario donde a veces practicaba, había tenido una buena prueba. Mientras preparaba la inyección de una paciente, la actitud de la mujer le llamó instantáneamente la atención: era joven, de rostro atractivo y sus ojos le miraban con la dulzura de un animal manso. Sin darse apenas cuenta, Raúl se sorprendió besándola en el cuello, en los labios, en todo el cuerpo. La mujer, lo recordaba, le sonrió con gratitud, con reconocimiento. No habían cambiado una palabra. No sabía siquiera cómo se llamaba. En la habitación de al lado la aguardaba un hombre que se la llevó del brazo.

—Os lo aseguro. Era una mujer magnífica. Yo no sabía qué decir. Deseaba que la tierra me tragase; el tipo me preguntó si tenía que pagarme algo. Tuve que decirle que debía diez cincuenta.

—¿Lo aceptaste?

—No tuve otro remedio.

—Y la mujer, ¿qué hacía entretanto?

Raúl se echó el sombrero atrás:

—Era una perfecta cínica. Del brazo del pobre tipo, me miraba como si no me conociese: me llamaba doctor. Al marcharse, ni me dio la mano.

En el rincón más oscuro de la estancia, Uribe hacía solitarios. Lo que los demás decían le tenía aparentemente sin cuidado. De vez en cuando, se servía una copa de un licor lila y la bebía a pequeños sorbos.

—El señor las enamora a todas —dijo con voz de falsete.

Ana se volvió ligeramente sorprendida: ignoraba su voz de payaso y por un momento se imaginó que acababa de entrar alguien.

—No hay nadie que le resista.

Cortézar le miró con irritación.

—Si estás borracho, lo mejor que puedes hacer es callarte.

Uribe vació la copita de un trago.

—*Sursum corda*. Elevemos los corazones.

Hundió la nariz en la botella, con gesto de sorber su aroma; pero, en vista de que Cortézar le seguía con la mirada, se interrumpió.

—Podéis seguir. Os aseguro que no me interrumpís el solitario.

Cortézar se volvió a Raúl.

—Bien... Te decía si les preguntaste algo a los canarios.

Rivera se frotó el bigote espeso, con su ademán habitual.

—No. No les hice ninguna pregunta. Gerardo me dijo si conocía a Ana. Le contesté que sí. Y entonces me advirtió que debíamos andar con cuidado.

Al otro extremo de la pieza se elevó la voz aguda.

—Falso, falso. El señor Rivera no vio a Gerardo ni a nadie por el estilo. El señor estaba muy ocupado en aquellos momentos con una linda gorila.

Sus compañeros le miraron con fastidio. Desde hacía media hora, Uribe se dedicaba a abortar cualquier conato de charla. Rivera deslizó el dorso de la mano sobre los labios abultados.

—Si no hacéis callar a ese imbécil, por mi madre santa que le parto la cara.

Dos días antes, en un reservado de la calle San Marcos, Uribe les había emborrachado, a él y a tres mujeres. Celebraban la llegada de su giro. Bajo los efectos del vino, Raúl comenzó por levantar las mesas y las sillas, desnudó luego a las mujeres que corrían por el cuarto, riendo y dando chillidos y terminó por cargar con una en cada brazo, paseando así, como un Hercules furioso, en torno a la mesa. Nunca le quería tanto Uribe, como en esos momentos. Su talla gigantesca se erguía en todo su vigor: Raúl reía, Raúl besaba, Raúl amaba. Ante el barullo habían intervenido dos guardias, que se los llevaron detenidos a todos y, desde entonces, Raúl no le saludaba.

—¡Huy, que miedo, que miedo! —dijo Uribe—. Si os lo digo... Cada día se vuelve más macho.

—Y tú más marica. Si en lugar de andar siempre bebiendo cuidases un poco más de ti mismo, no te ocurriría lo que siempre te pasa.

Se volvió hacia sus camaradas y les hizo un ademán con la mano.

—Me gustaría que lo hubieseis visto, muerto de miedo, diciendo que sí a todo lo que preguntaban los guardias.

La lluvia caía regularmente sobre la palangana floreada. Agustín había descorchado una botella de ginebra: aquella tarde su apatía era más fuerte que de costumbre y procuraba entonarse.

—¿No han dicho ninguna otra cosa? —preguntó a Rivera.

—No. Nada. Al menos, que recuerde.

—Qué extraño —dijo Ana—. No entiendo cómo pueden haberse enterado.

—No pueden haberse enterado de nada —intervino Páez—. Si nosotros mismos ignorábamos el nombre de Guarner hace unas horas, ¿cómo lo iban a saber ellos?

—Telepatía —ironizó Cortézar.

—Han oído campanas y no saben dónde. Pero quieren dar la impresión de estar bien informados.

—Para mí —dijo Raúl— que tienen miedo de que nos adelantemos.

—Sí —dijo Cortézar—. Ha terminado el tiempo

de las proclamas y ellos son los primeros en saberlo. Ahora se trata de obrar en consecuencia.

—Tenemos los medios al alcance de la mano. Creo que todos estamos dispuestos.

—Lo que pasa es que Gerardo y sus amigos son una pandilla de cobardes. Yo siempre he estado seguro de que no se atreverían a llegar hasta el fin.

—Hace unos días —comenzó Mendoza— dije que el que no esté dispuesto debe echarse atrás. Nadie le hará el menor reproche.

Recorrió la habitación con la mirada. Los ojos de todos estaban fijos en él: era como un plebiscito mudo en el que todos se esforzaban por expresar la mayor firmeza posible.

La mirada del pequeño Páez se había fijado en David con mal disimulada curiosidad.

—Si se tiene algo que objetar, creo que es el mejor momento de decirlo.

Cortézar se aclaró la garganta.

—A mi manera de ver, lo importante es determinar la forma del atentado. Habéis hablado de Guarner y del modo de llegar a él. Pero no hemos previsto ninguna de las consecuencias.

—Guarner recibe todas las mañanas —explicó Ana—. Obtener una cita sería la cosa más fácil del mundo. Cualquiera de nosotros puede hacerse pasar por periodista. En el piso sólo hay las doncellas y un secretario. La portera es algo curiosa, pero se puede evitarla pasando rápido. La única dificultad radica en abandonar el piso sin ser visto, pues, con el automóvil en marcha, al cabo de diez minutos no habrá quien nos atrape.

—¿No sería mejor que fuesen dos en vez de uno? —dijo David—. Mientras uno liquidaba a Guarner, el otro podía vigilar el resto de la casa.

Agustín denegó con la mano.

—No. Nada de comparsas. Una persona sola, despierta menos sospechas. El que mata, mata solo: él carga con todas las consecuencias.

Unos gruesos goterones, que amortiguaban el eco de las palabras, se aplastaban contra los vidrios de la ventana. Enloquecidos pájaros buscaban refugio entre los huecos del alero. Cada vez con mayor fuerza la gotera hacía: clap, clap...

—En este caso —dijo Cortézar— las circunstancias juegan en nuestro favor. No tenemos por qué hacernos reproches.

—Gerardo y los canarios están al corriente de todo —dijo David—. Tal vez cantemos victoria antes de tiempo.

—Gerardo es un desgraciado —respondió Raúl.

—Sí, pero es un mal comienzo.

—¿Los crees capaces de decir algo?

—Ni soñarlo.

—Lo importante —terció Agustín— es saber mantener la sangre fría. Una vez en la calle, estaremos a salvo.

Ana juzgaba la discusión inútil. Daba por descontado que, al divulgarse la noticia del crimen, el país entraría en un estado de histeria. Ante el cadáver del viejo político, todo el mundo perdería la sangre fría. Cesaría para siempre el diálogo. El pueblo tendería a responsabilizarse.

Rivera le interrumpió con un ademán.

—Yo creo que ante todo deberíamos determinar la forma y el autor del atentado.

La voz de Uribe se elevó de nuevo, aguda y falsa, como si su garganta fuese de trapo.

—Lo que pasa es que Raúl se muere de ganas de ser él quien dispare el tirito.

Con el sombrero echado atrás, los labios abultados bajo el bigote negro y la camisa desabotonada, Rivera ofrecía un vivo muestrario del desprecio.

—Mierda —dijo.

Agustín había dejado en el suelo la botella de ginebra destapada. La tomó por el cuello y se la llevó a los labios.

—Nadie ha hablado de eso.

Mendoza jugueteó con la barba antes de responder.

—Naturalmente, la elección se hará a suertes la próxima «tarde de lepra». Así tendremos todos tiempo suficiente para pensar y podremos hacer de ella algo así como una preparación florida de la muerte —sonrió—. La idea no es mía, desde luego, sino de «Tánger». Pero tiene, a su manera, cierto encanto.

Se detuvo un momento para servirse una copa. Antes de beber la sostuvo entre los dedos y la hizo girar con la otra mano.

—Basta con introducir un determinado número de pajuelas entre las cubiertas de un libro, tantas como individuos participen en el sorteo, de forma que sus cabezas estén a la misma altura. Una de ellas es más corta que las restantes. El que la saca es el elegido.

—Esto lo has leído en un libro de piratas —dijo Cortézar.

Mendoza se echó a reír.

—Sí, debajo de la mesa tengo algunos. Lola es muy aficionada.

Les mostró algunos, con sobrecubiertas de colores medio destrozadas. Se llamaban *El hechizo hindú*, *La muerte tiene alas de mariposa*.

—Confiesa que a ti también te gustan —dijo Páez.

Agustín hizo una mueca.

—Me encantan.

117

Cortézar parodió con una voz lánguida.

—Uno está de vuelta de tantas cosas...

Todos reían.

—¿Quién colocará las pajuelas dentro del libro?

Uribe pescó la pregunta al vuelo.

—Una mano inocente —dijo.

Las miradas se volvieron hacia él: acababa de concluir el solitario y no lograba estarse quieto en el asiento.

—Una mano suave, pequeña y bien formada.

—Supongo que no te refieres a la tuya —dijo Raúl.

Los ojos de Uribe brillaban.

—Tengo el alma blanca.

Se remangó el gabán hasta el codo y elevó la mano con aire afectado.

—En la Edad Media se elegía siempre a los niños para esos menesteres —dijo—. Y organizaron incluso una gran cruzada. Fue algo muy hermoso. Los predicadores recorrían los campos reclutando pastorcillos. «Para vencer a los infieles, decían, no se requieren las armas, sino el espectáculo de esos niños inocentes.» Reunieron más de cien mil: un alado ejército de ángeles. Al llegar al Mediterráneo, los predicadores dieron la orden de avanzar. «Ante esos inocentes, como ante Moisés, se abrirán todas las aguas.» Los niños obedecieron y se ahogaron a millares. Los restantes, a bordo de buques maltrechos, sufrieron el azote de las tempestades y al llegar a Turquía fueron vendidos como esclavos.

Al concluir hizo una gran reverencia, como de mago.

—Gracias, gracias.

Ana se puso de pie: las bromas de «Tánger» y el eco que hallaban en sus camaradas le irritaban.

—Bien. En este caso me parece que todo está

aclarado. El próximo miércoles, según creo, tenéis la «tarde de lepra». Si antes de esa fecha juzgáis oportuna otra reunión, avisadme.

Había espiado por la ventana el cese de la lluvia. Únicamente unas gotas rezagadas se desgranaban desde el alero y percutían en los salientes de pizarra.

Hubo un momento de silencio.

—Entonces —dijo— lo mejor que podemos hacer es marcharnos.

Uno tras otro, se alejaron. El pequeño Páez fue el último en hacerlo. Antes de salir tomó a Agustín por una manga.

—¿Has visto?

Señalaba la puerta, que el grupo acababa de abandonar.

—No. No sé de qué me hablas.

Los ojos verdosos del adolescente brillaban.

—David estaba blanco como la cera.

Vio a Mendoza rascarse la barbilla, como si el incidente le preocupara.

—Es curioso. ¿Crees que tenía miedo?

Luis vaciló: el empleo de esa palabra, aplicado a uno del grupo, revestía el carácter de una acusación grave.

—Es difícil saberlo —dijo.

Agustín le cortó con una mueca de los labios.

—En este caso no tienes más que decirlo y asunto concluido.

Páez jugaba con el cigarrillo.

—Tampoco yo creo que quiera abandonarnos. Pero me extraña mucho eso de que vacile...

Se detuvo unos segundos y añadió:

—En tu lugar, trataría de darle ánimos. He observado que te tiene confianza y tus palabras podrían serle de gran ayuda. En fin... Tú verás lo que puede hacerse.

Desde la escalera le reclamaban a gritos. Mendoza se encogió de hombros.

—Le diré algo. No te preocupes.

Páez le agradeció con una sonrisa.

—Ya me contarás.

Apresuradamente, descendió también por las escaleras.

Sus camaradas le aguardaban en la portería de la casa. Fuera volvía a llover a cántaros y únicamente Cortézar llevaba impermeable. Se lo ofreció a Ana, que denegó con la cabeza.

—No, gracias.

Rápidamente, se alejaron por la calle: Ana con Cortézar, los otros en dirección contraria.

En la esquina de Conde Duque, David tropezó con Páez. El adolescente había alzado hasta el cuello las solapas de la chaqueta, y al divisarle, una sonrisa suave iluminó los rasgos de su cara.

—Te buscaba —dijo.

Caminaron pegados a las paredes de las casas. Junto a ellos, el agua que se desgranaba del alero de los tejados burbujeaba monótonamente.

—Óyeme —dijo Páez—. No es que quiera inmiscuirme en tus asuntos, pero, desde hace algún tiempo, vengo observando que te interesas por mi hermana.

Aprovechando la posición ladeada que la lluvia imponía, tuvo ocasión de contemplarle largamente David se mordió los labios. La mano que sostenía el cigarrillo le temblaba.

—No sé a qué te refieres.

Páez le sujetó por el brazo.

—Somos amigos desde hace mucho tiempo y no tenemos por qué ocultarnos nada. Tenía la intención de hablarte de la chica; pero si el tema te molesta, podemos dejarlo.

Los ojos almendrados de David le contemplaron vacilantes.

—Yo no te he dicho eso, Luis. Lo que pasa... —se esforzó por sonreír—. Eres la segunda persona que hoy me habla de esto.

—No te entiendo.

—Ni yo mismo sé lo que pasa.

Durante un breve trecho caminaron en silencio.

—También Raúl ha venido a hablarme.

—¿Raúl?

—Sí, de Gloria.

Páez le miraba asombrado.

—¿A santo de qué?

David tragó saliva.

—Fue en la taberna donde esa mañana charló con los canarios. Me lo dijo esta tarde por teléfono, antes de venir. Tal vez creía que pudieses molestarte.

Luis comprendió que la iniciativa se le escapaba de las manos.

—¿Puede saberse qué te dijo?

—Nada de particular... Me advirtió que debía andar con cuidado.

—¿Por qué razón?

—A causa de Gloria.

Páez se rascó la cabeza.

—Ahora soy yo el que no te entiendo. Palabra.

David se esforzaba en sonreír. No lo lograba.

—Tu hermana sale con Betancourt... Ya lo sabes...

—Salía —dijo Luis.

—Creo que a Betancourt ya lo han soltado.

—Sí, ¿y qué?

—Me dijeron que no me metiese en camisa de once varas.

El pequeño Páez escupió en el suelo.

—Estúpidos —dijo.

Atravesaron la calzada casi corriendo. Se dirigían hacia San Bernardo, donde David tomaba el metro y el muchacho dejó que lo acompañase.

—No tienes que hacerles ningún caso. No saben lo que se pescan.

—Me dijeron que tu hermana fue a buscar a Betancourt esta mañana.

Había amargura en sus palabras. Páez se encogió de hombros.

—Todas las mujeres son unas imbéciles. Se arriman al fuego que más calienta. Pero no tienes por qué desanimarte. Mira: precisamente quería hablarte de eso.

David no dijo nada. Una gota de lluvia le resbalaba por el perfil de la nariz, como una lágrima. Se enjugó el rostro con un pañuelo.

—¿Has salido con frecuencia con mi hermana?

—Sí.

—¿Últimamente?

—Dos o tres veces.

Páez se acarició la barbilla.

—Es extraño. Sin embargo, se interesa por ti más que por ninguno.

—No creas. Cuando salí con ella, Betancourt estaba en la cárcel.

—¿Y qué importa?

—Nada; sólo te digo lo que hay.

Páez denegó con la cabeza.

—Estás equivocado. Gloria no es tan tonta como parece.

—No te entiendo.

—Muy fácil. Lo que la atrae hacia Jaime es el hecho de que sea revolucionario y haya estado en la cárcel. Poco menos, se imagina que es un héroe.

—¿Y qué tiene que ver eso conmigo?

—Simplemente. Que tú aún no has probado nada.

Caminó unos momentos en silencio y prosiguió con voz más baja:

—Parece ridículo, pero es así.

David dudaba: temía que Luis quisiese conducirle hacia un objeto que aún no columbraba y se mantenía a la defensiva.

—Si es así, no puedo hacer nada para convencerla.

Páez ocultó un gesto de contratiempo.

—Te ahogas en un vaso de agua.

Vio que David volvía la cabeza con aire interrogante y prosiguió:

—Ayer por la tarde estuve un rato con Gloria. Charlamos de mil asuntos. Y, por lo que me contó, deduje que eras tú quien le interesaba.

—Yo creo, por el contrario, que se entretiene en jugar conmigo.

—A todas las mujeres les cuesta soltar prenda —dijo Páez.

Volvió a tomarle del brazo.

—A veces parece que seas tonto. Ninguna muchacha llama a un hombre para darse el gusto de desdeñarlo.

—Yo opino que sí.

La conversación resbalaba por una pendiente peligrosa. Luis era el primero en darse cuenta.

—Como puedes comprender, lo que haga Gloria me tiene perfectamente sin cuidado. Lo decía tan sólo por ti. Me irrita que seas tú quien se deje tomar el pelo.

—Está bien. Habla.

Páez se pasó la mano por la boca: tenía los labios resecos.

—Ayer charlamos acerca de ti. Y bien: te consideraba mejor y más inteligente que Jaime. Sólo dijo que él era más valiente. Yo le contesté que tú también eras un revolucionario.

Aunque era casi de noche, Luis observó que David se sonrojaba: lo que decía, parecía turbarle en grado sumo.

—Ya veo —contestó.

—No. No me entiendes. Ella creía que tú no ibas a ayudarnos si la ocasión se presentaba. Por eso decidí ponerte sobreaviso.

Ahora David comprendía: se sintió enrojecer hasta la raíz del cabello.

—Algo así como una prueba, ¿no es eso?

—Por favor. No lo he dicho con intención de molestar. Sabes de sobra que siempre te he considerado como uno de la peña.

David tenía la cabeza gacha.

—No. No tengo nada que perdonarte. Además, es natural que penséis así.

—No sé qué quieres decir.

—Todos me habéis considerado siempre un poco cobarde. Pero tú eres el único que tiene la franqueza de decirlo.

—No digas tonterías —dijo Páez—. Sabes perfectamente que ni yo ni nadie ha pensado eso.

—Mira, Luis. Mejor será que lo dejemos. No creas que soy ciego.

—Te he dado una opinión particular de mi hermana que ninguno de nosotros comparte en absoluto. Te cree incapaz de...

David iba a replicar, pero se detuvo a tiempo. Le pareció que era una tontería que discutiesen de ese modo. Bajando por San Bernardo habían alcanzado la boca del metro y se detuvieron allí sin resolverse a decir nada.

—He sido un idiota, perdóname.

David iba a replicar, pero se detuvo a tiempo. La discusión le parecía perfectamente inútil. Bajando por San Bernardo habían alcanzado la boca del metro y se detuvieron allí, sin resolverse a decir nada.

La sonrisa, demasiado forzada, continuaba adherida a los rasgos de su cara, como en virtud de una pincelada posterior, ajena. Luego se pasó la mano por la boca y su semblante volvió a ser perfectamente serio: fue como si su sonrisa no hubiera existido nunca.

—Me guardas rencor —dijo Páez.

—Tonterías.

La gente, muy numerosa a aquella hora, les empujaba a lo largo del pasillo. A pocos metros de ellos, un reloj enorme acuciaba a los usuarios con el nervioso movimiento de sus agujas. Todo conspiraba contra aquel momento turbio, del que uno y otro deseaban escaparse y, sin embargo, prolongaban.

—Mañana iré a verte. Hablaremos con más calma.

—Como quieras.

Se tendieron la mano.

III

Sentado en el rincón más oscuro del estudio se entregaba a sus mixtificaciones habituales. Sobre la mesa en que Mendoza guardaba sus acuarelas y sus gouaches había dispuesto un arsenal completo de bebidas. «Tánger» descorchaba las botellas una a una, comparaba los colores, las elevaba al trasluz para apreciar sus matices y vaciaba un chorrito en cada vaso.

«Oh. La magia. Entregarse de lleno a la alquimia. Fabricar cocktails.»

Recordó que, cuando niño, en el jardín de su casa de campo, ayudado por un grupo de pilluelos de los que era cabeza indiscutible, reunía cuantos ingredientes tenía al alcance de la mano. Le agradaba mezclarlos en una redoma, hacer mixturas, desvirtuarlos. Esperaba del conjunto algún hallazgo: el milagro que aguardaba desde niño.

A los quince años había descubierto el oficio de los barmen: licores, sifón, hielo, mondas de fruta, guinda. Inventaba recetas, hacía mejunjes de colores que invariablemente arrojaba al lavabo, sin probarlos. No, tampoco. El secreto se evadía. Abandonaba por cansancio.

A fuerza de beber pequeñas copas se sentía borracho como una cuba. Sus amigos, al entrar, le llamaban con nombres familiares, cariñosos diminutivos. Siempre sucedía así: se embriagaba, y, al día siguiente, le daban golpecitos en la espalda. Era su destino: como la confabulación del mundo entero, con sus ofertas tentadoras, para que jamás estudiase.

Una idea molesta acuciaba insistentemente su cerebro. «Ha ocurrido algo.» Era absurdo. No recordaba nada. La idea, sin embargo, estaba allí, zumbona, desafiante. «Vayamos por partes.» Se había emborrachado con unos amigos y sonrió al recordarlo. Bruscamente lo vio todo claro. «Yo llevaba un barrilito de ginebra y daba de beber a los sedientos.»

Había pasado la tarde en los bares de Lavapiés, rodeado de viejas gorilas y pequeños camaradas. La vendedora de cerillas, una gallega cincuentona de rostro risueño y cabellos grises, le había besado en la cabeza. Le llamaba Mi Amor. A cambio le dejó beber ginebra. Recordaba haber calmado la sed de una mujer, gorda a fuerza de faldas, que se ponía las unas encima de las otras y llevaba una flor sobre la oreja. En el mismo bar, se le había aproximado un hombre al que también dio de beber. Con el pantalón de pana, la camisa a rayas y la boina oscura parecía un lagarto desconfiado, un ave negra. Le había dejado una tarjeta.

Uribe hurgó en los numerosos bolsillos del gabán y la encontró en uno muy pequeño, disimulado. El hombre se llamaba Francisco Gómez y era carpintero restaurador. Al leerla, una sonrisa de triunfo se expandió por su cara: «Yo les traigo la luz, el colorido y la alegría. Soy como una de esas flores de trapo que ponen en el aparador de los restaurantes económicos».

El paisaje de sus casas, lo sabía por experiencia, se resentía por falta de color. La morada de aquellas gentes, como su propia vida, era gris, inocua. Las mujeres plantaban geranios y dondiegos en los balcones de las casas y ponían trapos chillones encima de los muebles. A su manera buscaban también la magia.

«Los seres como nosotros hemos de disimular la realidad. Debemos ponernos caretas y alas en las espaldas. Somos Ícaros, ángeles derrotados, reliquias de un esplendor muerto.»

Continuó divagando en voz alta, agitando la cartulina entre sus manos y una pincelada de sonrisa entre sus labios trémulos.

—¿Decías algo?

Una muchacha rubia, de pechos macizos y caderas amplias se había detenido frente a él: había sido modelo de Agustín durante una temporada y, como la mayoría de las chicas allí reunidas, posaba para las Academias de dibujo.

—Cuando tenía tres años mis padres firmaron un contrato con una casa productora de películas. Yo hacía un papel de niño abandonado que pasaba hambre y frío y a quien los demás personajes vestían y desnudaban, destetaban y daban de mamar. Creo que diez millones de señoras lloraban viendo la película. Ahora —agregó con voz suave— sólo deseo caer en el olvido. Me entretengo en oficios menudos: fabrico bebidas, hago versos...

La modelo se alejó con una sonrisa estúpida. Viéndola caminar, de espaldas, daba la impresión de ser más gruesa de lo que era: sus formas se esculpían en todas partes.

Otra muchacha se había aproximado también a molestarle. Uribe se adelantó a sus preguntas.

—La respuesta es Ton-Kiki. Váyase.

Se acordó de que, años atrás, disfrazado con una peluca enorme y una barba de pirata, había pedido limosna a la puerta de su casa. Su madre no le reconoció. Quiso sacarle del jardín. «Otro día será hermano.» Uribe se había puesto dramático: «El estómago no espera». Se dejó caer de rodillas. Su madre exclamó de pronto: «Hijo». Él se precipitó entre sus brazos: «Madre». Luego se habían vuelto los dos a agradecer los aplausos del público, que, al otro lado de la verja, presenciaba la escena llorando. Fue algo sublime.

Al darse cuenta de que desvariaba, se sintió más borracho que nunca. Entre las manos sostenía la tarjeta y la volvió a guardar. En su lugar sacó otra cartulina: una fotografía suya, vestido de *matelot*, con una camisa a rayas, sombrero de paja y bastoncito. Detrás de él, de pie, Raúl parecía protegerlo con los brazos apoyados en sus hombros. Apresuradamente, «Tánger» volvió a guardársela en el bolsillo. «Desvarío.»

Sin transición había pasado del Lavapiés a un tabernucho mezquino en el que bebió algunos tragos. Alguien le había arrancado el barril (posteriormente habían encontrado la cadenilla). Y era allí donde debían de haberle golpeado. Consultó el reloj: las nueve menos veinte. Quedaban por tanto dos horas en blanco, dos horas llenas de hechos misteriosos, discusiones, golpes y heridas. «Durante largo rato he hecho cosas inesperadas en lugares que ignoro. Tal vez he dado de beber a los guardias de tráfico y les he secado luego el sudor con mi pañuelo.» Sí, debía ser eso. Es más. *Estaba seguro*. Dentro de poco subirían en comisión a agradecérselo. Le ofrecerían un ramo de flores. Sonrió.

Con ardor renovado se entregó a las sorpresas de

la alquimia. Mezclaba el marrón al blanco, el amarillo al verde: coñac, ginebra, manzanilla, unas gotitas de menta. Descifró la inscripción de un marbete: «Aumente su prestigio entre los amigos y obséquielos con...». Descorchó una botella chata: Ron de Martinica. «Necesito una bebida *azul*.» En un cajón aparte guardaba el libro de recetas. Se levantó y cruzó la habitación para buscarlo. «Hola, "Tánger", borracho como siempre.» «Otra vez bebido.» «Conque de resaca...» «Tánger», «Tánger»: Los amigos. Les obsequió con una sonrisa. Alguien le dio una palmada en la nalga: una vieja gorila. Volvió a tomar asiento: «Gracias». «Alguien, que no sospecho, se marchita, forma su cuerpo con lo oscuro.» En algún lado, no hacía mucho, había leído esas palabras. De pronto asomaban a sus labios. No sabía por qué. Era curioso. Aquella noche ocurrían cosas extrañas. Consultó la baraja. «Si la primera carta es negra, el enigma se resolverá.» Siempre sabía el color de la primera carta: era negra. «Estoy salvado.» Dirigió una mirada en torno. Desde la víspera, Lola había comenzado los preparativos de la «tarde de lepra». Uribe le ayudaba: se presentó en el estudio con todo un cargamento. Ahora la habitación estaba abarrotada de objetos de todas clases. Entre las vigas de madera pendían serpentinas, farolillos, pantallas de papel, cintajos de colores: el huracán de fantasía que lo acompañaba por doquier.

Subido en lo alto de una tarima, se había entregado durante largo rato a la tarea de disfrazar el estudio: su mano mágica lo había transformado por entero. Entre las colgaduras de papel rosado, las manchas húmedas de la pared exhibían sus úlceras, abiertas, repugnantes. Las telas se aglomeraban, las unas encima de las otras; bocetos, temas predilectos de Agustín que le entusiasmaban: pequeñas bailarinas con alas de libélula en la espalda; mujeres gruesas con duendecillos y hormigas correteando por encima de su cuerpo; gigolós de bigote espeso, cortado al cepillo, raya a la mitad, manos enormes y pañuelo negro al cuello.

Había extraído de los cajones una colección de dagas de todas las formas y tamaños: ondulantes, sinuosas, equívocas, como las que aparecían en sus sueños. De la pantalla de la lámpara, prendidos con alfileres, pendían racimos de uvas. Y en el rincón, un paquete de papel de estraza ocultaba un paraíso de luces y colores, cuyo secreto sólo conocía él: trompetas de papel, sombreritos, máscaras.

Sonrió complacido. Todo aquello era obra suya y él estaba allí. Le miraban. La gente no hacía más que mirarle. Quiso saludarles con la mano: «Tal vez dentro de poco suceda lo que ansío». Alguien le susurraría la fórmula, el secreto. Quería acordarse de lo sucedido aquella tarde entre las cinco y las siete, y no quería. Algo más fuerte que él le impulsaba: «Dos horas, ciento veinte minutos, siete mil doscientos segundos». Recuerdos turbios afloraban a su memoria. Se llevó la mano a la cara: *le habían golpeado entre las cinco y las siete*. Era ilógico. Asió el vaso de la mezcla y lo apuró de un solo trago.

«Tengo que divertirme.»

El estudio se llenaba poco a poco. Lola, fiel a su papel de anfitrión, acompañaba a los recién llegados a la habitación, donde Cortézar daba cuerda al gramófono. Les recordaba que estaban en familia.

—Aquí todo el mundo hace lo que le da la gana. Lo importante es estar alegre.

En el rincón, Uribe preparaba sus mejunjes; algunas parejas bailaban.

—¿Y Agustín?
—Aún está en la cama.
—¿Podemos verle?
—Desde luego.

En el pasillo que conducía hasta la entrada, Raúl fumaba un cigarro en compañía de unos camaradas. La atmósfera era cálida y Rivera iba en mangas de camisa. Discutían sobre una muchacha rubia que acababa de saludarles y con la que Raúl afirmaba haber tenido trato íntimo.

—Te digo que es ella. La conocí en Atocha el año pasado.
—¿Qué hace entonces con ese tipo gordo?
—Debe ser su novio.
—¿Lo has invitado tú?
—¿No te he dicho que no sé cómo se llama?
—Entonces, ¿por qué ha venido?
—Ni idea.
—Quizá sea amiga de Mendoza.

Lola se aproximó a ellos con la bandeja de las bebidas. Los ojos le brillaban. Tenía los labios húmedos. Estaba borracha.

—Aburridos. No sé cómo no os da vergüenza estar ahí parados, con tantas chicas guapas como hay allí dentro.
—Estamos charlando.
—Bebed al menos.

Les ofreció las copas con mano temblorosa.

Raúl olió la suya antes de llevársela a los labios.

—Uf, perfumería.
—Es una mezcla de «Tánger» —dijo Lola.
—De él tenía que ser.

La devolvió con expresión de profunda repugnancia.

Acababa de aparecer por la puerta un grupo de muchachas. La más alta, rubia, delgada, llevaba un jersey de punto, muy ajustado. Se encaró con Raúl.

—Hola, tío grande.

—Hola, fea.

—¿Hace tiempo que ha empezado?

—¿Empezado?

—La música.

Rivera se pasó la mano por el bigote.

—¿Es que hay música?

Ella se echó a reír; tenía una hermosa dentadura blanca

—¿No la oyes acaso?

—Pues es verdad...

Fingió muy bien su asombro.

—Estáis borrachos. Todos los hombres sois igual. Siempre beber, beber y beber. ¿No sabéis hacer otra cosa?

Raúl hundió sus manos velludas en los bolsillos del pantalón y se balanceó sobre los tacones. Sonreía.

—Depende de lo que entiendas tú por hacer «otra cosa».

La muchacha hizo una mueca.

—Imbécil.

—Vamos, pasad.

Lola los condujo al interior. En la puerta tropezó con Ana; vestía un traje oscuro, mal cuidado, y sobre los hombros una cazadora de cuero, de hombre, que le caía grande.

—¿Se aburre usted? —le dijo Lola.

Ana había notado que, al hablar con ella, la pintora cambiaba la entonación de la voz. Se esforzaba en hacerse simpática.

—En modo alguno...

—Al verla con la chaqueta, imaginé que iba a marcharse.

—Tenía frío.

—¿Es posible?

Ana sintió el contacto de sus dedos húmedos sobre la mano y no pudo evitar un estremecimiento.

—¿Me permite beber una copa con usted?

—Como quiera.

Se dejó arrastrar hacia la mesa en que Uribe ensayaba sus mixturas.

—Me gustaría que fuésemos amigas —siguió Lola—. ¿Y a usted?

—Un poco de hielo, por favor.

Brindaron. Desde su asiento, Uribe las contemplaba con ojos luminosos. Las señaló con el dedo.

—Descubiertas.

Lola apuró su copa.

—Cállate. Tú no entiendes de esas cosas.

Uribe se llevó el índice a los labios.

—La palabra es Ton-Kiki. No digan nada.

Ana volvió a sentir el roce de sus dedos.

—Venga, querida. Quiero que salude usted a Mendoza.

Entraron en su habitación. Agustín estaba aún en pijama, tumbado boca abajo, saboreando la pipa con aire distraído, y al entrar las dos muchachas se apartó un poco para hacerles sitio.

—Es tarde —dijo Lola—. Tendrías que empezar a vestirte.

—Tengo pereza.

—Siempre quedas mal. Ahí está Ana, y si te he visto, no me acuerdo.

—Hola, Ana —dijo Mendoza, glacialmente.

La voz de Lola era monótona, quejumbrosa.

—¿Te parece ésta una forma de comportarte?

—Voy a salir así.

—No estás decente.

—Me pondré una bata.

Lola lanzó un hondo suspiro. Se inclinó hacia Ana.

—Dígaselo usted; tal vez le haga más caso que a mí. Basta que le diga yo una cosa para que inmediatamente decida lo contrario.

—¿Yo? ¿Qué quiere que le diga?

La actitud suplicante de Lola había despertado su intolerancia.

—Lo he oído todo —dijo Mendoza.

Se había tendido boca arriba y se desperezaba groseramente.

—No he hablado en voz baja —repuso Lola—. Sólo intento que te comportes de un modo razonable. Has llenado el estudio de invitados y tienes que atenderles.

—No sé qué tengo que ver con todo eso —dijo Ana.

El aliento alcohólico de Lola le repugnaba. Se sentía entre ellos como cogida en una trampa: le pareció que le obligaban a presenciar una escena previamente ensayada. Hizo ademán de levantarse, pero Lola le obligó a permanecer en el asiento.

—Por favor —dijo—. Aguarde un instante.

Agustín se desabotonó la chaqueta del pijama y comenzó a rascarse el pecho, lleno de vello. Bostezaba.

—Lola es muy teatral. Requiere público para sus escenas. Ante una sola persona, defrauda. Además, no sé si te has dado cuenta, está muy bebida.

Ana volvió a sufrir el vaho de su aliento.

—¿No se lo decía? Todo el día se entretiene en insultarme. No le basta con ser un inútil y un canalla. Además dice mentiras.

Mendoza se llevó el dedo índice a la sien e hizo un movimiento de rotación.

—Las recriminaciones te sientan muy mal, querida. Te avejentan.

Se incorporó del lecho y se envolvió en el batín.

—Ah. Se me olvidaba. He invitado a la fiesta a aquel chico gallego que tanto te gusta. Creo que a mi lado estás perdiendo el tiempo.

—Eres un embustero.

También se había puesto de pie y atrajo hacia sí a Ana.

—No le haga ningún caso —suplicó—. Son calumnias.

Ana se liberó de la presión de sus dedos. Se sentía erizada por dentro, como un cactus.

—Déjeme salir. Yo no tengo nada que ver con todo esto.

Abandonó la habitación, pero Lola la alcanzó junto a la puerta.

—Es preciso que usted me escuche.

Le pasó la mano por la cintura y la condujo con ella. Atravesaron el estudio, lleno de parejas, y se dirigieron al cuartucho del extremo del pasillo.

—Tiene usted que oírme —le decía—. Tengo derecho a ser escuchada.

Desde el rincón, Uribe les sacó la lengua. El alcohol se le había subido otra vez a la cabeza. Volvía a verlo todo claro. Se sentía aéreo, flotante. La gente le llamaba y le sonreía. Le daban palmadas en la espalda. «Simpático, muy simpático, decía de sí mismo. Un gran muchacho.» Le pareció que los reunidos inclinaban la cabeza, asintiendo: «En todas partes se reclama mi presencia.» Le envolvía un halo brillante: era como si resbalase por una pista enjabonada.

—«Tánger.»

—Hola, crapulita.

—Tengo que hablarte.

—¿No quieres beber una pequeña copa?

—Después. Luego de charlar.

Siempre que Luis le abordaba, ocurría así: Páez ordenaba y él obedecía. Conocía la debilidad de su carácter y se aprovechaba para sus propios fines. Le decía:

—Necesito treinta duros.

Uribe tenía dinero, pero no andaba nunca muy sobrado. Dinero que se prestase a Páez era dinero perdido. No obstante, no se negaba.

La mirada del adolescente era burlona, implacable. Sabía ir directo al objetivo.

—Los necesito y tú me los vas a dar. Te mueres de ganas de dármelos.

Uribe se los daba. Ni él mismo sabía por qué. Luis se los gastaba en sus caprichos, con mujeres. No era, ni siquiera, agradecido. El que se aviniese a sus exigencias, constituía más bien un motivo de desprecio. Pero, llegado el momento, no sabía negarse.

—No te voy a dar un sablazo, estáte tranquilo.

Uribe se echó a reír y le mostró los bolsillos del gabán.

—Estoy sin blanca.

Páez fue a buscar una silla y se sentó frente a él.

—Se trata de algo muy sencillo. Una idea inventada expresamente para ti. Una pequeña diablura.

Los ojos de Uribe brillaron.

—¿Lo dices en serio?

—Nunca he hablado tan seriamente.

—Oh...

Su rostro expresó un inmenso deleite. Sujetó un botellín con mano temblorosa y bebió un largo trago.

—¿Es una idea *malvada*?

—Desde luego.

—Entonces, dímela.

Se adelantó a recibir sus confidencias con el semblante ávido. Había llegado a ese estado en que el alma, ebria de sí misma, se abandona con audacia al devenir de los acontecimientos. Lo que Luis le proponía se le antojaba la condensación tangible de la atmósfera juguetona que flotaba en el ambiente. Indudablemente era la sorpresa que aguardaba. Algo malvado y pequeño, diminuto e insinuante. «Como una lagartija —pensó—, como un pájaro extraño.» No se había equivocado.

—Muy sencillo —dijo Páez—. Esa noche, al concluir la fiesta, nos quedaremos a discutir lo del atentado. ¿Recuerdas?

Uribe cabeceaba.

—Sí.

—Jugaremos a las cartas.

—Sí.

—Y tú harás una trampa.

—¿En *serio*?

En el centro de la córnea, sus pupilas adquirieron la redondez de dos canicas. Eran azules, juguetonas.

—Escúchame con calma —dijo Páez—. Atiende a cuanto te digo y procura grabártelo en la memoria. No me obligues a repetir las cosas dos veces. Vamos a decidir a las suertes quién va a matar al tipo.

—¿Qué tipo? —dijo Uribe.

El adolescente empezó a perder la calma.

—Calla y atiende. Vamos a matar a un mangante, a un tipo viejo.

«Tánger» se llevó una mano a la boca: se sentía feliz.

—¿Dices que es un viejo?

—Sí.

—Me gusta eso de matar a un viejo.

—Basta de charlas. Esta misma noche vamos a decidir a quién le corresponde liquidarlo. Mendoza había hablado de hacerlo con pajuelas. Pero a última hora hemos decidido hacerlo con los naipes, jugando al póker. Tú repartirás las cartas y el que saque peor juego, será el elegido.

El rostro de Uribe expresaba una atención inmóvil. Lo que Luis decía le parecía proferido por él mismo, como si los dos tuviesen el mismo cerebro.

—Sí.

—Bien. Tú sabes hacer trampas. Un día me enseñaste miles de trucos. Te las sacas de debajo de la manga, las haces desaparecer...

—*Y volar, y dar brincos en el aire, y aparecer donde yo quiera, y...*

—Magnífico. Ya hemos llegado al centro del problema. Nosotros jugaremos al póker y tú nos servirás las cartas.

—¿Con trampas?

—Sin trampas, no seas tan impaciente. Solamente cuando le llegue el turno a David le has de servir el mal juego.

Se detuvo unos segundos a contemplar el efecto de sus palabras.

En el pálido semblante de «Tánger», los ojos brillaban como ascuas. Se llevó una mano a la boca.

—Oh.

—Tú hallarás el modo de hacerlo sin que se entere nadie. Le has de servir cartas distintas, de modo que no saque ni pareja. De esa forma será él quien dispare.

Uribe le contemplaba extasiado. Todo aquello era nuevo, imprevisto. Le envolvía una nube brillante. De nuevo acudían a él. Por tanto, *no había ocurrido nada*. Le invadió el afán de hacer locuras, de exhibirles su secreto. «Soy una paloma blanca.»

—Estáte quieto —dijo Páez—. Faltan algunas horas para que echemos las suertes y es preciso que tomes nota de cuanto te he dicho. Además, cierra el pico. Eso ha de quedar entre nosotros.

—¿Y David?

—No sabe nada.

—Todo eso es muy malvado, ¿no es cierto?

Páez no le hizo ningún caso.

—No importa nada. Igual da que lo haga él u otro.

—Lo haces porque es cobarde, ¿verdad?

—Por eso.

—¿Y no le sucederá nada?

—¿Y qué quieres que le suceda? ¿No estamos allí nosotros?

—Sí. Es cierto.

—Sólo un susto.

—Claro.

Permanecieron unos instantes en silencio. Luego, el adolescente se sirvió un trago.

—¿Recordarás lo que te he dicho?

—Desde luego... Tú me guiñarás el ojo mientras jugamos y yo...

—Yo no te guiñaré el ojo ni haré ninguna estupidez por el estilo; te estoy hablando en serio, pedazo de imbécil.

Uribe puso un rostro compungido.

—Oh, perdóname. Lo he dicho porque sí. Claro que me acordaré. Lo haré todo. Pero no me mires con esa cara. Me entristeces. Me haces sentir viejo. Me gustas más cuando ríes...

—Bien, reiré entonces.

—No, así no. Bueno. En fin. Yo sé lo que me digo.

Se llevó la mano a la cabeza.

—Estoy muy borracho.

Se volvió hacia una de las mujeres que se servía un vaso de menta y comenzó a hacerle muecas con la cara. Torcía la boca, hacía girar los ojos, jadeaba.

—Supongo que podré beber un poco —dijo a Luis.

—Mientras dentro de dos horas estés sereno, puedes hacer lo que quieras. No lo olvides. Nadie ha de saber una palabra.

—Está bien. Seré una tumba.

Alguien había empujado la bombilla por encima de sus cabezas. Protegida por su pantalla de plato, el balanceo seleccionaba, por fragmentos, el rostro de los reunidos: las caras brotaban, súbitas, encaladas; surgían vasos, respaldos de sillas, brazos desnudos, gestos, ademanes.

La onda no respetaba nada. David creyó deslizarse encima de un columpio que progresivamente pierde velocidad. Observó la bombilla: redonda, con sus delicados filamentos extendidos en forma radial, parecía una araña que se balanceara en el extremo de su hilo.

Se oían grandes protestas: los borrachos se mecían arriba y abajo, en plena marejada. La tierra fallaba bajo sus pies.

—Basta. Detenedla. Me mareo.
—¿Quién ha sido?
—¿Quién ha de ser? «Tánger».

David se volvió hacia el rincón siguiendo la trayectoria del dedo que acusaba: Uribe estaba sentado encima de la mesa de las bebidas, con las manos cruzadas sobre el pecho rodeado de un grupo de admiradoras.

—Mentira —dijo una de ellas—. «Tánger» está aquí muy seriecito, contándonos historias.

Uribe la premió con una caricia.

—Gracias. encanto.

Alguien detuvo el balanceo de la lámpara. Equilibró las pesas y volvió a colocar los adornos que habían caído.

—Por fin —exclamó la voz.

Una muchacha desconocida le hizo un hueco en el coro de los que escuchaban. Le tendió una copa de ginebra y se llevó el índice a los labios.

—Obsérvele. Hoy está como nunca.

Uribe se había dado cuenta de su llegada e hizo un gesto de contratiempo.

—Los astros no le son favorables, poeta. Marte y Venus se hacen el amor en cuclillas, ante sus mismísimas barbas.

La muchacha de antes intervino, hizo sentir su impaciencia.

—Continúa, «Tánger».

Uribe no le hizo ningún caso: hablaba sólo a David, con aire de misterio.

—Prepárese usted. Ha llegado su hora.

David decidió seguirle el juego. Se esforzó en lograr una sonrisa.

—Está bien. Lo tendré en cuenta.

Las muchachas insistían

—Vamos, «Tánger».

—Lo dicho, dicho.

—¿Dicho? ¿Qué has dicho?

—Lo esencial.

Se enjugó los labios con el pañuelo.

—Sobre todo, nada de complacencias.

Se separó del grupo y David lo tomó por el brazo.

—¿Dónde están los demás? Acabo de llegar hace un momento y sólo os he visto a ti y Rivera.

—Agustín está en su cuarto. Me parece que no se ha levantado aún.

—¿Y Ana?

—Se la ha llevado Lola. Hace más de una hora que andan por ahí, conspirando.

David se dirigió al dormitorio de Mendoza. Lo encontró vestido, pero sin decidirse aún a salir. La luz que se colaba por la puerta le cortaba transversalmente a lo largo de la cama. El resto de la habitación estaba a oscuras.

Le vio vaciar el tabaco de su pipa en el orinal: en un principio lo hacía con el exclusivo objeto de irritar a Lola pero al final se había acostumbrado.

—¿Qué te pasa? —dijo.

—Nada. Me aburro, simplemente.

Le hizo sitio en la cama. Estaban las luces apagadas y David reparó en la presencia de otra persona, una mujer.

—¿No conoces a Celia?

David dijo que no con la cabeza. Acababa de hacer un descubrimiento: la mujer lloraba.

—Había venido a hablarte.

Agustín volvió a extenderse encima de la cama, de forma que la luz que llegaba del estudio no le diese en la cara.

—Hazlo.

—A solas.

Mendoza hizo un movimiento con la mano.

—Lárgate, ¿quieres? Ya te llamaré luego.

La desconocida se puso de pie y abandonó lentamente la estancia. David no consiguió verle la cara.

—Bien. Estamos solos.

David se mordió las uñas antes de hablar. Como siempre que se enfrentaba a Agustín, se sentía interiormente desarmado.

—Ha llegado a mis oídos la noticia de que uno de esos días discutisteis entre vosotros si era o no era conveniente que yo participase en el golpe de mano —dijo—. Por lo visto hubo opiniones para todos los gustos y quería decirte que me da igual. Estoy acostumbrado a esas cosas y más desde que os conozco. Pero es preciso que recuerdes esto. Cuando se os ocurrió la idea, podíais muy bien no habérmelo dicho. Yo no te hubiera reprochado nada. Pero, puesto que me aceptasteis, si ahora habéis cambiado de opinión o alguno se opone, tengo el derecho de ser informado. Estoy tan comprometido como tú en el asunto: me merezco un trato de igualdad. Si os dije que sí, no tenéis por qué dudar de mi palabra, y os exijo una explicación. El que se oponga, debe decírmelo a la cara, sin necesidad de andarse escondiendo. Si me demuestra que no sirvo, yo seré el primero en aceptarlo.

Hablaba con voz pausada, pero el temblor de sus manos traicionaba sus verdaderos sentimientos. El corazón le latía de prisa. Se volvió de perfil, evitando la mirada de su compañero.

—Te equivocas —le oyó decir—. Nadie se ha permitido dudar de tu palabra. Quien te lo ha dicho ha hablado en falso.

David esperaba esta respuesta y contrajo las mandíbulas. El informe confidencial de Páez no dejaba lugar a dudas. No se quería dejar vencer tan pronto.

—Lo sé de buena fuente, Agustín —repuso—, y créeme que no te lo reprocho. Considero que cada uno tiene perfecto derecho a opinar de los demás como le plazca. Yo sólo pido una ocasión de defenderme.

—Óyeme, David. Cuando propuse el golpe de mano, os di, a ti y a los otros, entera libertad. Que dijeseis sí o no, me daba lo mismo. ¡Qué diablos! Lo hubiese hecho igual solo; o con Ana, como quería ella. Sólo deseaba daros a todos una oportunidad. Si participábamos en el juego desde un principio era lógico igualmente que lo acabásemos. ¿No te parece?

Hablaba con su voz cálida, densa, que David no escuchaba desde hacía mucho tiempo. Se acordó de Barcelona, del día en que trabaron conocimiento. Había ido con un amigo al café del Liceo y allí encontró a Mendoza, rodeado de pintores, poetas y anarquistas. Hacía de ello cuatro años y su amistad significó, para él, el cambio más importante de su vida. Desde su encuentro, David había dejado de ser el muchacho aplicado, orgullo de las familias, que todo el mundo exhibe como ejemplo, para transformarse en un vago, un incapaz, un poeta mediocre que se dedicaba a la bebida. Cuando Mendoza se fue a Madrid David le había seguido. Y ahora le maravillaba pensar que si la ocasión se presentaba, volvería a hacer exactamente lo mismo.

—En Barcelona —decía Agustín— me hiciste una vez la misma escena, y te llamé estúpido. Era una noche de verano, lo recuerdo muy bien, y te acompañaba paseando hasta Pedralbes, donde vivías con tu abuela. Te lo dije: Has de ser valiente si te quieres enfrentar contigo mismo y creo que lo eres; sentiría mucho que me defraudaras. O algo así. Ya tenías entonces esa maldita propensión a masturbarte mentalmente y quise prevenirte. Tu problema era y es una cuestión de confianza. Si no tienes confianza en ti mismo, es inútil que intentes hacer nada.

Le hablaba como a un chiquillo, lo mismo que hacía cuatro años, y David sintió deseos de romper en sollozos. Se dio cuenta de que nada le importaba: sólo aquel instante fugitivo en el que se veía reflejado de cuerpo entero.

El viejo campo de tenis en el que su madre se había fotografiado años antes estaba entonces cubierto de hierbajos y de arbustos: hacía años que nadie jugaba en él. La pista había dejado de ser roja. Únicamente unos montículos bermejos que se conservaban aún junto a la leñera daban testimonio de una época en que la red dividía la cancha en dos y sus tías exhibían durante el juego el delicado revuelo de sus enaguas. El viento había desperdigado las semillas de los arbustos laterales e infinidad de brotes reventaban la antigua corteza del suelo. En el extremo, en un depósito circular de cemento, flotaban mechones de algas verdosas que sus hermanos estiraban con una caña, y enjambres de libélulas planeaban como menudos helicópteros, mecidas por el viento frenético de la tarde.

Bajo los nísperos había tres mecedoras: la de Agustín, la de Juana y la suya propia. Mientras habla, un abejorro zumba junto a los vasos de las bebidas y el aire difunde el penetrante olor de las adelfas. Juana está entre los dos, más bella que nunca, y su deseo es que Agustín la mire con los mismos ojos con que él la mira y la encuentre tan hermosa como él la encuentra: tiene unos brazos blancos, marfileños y, bajo la blusa, se adivinan sus senos incipientes. Ordinariamente habla por los codos, pero ahora permanece silenciosa. Temía que Agustín la menospreciase y se esforzaba en hacerla brillar; pero pronto adivinó que se había formado entre ellos una corriente de afecto, sin necesidad de su ayuda, y este descubrimiento, sin saber por qué, le había llenado de desazón.

Dos días antes, ocultos en la naturaleza más intrincada del jardín, Juana y él habían fumado una cajetilla de cigarrillos que David pretendía haber sustraído del bolsillo de su padre y que, en realidad, había comprado en una expendeduría de tabaco. Se sentaron frente a frente, de modo que sus rodillas se rozaran, y Juana se burló, como de costumbre, de su torpeza. Sabía exhalar el humo por las narices y le hizo la broma de «sacarlo por los ojos». Mientras reía, su pecho se había estremecido de un modo suave, y David experimentó de pronto el salvaje deseo de apoyar sus dedos en la piel, de atraerla hacia sí y besarla. Juana era delgada, pequeña y blanca: odiaba que le pusieran las manos encima y eludía cualquier señal de afecto. Cuando la besaban sus amigas, volvía la cabeza de lado con un gesto de repugnancia y hablaba con horror de sus amistades de colegio, vestidas de negro, como monjas enanas, de manos húmedas y cutis sonrosado. Para ponerle la mano encima de su rodilla tuvo que hacer un esfuerzo horrible y el corazón se le subió a la boca. Juana le había mirado con rencor, con sus azules pupilas desvaídas y, de improviso, con súbita maldad, apoyó el cigarrillo encendido en el dorso de su mano. David estuvo a punto de retirarla con un grito, pero los dedos permanecieron aferrados a la suave piel, mientras las lágrimas acudían a sus ojos. Juana retiró el cigarrillo al fin: «Tu orgullo, David, tu maldito orgullo. Te tirarías por la ventana si yo lo deseara».

Ahora, contaba lo sucedido a Agustín, mostrándole la quemadura de su mano y David les vio reír a costa suya.

Sintió a la vez celos de uno y otro: Juana escuchaba embobada las historias de Agustín; Agustín hablaba exclusivamente para Juana. Y de pronto, todas sus cualidades le resultaron odiosas: deseó que Agustín fuese mediocre y que Juana no fuera tan hermosa. Al presentarlos había obedecido a un impulso suicida, el de destruir todo cuanto amaba. Sabía que Agustín tenía éxito entre las muchachas y que Juana admiraba, por encima de todo, la audacia. Estaban hechos el uno para el otro y él se había aniquilado al presentarlos. Dios, Dios. Sintió que la sangre se agolpaba en su cerebro; veía reír a Juana: sus dientes eran como los de un animal joven; también Agustín reía, y los observaba con ojos brillantes. Con una decisión súbita, les acompañó hasta la leñera con el pretexto de mostrarles los trastos viejos de la casa, y los dejó encerrados allí.

Que lo hagan, oh, sí, que lo hagan... Las bouganvilias agitaban ante él su ejército de campanillas violadas y badajos amarillos. Adelfas danzantes se inclinaban por encima de la baranda y azotaban sus cabellos mientras corría hacia la casa. Arbustos pálidos desplegaban sus copos floridos en la tarde agonizante. El aire se había poblado de gritos y de pájaros y la grava del jardín crujía bajo sus plantas. Piedad, piedad. «¿Si abismo significa profundidad, no diremos que es un abismo el corazón del hombre? Puede el hombre expresar sus pensamientos por medio de las palabras, pero, ¿qué alma se dejará penetrar y qué corazón ver? ¿Quién sabe lo que ocurre dentro del corazón? ¿Qué poder tiene dentro, qué hace dentro, qué piensa dentro, qué maquina dentro? ¿No sabéis que la profundidad del hombre es tal que escapa al mismo hombre en quien está?» Agustín le había tomado por el brazo y le obligaba a mirarle de frente: «Eres una criatura, David. Te torturas de un modo absurdo por cosas que no tienen importancia. ¿Por qué no me dijiste que la amabas? ¿Por qué? ¿Por qué?...».

Hubo una pausa durante la que se hizo más estridente el ruido de la música: alguien había abierto una puerta intermedia.

—Ya he dicho cuanto tenía el propósito de decirte —murmuró David.

—Y bien, ¿qué quieres que haga? ¿Que te diga que sí, que no nos inspiras confianza? Mentiría si te lo dijese.

David no contestó nada. Había extendido sus dos manos en la zona de la luz y las contemplaba con aire absorto.

—Mira. Sácate de la cabeza todas esas tonterías. Deja en paz tu imaginación. No te tortures.

Extrajo la pipa del bolsillo y la llenó de tabaco. David le tendió el encendedor: la luz del mechero se le corría por la cara como una mancha de grasa.

—Es extraño —dijo de pronto—. Parece que sea ayer cuando nos reuníamos en el café de las Ramblas. Hablábamos de los golpes de mano como algo utópico, imposible. ¿Qué edad tenías entonces?

—Diecinueve años. Entonces, acababa de llegar de Francia.

—Yo hacía unos meses que había terminado el bachillerato, ¿recuerdas? Cuando pienso en lo que entonces éramos y en lo que ahora somos, me asombro de mí mismo. ¿No te sucede también algo parecido?

—Sí. Hemos vivido muy aprisa; sin mirar nunca atrás.

A veces me pregunto qué ha sido de nosotros —dijo David—. Me da la impresión de que hemos muerto; de que ahora somos gente distinta.

—Es que nada nos liga al pasado —le interrumpió Agustín—. Ni siquiera al futuro. Vivimos al día.

—Muchas veces, al levantarme, me he preguntado qué haré al día siguiente, y no sé qué responder. Tengo la sensación de estar buscando una respuesta y, en realidad, ni siquiera conozco la pregunta.

—Tal vez lo sepamos dentro de poco —contestó Mendoza—. Y otros lo dirán en nombre nuestro.

—Hemos perdido los mejores años —murmuró David—. Se habrá acabado el juego para siempre.

—De eso se trata. De acabarlo.

Apretó los dientes y añadió:

—Un día u otro tenía que acabar.

David estuvo a punto de preguntar: «¿Estás seguro de que ésta no es la última manifestación de nuestro juego?» Él mismo estaba firmemente convencido, pero no se atrevió; temía que Mendoza pudiese considerarlo un signo de flaqueza.

Y el brusco contacto de su mano le había producido un estremecimiento.

—Y es mejor que sea hoy, ¿no te parece?

La luz pendía en el centro del techo, envuelta en una pantalla de papel rizado, áspera al tacto. A una señal de Mendoza, David la aflojó de nuevo. El ademán de encenderla había sido mecánico. Reflejo tal vez de un demonioniño.

—Estáte quieto —dijo.

David le obedeció y ladeó la cabeza. Era extraño. Hacía mucho tiempo que se trataban y nunca le había hablado así. Se sentía, a la vez, lleno de inquietud y de ternura.

—Tú que me conoces a fondo —prosiguió Mendoza— sabes hasta qué punto me mimaron de niño. La culpa no era mía. Mis padres me querían con exceso y jamás se atrevieron a rehusarme nada. Era para ellos el único objeto de su vida: una especie de don, de sorpresa y de gracia. Tres años antes que yo había venido al mundo un hermanito muerto. Mi madre tuvo que ser internada en un sanatorio. El médico había dicho que probablemente no tendrían ningún hijo, y como no obstante nací yo, todos me recibieron con abrazos y palmas.

»En casa deben conservarse aún centenares de fotografías del día del bautismo, de mis primeros pasos, vestido de marinerito, disfrazado, junto al mar, en la playa y en el campo. Mi simple existencia les procuraba algo así como una alegría ansiosa. Constantemente me llevaban al jardín a retratarme. Con el tiempo, mi cara llegó a adaptarse a esta comedia: a lo largo del día, con sus gestos estudiados parecía aguardar pacientemente el disparo de una placa fotográfica.

»Mucho antes de que tú me conocieras me consideraba un ser privilegiado. Cualquier alabanza, por desmedida que fuese, la estimaba producto de una reflexión justa. Rodeado de personas que me sonreían y halagaban, flotaba como un insecto ebrio, con unas alas sugestivas de mariposa y, aunque en mi coquetería fingía no darme cuenta de la admiración que suscitaba, en realidad iba de un lado a otro igual que en sueños, lleno de satisfacción, ornado con las medallas de una humildad fingida y sonriendo alrededor con aire avergonzado.

»Desde niño (casi me ruboriza decirlo) mis aficiones se salían de lo común, pero, en contra de lo que suele suceder en esos casos, mis padres ponían gran empeño en fomentarlas. Su sensibilidad artística les impedía considerar como una tragedia que me dedicase al dibujo y recibiese, de un viejo medio loco, lecciones de piano.

»Mi padre pintaba durante las horas libres que le dejaban sus ocupaciones y su ambición consistía en que yo fuese pintor. Continuamente me regalaba cajas de pinturas, lienzos y paletas. Muchas tardes dejaba que lo acompañase al estudio, donde, sentado en un taburete, yo observaba los progresos de su pincel. Le gustaba consultarme en la elección de los colores y al terminar me preguntaba seriamente mi opinión. Otras veces era él quien me alentaba a dibujar. Me pedía que hiciese un bodegón, un retrato, una acuarela. Durante largas horas permanecía absorto en mi trabajo, enteramente satisfecho. A veces, si le gustaba, lo llevaba a casa para mostrárselo a mi madre. Todo eso puede parecer absurdo, máxime si se tiene en cuenta que yo tenía apenas catorce años, pero formaba parte del sistema pedagógico conforme al que se guiaba conmigo.

»A mi madre se le había metido en la cabeza la idea de que yo era un gran actor: el día que cumplí los dieciséis años me regaló una arqueta llena de disfraces, barbas, pelucas y máscaras. En la parte posterior de la casa, había una especie de escenario donde actuaban artistas aficionados, en funciones benéficas patrocinadas por ella. Allí aprendí a recitar el "Bateau ivre" de Rimbaud, enfundado en uno de mis disfraces. Un día, se le ocurrió traer a mi padre, que no sospechaba nada. Recité el poema íntegro, con toda la emoción de que fui capaz y, al concluir, descubrí que mis padres tenían los ojos llenos de lágrimas. Desde entonces quedó decidido que yo sería actor.

»Comencé inmediatamente mis estudios en la escuela de Arte Dramático, en la que fui sometido a una disciplina rígida: obligado a aprender de memoria textos despreciables. Pero aprovechaba esa experiencia para recitar en casa las obras que amaba: las dudas de Macbeth, poemas de Blake. Sentía arder en mi pecho infinidad de proyectos ambiciosos que un día causarían asombro y admiración. Y en mi imaginación creía oír un coro de aplausos fantásticos, lejanos e indistinguibles, como un zumbido confuso.

»El homenaje continuo que recibía de mis padres, me esponjaba. Ya he dicho que mi simple presencia les causaba alegría. Veían en mí lo inesperado, lo milagroso. Estaba por tanto sustraído a las leyes. Todo contribuía a inculcarme la idea de que era distinto. Oía hablar de mis facultades con manifiesta reverencia. Muchas veces, cuando me creían dormido, se exponían los proyectos que mutuamente abrigaban respecto a mí, proyectos que yo seguía con los ojos cerrados, mientras el corazón me palpitaba con rapidez dentro del pecho. Sin darme cuenta almacenaba la vanidad, la humildad fingida, el amor, la complacencia: todo eso que se ha dado en llamar los buenos sentimientos. Mi alma era una mezcla absurda de virtudes contradictorias que malcasaban unas con otras. Y en secreto experimentaba una asfixiante sensación de malestar.

»Mi madre afirmó posteriormente que ya en esa época me sabía condenado y que mi belleza, ay, era la belleza del diablo. No puedo decir lo mismo de mí: yo no sabía nada. No abrigaba contra mis padres ningún resentimiento y su devoción manoseante me halagaba más bien. Mi empeño consistía en agradar: deseaba responder a las esperanzas depositadas en mis espaldas. Fue después, años más tarde, cuando me percaté de mi estrechez y de mi ahogo. Comenzó mientras lucía uno de los disfraces que acababan de regalarme y entre cuyos pliegues me sentía un ser distinto, altivo e insolente. Ataviado de negro recitaba "Une saison en l'Enfer" ante el armario de luna de mi habitación. Y al llegar a la invocación a los antepasados hice mía la cólera del poeta, me sentí despegado de mí mismo y olvidé el lugar en que me hallaba.

»Confieso sin humildad que recitaba bastante bien el texto y me compenetraba fácilmente con su intención. Algunas de las frases parecían brotar espontáneamente de mí mismo. Me asombraba casi de verlas escritas, tal era la identidad que nos ligaba. Las palabras del poeta me habían puesto en contacto con el odio y su llamada despertaba un eco antiguo en las raíces de mi sangre.

»Mis padres, como he dicho, me aturdían con el espectáculo de su devoción. Me cortejaban, me adulaban, me sonreían. Y de súbito, esa sumisión comenzó a resultarme antipática. En nuestras relaciones jamás había tropezado con ninguna resistencia: tan sólo con facilidades. Siempre obtuve cuanto deseaba. Cualquier resolución que tomara adquiría a sus ojos un valor extraordinario. Se desvivían únicamente por mí y me otorgaban una libertad de destino que ningún otro muchacho de mi edad disfrutaba. Pero, al dejarme en libertad de hacer lo que quería, se sacrificaban por mi causa, con lo que, de rechazo, me obligaban con su sacrificio. La madeja era sumamente sutil y me costó desovillarla. Tras las palabras nobles vi asomarse el soborno del amor y la cobardía del sacrificio. "Pues bien me dije, no seré yo el que me venda."

»Mi madre, en especial, me amaba con una ternura verdaderamente tiránica. La ilusión de su vida había sido tener un hijo como yo, rebelde, impulsivo y orgulloso, y en mis primeros pasos hacia la libertad conté con su apoyo decidido. A mi padre, que era menos inteligente que ella no me tomé el trabajo de informarle del cambio: vivía encerrado en un mundo, que mi madre vigilaba y que bastaba para hacerle feliz a él, pero no a ella. Sabía que una personalidad como la de mi padre no alcanzaba a llenarla. La tranquilidad no le satisfacía. Sin cesar estaba hambrienta de compañía y deseaba la proximidad de un ser en quien apoyar el inmenso vacío de su alma.

»Ella fue la confidente de mis primeras evasiones, cuando mi padre no sospechaba nada, encerrado como estaba en su pequeño mundo de vidrio. Formábamos entre los dos una especie de sociedad de la que mi padre estaba excluido y cuyo fin consistía en revelarnos las confidencias más secretas. Yo la tenía al tanto de mis primeras aventuras amorosas. Le explicaba mis salidas, sin omitir ningún detalle. A veces, mi sinceridad llegaba a extremos inconcebibles. Pero mi madre jamás decía nada. Se limitaba a entregarme el dinero que necesitaba, cuidando de mantener todo oculto a los ojos de mi padre. Mi confianza parecía hacerla feliz. A su manera, era una forma elegante de engañar a mi padre.

»Esas confidencias, ceñidas primero al ámbito de mis experiencias sexuales, se extendieron más tarde a mis anhelos de libertad. Poco a poco, sentía desarrollarse en mi pecho el odio a lo que me rodeaba. Comenzaba a darme cuenta de que el amor ajeno crea en nosotros multitud de lazos que nos limitan y coartan. "El amor es blando, pegajoso y manoseante —le decía—. Nos debilita y acaba por dominarnos."

»Mi madre me escuchaba sin pestañear, como si nada de lo que dijese la afectara. Tal vez imaginaba que no rezaba para ella: que lo decía en términos abstractos. Al concluir, era ella quien me inducía a guardar silencio: "Está bien; pero no se lo digas nunca a nadie. Un pensamiento en cuanto se repite pierde su valor, se evapora. Esto debe quedar entre nosotros".

»Su amor obstinado no conocía límites: me envolvía como un ropaje excesivamente prieto. Mis confesiones, por desvergonzadas que fuesen, le procuraban un motivo de amor. Nunca intentó contradecirlas. Las aceptaba simplemente, como todo lo mío, sin caer en la cuenta de que era precisamente esa aceptación la que más me indisponía. Con el tiempo, acabé por englobarla en mi odio y mis palabras no tuvieron otro fin que torturarla.

»Le repetía hasta el hartazgo que mi amor se había desvanecido; que buscaba el momento oportuno para alejarme de su lado. La acusaba igualmente de la educación recibida, cuyos frutos estaba palpando: "Fíjate, eso es lo que has conseguido. Tal vez si hubieses sido dura, todo habría cambiado. Pero ahora es ya demasiado tarde". Mi madre me escuchaba con el rostro contraído por el dolor. No sabía sino inclinar sumisamente la cabeza y a mis insultos respondía obstinadamente: "Eres bueno, pero te empeñas en ocultarlo".

»Esas conversaciones, siempre iguales, acabaron por fatigarme. Se me antojaban degradantes e inútiles. "No sé qué placer puedes extraer de ellas —le decía—. Cualquiera diría que disfrutas torturándote." Y mi madre se negaba a responder, pero me miraba con ojos acosados. "Te lo suplico —murmuraba—. Te lo suplico."

»Mi padre, en cambio, vivió engañado hasta el final. Cuando comenzó a darse cuenta era demasiado tarde: la vigilancia celosa de mi madre había surtido su efecto. Le cogió de improviso, sin darle tiempo de recobrarse; por eso, su derrota fue más fulminante. Se halló frente a un hecho consumado: el derrumbamiento de todos sus castillos. Y, en su estupor, no tuvo fuerzas siquiera para decirme una palabra.

»Recuerdo que por esas fechas se me ocurrió jugarle una mala pasada a mi madre. Muchas veces mi padre recibía la visita de algunas modelos que posaban para sus cuadros. La mayor parte eran bonitas y atractivas. Particularmente había una, pequeña e insinuante, que ejercía sobre mí una gran fascinación. Su cuerpo, armonioso como el de una estatua, parecía esculpido en goma. Se lo hice notar así a mi padre, a quien sabía ciertas debilidades mujeriegas y le excité a que la convirtiera en su amante. Una tarde, conseguí que la poseyera en el estudio y la misma noche me apresuré a decírselo a mi madre. "No te enfades con él —le dije—. Ha sido obra mía tan sólo". La vi palidecer, blanca de ira, pero no dijo una palabra. Sólo después, al acostarme, se aproximó hasta mi cama, con los ojos abultados por las lágrimas. "Eres un canalla, Agustín. Una cosa así, no la haría ni siquiera al peor de mis enemigos."

»Su respuesta me hizo comprender que nada lograría modificarla y al siguiente día les comuniqué mi propósito de marcharme a París. Lo hice con suma brevedad, sin pedirles consentimiento. Naturalmente, ellos se apresuraron a dármelo. Corrieron a comprarme el pasaje. Me aturdieron con sus preparativos. No comprendían en absoluto el motivo de mis actos y confiaban ablandarme por medio de la ternura.

»Sabía perfectamente que las esperanzas que habían depositado en mi futuro, acababan de derrumbárseles. Bastaba mirarles para comprender que se sentían defraudados e infelices. Me preguntaron si les escribiría y les contesté que no. Entonces me pidieron permiso de escribirme. Les repuse que podían hacerlo si ello les proporcionaba algún agrado y que por mi parte no oponía ningún impedimento. Me acompañaron a la estación en automóvil y durante el trayecto no atinaron a decir nada. Ahora me parece que, ya entonces, sabían que no volvería junto a ellos.

»Sin embargo, se esforzaban en no perder las esperanzas. Imaginaban que París, Lisboa, Madrid, constituirían tan sólo etapas, al término de las cuales, la realidad me llamaría de nuevo a Barcelona. Me ofrecieron el dinero necesario para montar una escuela de arte dramático. En ningún lado, decían, hallaría tantas facilidades para desenvolverme. Prometieron dejarme llevar el tipo de vida que quisiera. Oh, se mostraron absurdamente generosos. Se sacrificaban por mí hasta el final.

»Cuando llegué a París, hará ya unos cinco años, alquilé un estudio donde comencé a embadurnar varias telas. Sabía de sobra que no era un pintor genial, pero confiaba abrirme paso en el teatro. No obstante, tropezaba con el obstáculo insuperable de mi pronunciación. Los ensayos que realicé, no dieron resultado. Mi voz no interesaba a nadie. Entonces comencé a trabajar en una serie de lugares inverosímiles, de esos que se leen siempre en los inicios de la carrera de los grandes millonarios americanos: repartidor de periódicos, camarero, ascensorista, lavaplatos. De regreso al estudio me compraba la comida en el mercado. Había alquilado un hornillo eléctrico y en él preparaba cada noche unas lonjas de tocino y medio litro de café.

»Éste era mi único sustento y durante el día sentía contraérseme las paredes del estómago como si fueran de caucho. También, por las noches, en la cama, pasaba mucho frío. Para combatirlo ponía a hervir el cazo del agua y de vez en cuando sumergía la mano en él. Un día, por esas fechas, recibí una carta de mi madre con un cheque en blanco. Estaba tumbado en el diván (un horrible diván de flores escarlata, no lo olvidaré nunca), a solas con mi hambre y con mi frío, y aquel cheque en blanco me llenó de furor. Escribí casi al instante mi respuesta, una sola palabra, la que ya te imaginas, y yo mismo corrí a depositarla en el buzón más próximo.

»Caía una lluvia fina. Sentía escurrírseme las gotas por el cuello, pero el odio, el hambre y el frío me envolvían como en una película impermeable. Sabía que acababa de liberarme para siempre, puesto que mi único acto libre, sí el único, radicaba en el insulto. El odio que se agolpaba en mi garganta me devolvía la identidad. Acceder a la propuesta de mi madre equivalía a aceptar su moral. Únicamente la facultad de rechazarla me rescataba. Y me creí liberado, al fin.

»Y a pesar de ello, ¿cómo decírtelo, David? Me siento muerto. O, lo que es lo mismo, me aburro. Durante largas horas no hago otra cosa que toser y bostezar y fumar innumerables cigarrillos. Tengo que inventarme coartadas para probarme que existo. Coartadas, ¿contra qué? ¿contra quién? —Y en la atmósfera sobrecargada de la pieza sus preguntas parecían diferirse, flotaban en el aire adelgazadas—. Oh, ya sé que me llaman loco... Me dicen que aún puedo volverme atrás. Y, sin embargo... —su voz se había vuelto ruda y el corazón de David palpitaba con mayor fuerza—. No quiero volver. Me es preciso quemar las naves... Cortarme la única salida... Tú me comprendes.

—Sí. — David estaba sin aliento —. La mayoría de edad.

—Matar.

Frente al espejo empañado del vestuario, con un candelabro a cada lado de la cara, Uribe se entregaba a su locura favorita: su amor a los disfraces, el ansia de huir de sí mismo.

La habitación estaba sumida en la penumbra y el espejo devolvía por duplicado la silueta ondulante de las llamas y los brazos torcidos del candelabro que la muchacha sostenía a su derecha.

«Ah, transformarse entregarse al vértigo de las caretas.» Sus labios resecos se adherían a los labios del Uribe del espejo sus ojos buscaban el contacto de los ojos de la máscara. Había sacado del armario los tubos de pintura y ensayaba colores sobre la cubierta del cartapacio.

«Es preciso cubrir los espejos y destrozar los cristales. No podría resistir la tentación de enamorarme.»

Cuidadosamente distribuía los colores sobre la piel de la cara; el verde, el naranja, el ocre en las mejillas; sobre las cejas, un grueso trazado añil; los párpados, suavemente violados. Los labios eran negros.

—¿Qué te parece?

La muchacha dejó el candelabro encima de la mesa y sumergió el pincel en un bol anaranjado. No sabía qué decir. El personaje inquietante que le daba la espalda y al que trasveía únicamente en el espejo, la atemorizaba.

—Su aspecto es muy lindo —comenzó.

Pero se detuvo llena de asombro. Uribe se revolvía el cabello con las dos manos, encrespaba sus mechones. La sombra que proyectaba era la de un paisaje de panochas desmelenadas por el viento. Súbitamente, sin decir palabra, empezó a teñirlos de rojo. La muchacha lanzó un gritito agudo.

—Ahora parece usted un diablo.

«Tánger» le concedió unos segundos el placer de contemplarle. La disposición original de los matices acentuaba el trazado de sus rasgos: la nariz afilada, los labios secos cada una de sus arrugas prematuras. El examen le satisfizo y le hizo sentirse locuaz.

—En Panamá —dijo— los disfraces son casi rituales. Los cholos se pasean por la calle medio desnudos, con sus cuerpos tostados cubiertos de pintura. Otros se hacen tatuajes dolorosos y se adhieren penachos de plumas sobre alquitrán caliente.

»Hace seis años, viajaba por América en compañía de mis padres y pasé una semana en Balboa. Eran las fiestas del Carnaval y una gran multitud invadía las aceras: hombres maravillosamente disfrazados de mujeres, cuerpos sospechosos, con miradas acariciantes, como de seda. Yo me dirigía hacia los muelles y apenas lograba abrirme paso. Una lluvia de harina y de confeti caía entre la enramada de serpentinas, farolillos y linternas. Los negros bebían botellas de alcohol puro y la gente bailaba y se besaba en plena calle.

»Y allí vi a un hombre disfrazado de dominó, con el atuendo más puro y acabado que he visto hasta la fecha. Se había afeitado medio bigote, media barba, una ceja y la mitad de la cabeza, untándolas luego de cal blanca. La otra mitad: barba, bigote, cabello, ceja, era rigurosamente negra. Su cuerpo estaba simétricamente cuadriculado de pies a cabeza, lo mismo que el bañador que cubría sus partes secretas. Oh, era aterrador verlo así, blanco y negro, con el iris negro en la parte blanca y la córnea blanca en la parte negra, agitándolos sin cesar, como una de esas mascarillas de cartón, de pie movible, que cambia el color de sus ojos, deslizándola sobre una cartulina que se refleja en las oquedades de los párpados.

»Había también una multitud, una pequeña gorila hembra, con cintajos de colores que colgaban de la punta de los senos... Pero no... Estoy borracho... Eso pertenece a otra historia.

La muchacha le miraba con ojos admirados.

—Oh, cuéntela.

El payaso había reaparecido.

—Es inútil, pequeña. El secreto no me pertenece. Prometí que no hablaría y no hablaré.

La muchacha no decía nada, pero Uribe se volvió de nuevo:

—*Index prohibitum*. Inútil insistir.

Y al alias del espejo:

—Ah, estás borracho.

Se contempló con atención: empenachado por la aguda cresta, su rostro era una perfecta combinación de los siete colores del espectro.

«Quisiera rodar a tal velocidad que se me viera todo *blanco*.»

Antes de dar el visto bueno, agregó otro elemento: sobre la pintura fresca distribuyó poco a poco pequeños montículos de pelusa.

La muchacha se dirigió hacia la puerta.

—No, aún no.

Se detuvo a anudar su capa de seda. Como en la víspera de cada una de sus transformaciones, una angustia indefinible le dominaba. ¿Se evadiría? ¿Lograría ser distinto?

Muchas veces había disfrutado del encanto sutil

de mixtificarse. Su amor a los disfraces participaba también de ese gusto por la huida. Cada paisaje le confería un personaje nuevo. Cada desconocido, una personalidad diferente. Aprovechaba los encuentros furtivos para deformarse. Ante seres que no conocía, era semejante a un libro en blanco: sobre sus páginas podía escribir lo que quisiera.

Se inventaba una y mil veces. Le angustiaba la incapacidad de escapar a los juicios que merecía su defecto y su timidez le llevaba a evadirse, confesándolo. Su confesión era tanto más urgente, cuanto mayor era la necesidad del disimulo. Su sinceridad era, a la postre, una mentira derrotada.

La idea de que los demás hablasen de él le aterrorizaba y, anticipándose a sus comentarios, se comportaba y se vestía de tal modo que forzosamente atraía las miradas: propagaba rumores, historias falsas. Pero le parecía que ya no eran los otros los que le descubrían a él, sino que era él el que les descubría a los otros, puesto que se adelantaba a sus sospechas y su sorpresa era buscada.

Ahora, con su terrorífica apariencia de piel roja, Uribe hizo una entrada sensacional. Había alzado los brazos, de forma que el chal de la muchacha le colgase por las mangas y los agitó en el aire lo mismo que un murciélago.

En la penumbra del estudio, las parejas bailaban muy unidas. Nadie reparó en Uribe hasta que llegó al centro: entonces no pudieron reprimir un movimiento de pánico.

«Oh, oh.» Suspiros. Pequeños gritos.

—Pero si es «Tánger»...

Se había acabado el disco y nadie se acordó de parar el gramófono: la aguja giraba de un modo sordo, bronco.

—Caramba.

—Es increíble.
—¿Cómo lo has hecho?
—No te conocía.
—Estás horroroso.

Uribe se sentía feliz en medio de sus voces. Impartía bendiciones.

—Hijos míos...

La proximidad de los rostros que le rodeaban aumentaba por reflejo su propia locura. Le ofrecieron una jarrilla de vino y la apuró de un solo trago. Hizo ademán de besar a las mujeres y provocó una violenta protesta.

—No, «Tánger», eso si que no...
—Estás lleno de pintura. Vas a mancharnos.

Le asaltaba de nuevo el vértigo de lo desconocido. La necesidad de improvisar.

—Quiero asomarme al balcón y volar con mis alas falsas. Quiero salir a la calle y espantar a los notarios con mis gritos. Quiero robar la escarcha de los tejados y regalársela a las palomas ciegas.

Había logrado su propósito. La cabeza le daba vueltas. Pero el miedo no le abandonaba. Durante dos horas había ocurrido algo.

—Venid, venid conmigo.

Temía quedarse solo. Con la borrachera y los gritos le acuciaba otra vez la necesidad de sincerarse, de averiguar lo ocurrido aquella tarde.

Sabía que si le dejaban solo iba a cantar de plano: el deseo era más fuerte que él. Se acordó de Páez: «Tengo que ser silencioso». Se llevó la mano a la frente. No quería mirar.

—Hermanitos.

Había reparado en un joven rubio, de aspecto insignificante, cuyo rostro, no sabía por qué, le resultaba familiar. Y sintió que sus fuerzas se evaporaban. Estaba vencido: iba a confesarse. «Oh, no, no.»

—Muchacho. Sí, tú, tú, el que me miras; muchacho que me estás escuchando...

Imprimía a sus palabras un aire de burla. Imitaba la forma de hablar de sus antiguos profesores.

—¿Yo?

—Sí, ven.

Lo condujo al vestuario: frente al espejo y los candelabros encendidos.

Tragó saliva. Otra vez reconocía *aquello*: la derrota de la inteligencia, la marea blanda e indecisa que impregnaba sus vísceras. «Bien, comencemos.»

Había sustraído una botella violada y, mientras bebía, comprendió que era ya inevitable. Se confesaría precisamente ante él; ante él y no ante otro.

El muchacho le miraba dominado aún por la sorpresa.

—Me parece que le conozco... Su disfraz...

Uribe le cortó con un ademán de la mano.

—Es un engaño. Todo es un engaño. Como mis pantalones. Me los dieron de adorno.

A fuerza de pasarse las manos por la cara se le había escurrido la pintura de los labios y comenzaba a manchársele el cuello.

—Odio lo que es cierto —dijo—. Me nutro de mentiras. Pongo disfraces a las cosas: serpentinas, oropel. Amo lo fugitivo.

El joven le contemplaba estupefacto.

—Usted. ¿Quién es usted?

Uribe le miró con severidad.

—Eso lo sabrás dentro de un instante, sinvergüencilla. Pero será preciso que antes aprendas a obedecerme sin soltar esa dichosa lengüecita, ¿eh? Ahora, sígueme. Saldremos sin ser vistos. En el mismo rellano de la escalera hay una habitación abandonada donde podremos confiarnos.

Cogió uno de los candelabros y avanzó hacia la puerta.

—¿Adónde me lleva?

El muchacho estaba detrás, inmóvil. Uribe le fulminó con una mirada.

—Eso no te importa ni te interesa. Si has quedado con una de las horribles pirujillas que corretean por ahí dentro, puedes decirle que vuelves dentro de un minuto. Pierde cuidado: yo no te haré nada. Mis necesidades no son de orden físico.

Abrió la puerta del vestuario y le indicó la salida. Mientras el joven obedecía, la expresión de su semblante había sufrido un cambio. Ahora, el payaso, predominaba otra vez.

—Salgamos. En la calle, pequeños arcángeles huecos, contravienen las leyes del tráfico conduciendo por la izquierda.

Se volvió hacia el espejo y murmuró:

—Estoy loco.

En la pequeña habitación reinaba la calma: sólo las llamas de la alta palmatoria oscilaban y se retorcían sobre la cinta blanca de los pabilos.

Uribe tenía entre las manos una copa de color violáceo y se la llevó a los labios antes de hablar.

—Se llama «Parfait Amour» —dijo.

El jovenzuelo se removió en su exigua sillita de paja. Uribe, desde el sillón, le medía, le dominaba, le aplastaba.

—Eso quiere decir: «Amor Perfecto», me parece.

—Justamente —repuso Uribe—. Amor en Blanco, Amor No Violado. Eres un chico muy despierto.

Bebió un pequeño sorbo y se la ofreció al muchacho.

—Toma, prueba un poquito. Pareces ser un chico muy limpio también, y no me dará asco.

El otro tuvo una risa inquieta. La bebida que «Tánger» le ofrecía le inspiraba repugnancia, pero no se atrevió a rechazarla. Tragó un poco y dijo:

—Está muy bueno, gracias.

Uribe comenzó a descaracterizarse. La pintura se le había corrido de una zona a otra de la cara y entre los labios negros los dientes resaltaban incisivos, blanquísimos.

La única luz de la habitación era el candelabro de tres brazos, cuyas llamas danzaban de un modo frenético. Uribe reprimió un estremecimiento.

—Hay una corriente de aire —dijo—. ¿Quieres mirar si la ventana está bien cerrada?

El chico se levantó con presura. Al entrar en el cuartucho que daba a la escalera, Uribe había cerrado la puerta con una llave que guardó en el bolsillo. No sabía en qué iba a parar todo aquello.

Ajustó el ventano e inmediatamente las llamas dejaron de bailar: se aferraron al pabilo retorcido hasta quedar reducidas a diminutas lenguas de fuego.

—Qué oscuridad —dijo—. Qué silencio.

Se había vuelto a sentar en la silla de paja y contemplaba con aprensión el pintarrajeado rostro de Uribe. Algo en sus ademanes y en su voz le recordaba no sabía qué.

«Tánger» no le hacía ningún caso: con aire abstraído empapaba el pañuelo en una botellita de aguarrás y se enjugaba el rostro con sumo cuidado.

—¿Te ha gustado el disfraz? —le dijo al fin. El joven asintió con una inclinación.

—Es muy bonito —murmuró—. Hace usted muy mal en quitárselo.

—Siempre me han gustado los disfraces —dijo Uribe—. Cuando era niño los coleccionaba por docenas. Mi padre era empresario y yo actuaba en los teatros y en los circos. A veces hacía números indecentes. Pero de ordinario bailaba. Y todos los años suspiraba por la llegada del Carnaval. Me gusta que la gente se disfrace y vaya por la calle con caretas. ¿No has probado nunca a disfrazarte de mujer, o de piel roja, o de pirata?

—No.

—Pues deberías hacerlo. Cuando habitábamos en Tánger vivía rodeado de un grupo de muchachos canallitas. Ellos me enseñaron a disfrazarme: tenía chilabas pardas, rexas de piel de camello y jaiques. Coleccionaba instrumentos musicales: el bender, el tiple, el tebel, el guermbrik, la deranga y los crótalos. Los niños se vestían con pieles de animales y se colocaban en los tobillos capullos de mariposas. Todo era muy hermoso entonces...

Había sacado un espejuelo del bolsillo y frente a él comenzó a arrancarse la pintura de las cejas. La presencia del muchacho le tranquilizaba. Se sentía dividido entre el deseo de callar y hacerle confidencias.

—Eso debe de quedar muy lejos —le oyó decir.

—Sí, en África.

—¿En África? ¿Ha estado usted allí?

—Yo he estado en las cinco partes del mundo y en los casquetes polares —repuso Uribe—. Pero mi ciudad de origen es Tánger.

Deslizó el pañuelo por encima de los labios y se detuvo un segundo para tomar aliento.

—Mis padres ocupaban allí un importante cargo diplomático. Eran entusiastas del conde Coudenhove-Kalergi y cuando tenía siete años me obligaron a aprender el esperanto. Yo sabía entonces el francés, el inglés, el alemán, el italiano, el griego y el latín, pero insistieron en que aprendiese el esperanto. ¿Quieres que te hable un poquito?

—No lo entendería —respondió el muchacho.

—Bah. ¿Acaso nos entendemos cuando hablamos el mismo idioma? ¿Acaso hay verdadera comunicación entre los seres? ¿O somos sólo altavoces que retransmiten, a un tiempo, distintos programas?

Los interrogantes flotaban en el aire y se diferían entre las sórdidas paredes del cuartucho entremezclados con el eco no extinguido de la música de baile.

—Yo creo... —comenzó el jovenzuelo.

—Me parece que nadie te ha preguntado nada.

Abandonó la labor de despintarse y se contempló en el espejo con desaliento. Se veía viejo, cansado. La presencia obtusa del muchacho le apaciguaba y enfurecía al mismo tiempo. Quedaban dos horas en blanco. Un vacío. Un hueco. Se llevó la mano a la frente. Hubiese querido estar más borracho de lo que en realidad estaba. No lograba escaparse. Los disfraces no le caían a la medida.

Se palpó con la yema de los dedos el lugar donde aquella tarde le habían golpeado con el puño. A la luz de las velas, apenas borrada la huella de la pintura, la señal subsistía oscura, color de hígado. «Veamos —se dijo—. Había dos pequeñas gorilas. Yo estaba sentado junto a ellas. Las amaba.» Pero no era esto. Le habían golpeado en el lavabo. Lo sacaron a la calle casi a rastras.

Sus manos asieron la copa con avidez: estaba vacía. En seguida palparon la botella. También estaba vacía. Se volvió hacia el muchacho, jadeando.

—Óyeme —le dijo—. Tú que eres un chico listo, mira si puedes darme la clave. Escúchame. Has de tener el oído muy alerta, no sea que se te escape algún detalle.

El muchacho le miraba aterrorizado. Despojado de la espesa capa de pintura, había descubierto al fin quién era. Su voz, sus ademanes, le resultaban desde un principio conocidos, casi familiares. Aquella tarde, en un bar de Echegaray, lo habían expulsado con violencia, completamente borracho, por motivos que encajaban perfectamente con sus actuales presentimientos.

Sintió que un sudor frío le corría por la cara. Recordaba que Uribe había cerrado la puerta con llave y se la había guardado en el bolsillo. Vinieron a su memoria historias horribles, advertencias de sus compañeros de colegio. «*A veces son peligrosos. Atacan.*» Acababa de caer en la trampa, de una manera estúpida, y se odiaba por ello.

—Esta tarde —prosiguió Uribe— he sufrido un atropello brutal. Me han golpeado. Dicen que nos gusta dejarnos golpear, pero es falso. Es horrible que alguien te ponga la mano encima. Una vez una gorila me pegó una bofetada. Fue algo espantoso...

La confesión, como una náusea indefinible, le escalaba la garganta. Comprendió que iba a ceder y decidió salvarse haciendo extravagancias.

—Es como si te pegaran en la escuela. Cuando tenía doce años me golpearon con una palmeta en el dorso de la mano. Recuerdo a un profesor viejo, que se teñía el cabello de blanco, que llegó a despellejarme los nudillos. Yo era entonces un niño enfermizo, espigado. Vivía en continuo sobresalto...

Mecánicamente cogió la botella de licor. Había empezado una historia falsa y trataba de ganar fuerzas. Al darse cuenta del movimiento el muchacho se puso de pie.

—Si quiere, voy a buscarla... Dentro de un segundo estoy de vuelta.

Hablaba con demasiada ansiedad y él era el primero en advertirlo. Se aconsejó a sí mismo calma.

—Nadie te ha dado permiso para que te levantes de la silla —dijo «Tánger».

Presentía vagamente el temor del muchacho y la

idea no le desagradaba. Decidió aprovecharse de ella.

—El panorama cambió en cuanto pude salir de la escuela. Tenía apenas dieciséis años y me enamoré de una niña en una fiesta campera. Nos habíamos conocido al azar, descifrando un jeroglífico de Tebas y en seguida se creó entre nosotros un vínculo de afecto. Alicia era rubia, fina y ágil. Tenía la calidad de una gacela. Cada uno de sus movimientos ofrecía por sí solo un encanto irresistible y su cuerpo estaba configurado de tal modo, que requería de continuo la obligación de ser acariciado.

»Le gustaba pasear por el parque vestida de Cleopatra y yo la acompañaba henchido de gozo, colmándola de besos en las manos, en el cabello, en la nuca, y en los labios. La comparaba al mar, al cielo, a los barcos, a las nubes. La sustraía a las formas precisas, como si ella fuese la sustentadora de todas las formas y, al besar su mano y al abrazar su cuello, me parecía besar y abrazar a la naturaleza entera... Perdón.

»Se inclinó hacia el otro lado y comenzó a vomitar. El jovenzuelo le miraba con ojos desorbitados. Una idea horrible se había abierto paso en su cerebro. "Está loco. Tengo que habérmelas con un loco." Deslizó la lengua por los labios. Temblaba. Uribe permaneció unos instantes escupiendo y finalmente se pasó el pañuelo por la boca.

»—Alicia —prosiguió con voz tranquila— había despertado en mí un fondo de poeta subyacente y a su lado me sentía feliz y enriquecido. Le regalaba pájaros y frutos, la adornaba con flores del campo. A menudo íbamos juntos a un templo en ruinas y le pedía que bailara un himno órfico. Sus movimientos se esculpían en el azul del mar y en el dorado de la arena, como uno de esos bajorrelieves que se encuentran en el Museo de Nápoles.

»Un día que gané a la lotería le compré un ciervo chiquitín, y a partir de aquella fecha, Alicia, el ciervo y yo, formamos un terceto inseparable. Nos seguían también dos bufones y un enano que había contratado mi padre.

»Pedíamos a la vida que todo continuase así, en la delicia del presente, sin vínculos que nos ligasen al pasado ni preocupaciones por la vida venidera. Todo era sencillo, y, por lo tanto, mágico. Y aunque nuestras dinastías respectivas hubiesen conjurado en contra nuestra la envidia, el odio y el veneno, su oposición, en lugar de molestarnos, enriquecía nuestra dicha.

»Aquellos meses fueron los más felices de mi vida y durante su transcurso llegué a olvidarme de todo. No existía para mí otra cosa que Alicia, y con Alicia, el cielo, el mar, las flores y los pájaros. A su lado empecé a sentirme niño y a gozar de unas licencias que, en mi niñez, no había disfrutado.

»Cuando llovía, metíamos los pies en los charcos, cantábamos canciones, nos refugiábamos bajo las ramas de los árboles y jugábamos a darnos tantos besos como gotas de lluvia caían. Imaginábamos que el mundo existía para nosotros y que nosotros éramos los únicos pobladores del mundo. Y nos hacía felices saludar a los esclavos que trabajaban en el campo, echarles besos y hacerlos partícipes de nuestra alegría.

»Vivíamos en una primavera sin fin, en la que nada, aparte de nosotros, importaba. En esa regresión a la niñez había algo infinitamente puro y limpio. Sin que mediara un convenio nos habíamos puesto de acuerdo en no hablar del futuro y era precisamente a causa de su despreocupación, que nuestro amor había alcanzado acentos tan claros. Alicia era mi Hada y yo era su Arcángel. Se dejaba querer con sencillez y, cuando bajaba los párpados, para que se los besase, mi felicidad rechazaba las palabras... ¿comprendes?

El rostro del jovenzuelo denotaba una absoluta cerrazón. Tenía los labios rígidos y contemplaba absorto la luz del candelabro. Uno de los pabilos estaba a punto de apagarse. Temía quedarse a oscuras con Uribe.

—Comprendo —musitó.

—Mientes —repuso «Tánger»—. No entiendes absolutamente nada. Te has introducido ahí para espiarme y te dispones a contar cuanto te he dicho.

Se había dado cuenta del terror del chico, que le miraba fascinado, y decidió servirse de él para salvarse él mismo.

—Te conozco, pequeña basura, a ti y a los soplones de tu clase. ¿Te imaginas que soy tan estúpido? ¿Acaso sabes cómo castigo a los entes de tu especie?

El jovenzuelo continuó inmóvil en la silla de paja. Le miraba con ojos vidriosos, temblaba

—Yo... Le juro...

Uribe cogió la copa vacía y la arrojó contra el suelo. Se sentía inspirado, fuerte. Su demonio le hablaba al oído.

—¡Basta!

Tomó el candelabro con la mano izquierda y se dirigió a la puerta. Las sombras, delirantes, aterradas, retrocedieron a lo largo de las paredes. Abrió la puerta, salió afuera y volvió a cerrarla con llave.

Desde el descansillo oyó los pasos del muchacho, que se aproximaban a la puerta y se encogió de hombros.

—Déjeme salir, déjeme salir. No veo nada. Abra. Abra. Cruzó el rellano de la escalera y se adentró en el estudio. El esfuerzo que acababa de hacer le había dejado exhausto, agotado. Ahora sólo tenía deseos de dormir. De apoyar la cabeza en un objeto blando.

Desde el pasillo dirigió una ojeada a los grupos que bailaban y bebían. Raúl, Mendoza, Ana, pululaban ajenos a cuanto acababa de ocurrir. Quiso estar en un lugar tranquilo, adonde no llegasen las voces de los borrachos. Se sirvió una ginebra y la bebió de un trago. Otra vez era él. Le reconocían a pesar de los disfraces. Todos le llamaban «Tánger».

Se oían, lejanos, los golpes del prisionero y hundió en el bolsillo la mano que aferraba la llave. «Que se pudra. Que se pudran todos. Yo me cisco.» Olvidar. Hubiese querido una droga que concediese al durmiente la facultad de anular lo pasado.

El estómago le pesaba como si lo hubiese llenado de mercurio. Su cerebro era una danza de ideas confusas, cambiantes. Se quedó inmóvil con el labio caído, abultado por la luz vertical de la lámpara. Todo le repugnaba en aquel lugar: las voces y los gritos, los farolillos, los sombreros, los disfraces.

El jovenzuelo golpeaba la puerta cada vez con mayor fuerza. La escalera estaba revuelta. Se oían rumores, voces que se aproximaban.

Una mujer muy gruesa, de mediana edad, se introdujo en el estudio y comenzó a chillar como una loca. Uribe se sintió culpable.

—He sido yo. La culpa es mía...

Entregó la llave a Ana. La mujer, con los brazos en jarras, chillaba y discutía.

—Sucios, más que sucios. Armar escándalo a esas horas... En una casa honrada.

Raúl, en mangas de camisa, se cruzó de brazos frente a ella en forma descarada.

—La puerta está al final del pasillo, no sé si lo sabe... La mujer lloró de rabia. Se lamentó de no ser hombre, sino viuda débil e indefensa, y quiso abofetearle. Rivera la sujetó por el brazo.

—Calma, señora. Sobre todo mucha calma. Márchese usted tranquila, ¿quiere?... Como una niña dócil.

La velada tocaba a su fin. Avergonzadas, la mayor parte de las muchachas empezaron a ponerse el abrigo. Tan sólo Raúl, después de haber despedido a la intrusa que se dedicaba a revolucionar la escalera y a golpear en la portería, bailaba con la mujer trigueña, sin darse por aludido.

El prisionero acababa de ser puesto en libertad y señalaba a «Tánger» con grandes aspavientos. Le cubría de insultos, le acusaba. Una chica mofletuda le estiraba de la manga y quería imponerle silencio. Los reunidos celebraron el incidente con risas.

Uribe sintió una gran debilidad en las rodillas y un ansia de vomitar. Deseaba dormir, cerrar los ojos, ser acunado lo mismo que un niño. Se fingía más borracho de lo que estaba y él mismo lo sabía. De nuevo representaba un papel. Se acercó a Raúl, tambaleándose.

—Quiero dormir —suplicó—. Llévame a casa, Raúl... Yo solo no podría.

Fingió que las palabras se le trababan. Los vapores del alcohol empañaban la lucidez de sus ideas, pero no alcanzaban a ocultarle su mentira.

—Lo que sucede, «Tánger», es que estás más borracho que una cuba —dijo la trigueña.

—Si quieres una niñera que te acune —dijo Raúl— cómpratela en el mercado.

Los dos bailaban apretados, como dos animales jóvenes, y se apartaron de él riendo.

Uribe se disponía a seguirlos cuando notó que alguien le estiraba de la manga. Se volvió. Era Páez.

—Mi querido artista —dijo—. Es usted testigo del desacato de que acabo de ser objeto. El desafío es a muerte. A muerte y sin pistola.

Sin hacerle el menor caso, Páez le condujo hasta el lavabo. Uribe se dejó arrastrar. Divagaba: «El cielo es testigo de mi inocencia».

El adolescente cerró con pestillo la puerta del lavabo y lo acorraló contra la pared. Le sujetaba por las solapas con ambas manos y le sacudía como a un muñeco.

—La trampa —logró balbucear Uribe— me había olvidado... Yo...

Luis le cruzó la cara con el dorso de la mano. El golpe, muy fuerte, dejó impresa durante largo rato la señal de sus nudillos. A Uribe le hizo el efecto de una pedrada. Sintió que las rodillas se le doblaban y se apoyó en el toallero con los labios inertes. Permaneció junto a Páez, humillado y confuso, llorando a moco tendido.

—Estúpido, imbécil. ¿Es ésta la manera de cumplir con tu palabra? Marica, más que marica.

Le hizo incorporarse brutalmente, alzándolo por las solapas, y le sacudió de nuevo. Tenía los labios ávidos, apretados. Sus pupilas brillaban con dureza.

—Harás lo que yo te diga, a las malas o a las buenas, ¿me oyes? Sé de sobras la manera de haceros cantar a ti y a los de tu especie. ¿O prefieres que te golpee de nuevo?

Volvió a adelantar la mano con aire de amenaza. Los ojos de «Tánger» traslucían un pánico inmenso. No podía balbucear una sílaba. Páez hizo con los labios un gesto de desprecio y escupió en el suelo.

—No. No vale la pena. Te daría una satisfacción inmerecida. A vosotros os gustan esas cosas.

Le soltó de improviso y Uribe se derrumbó como un muñeco. Luis le oyó gemir y vomitar.

Con aire despreocupado, atravesó la pieza de un extremo a otro, sin dejar de dar chupadas al cigarrillo recién encendido.

Se reunieron en torno a la mesa de las bebidas mientras Ana retiraba las botellas y los vasos. Los invitados habían desaparecido hacía largo rato. Bajo la turbia luz de la bombilla la pequeña banda representaba una escena que parecía imitada de las pantallas del cinematógrafo.

Les rodeaban los vestigios de la «tarde de lepra»: copas, caretas de colores, colillas aplastadas. Alguien había arrancado la pantalla verdosa de la lámpara y los racimos de uvas de trapo. Subsistían, en cambio, las colgaduras de papel y el decorado fantástico de «Tánger». La lluvia nocturna rezumaba entre las supuraciones del cemento y goteaba con interminencias sobre la escupidera de metal. Uribe barajó las cartas: formaba grupos que pasaba alternativamente de una mano a otra y que entremezclaba, dejándolos resbalar a un tiempo, con los pulgares levantados. Sometido a la acción vertical de la bombilla, su rostro tenía un matiz lívido, enfermizo. Se había alzado el cuello del gabán hasta las orejas y, a pesar de ello, tiritaba.

—¿Te encuentras mal? —le había dicho Ana.

—Es la resaca.

Los demás, sentados en círculo, le miraban con aire de fatiga. Tenían sueño. La velada no se diferenciaba de las restantes. No acababan de convencerse de que estuviesen decidiendo algo importante. Bebían en silencio, aburridos.

—¿Cuándo comenzamos? —dijo Ana.

—Cuando quieras.

Jugaban de izquierda a derecha, con cuarenta y ocho cartas, sin comodín. Uribe repartió primero un trío y después una pareja a cada uno de los jugadores.

Cortézar mantuvo las tres primeras boca abajo hasta que recibió las dos restantes. Sólo entonces se atrevió a mirarlas. Lo contrario, decían, da mala suerte. Pero fue el único en acordarse del remedio. Adelantó un bostezo nervioso y miró a Mendoza.

Agustín se había sacado la pipa del bolsillo y observaba a sus compañeros con gran calma. «En su forma de jugar —pensó— podría adivinarse el carácter de cada uno de ellos. El póker es una radiografía del alma.» Raúl, por ejemplo, había mirado las cartas durante un segundo y su semblante no expresaba nada. En ocasiones se imponía con una pareja de dieces, y cuando mostraba las cartas, inevitablemente ganaba. Su suerte en el juego era tan proverbial que, antes de entrar en cualquier partida, se hacía rogar. David, en cambio, no sabía imponerse, no apostaba sino cuando tenía la seguridad de vencer. Páez se olía siempre las jugadas. Cortézar era el menos constante: se plegaba a la suerte, tenía altos y bajos. Con Ana no había jugado nunca.

Observó a David, mientras consultaba el juego. Su rostro se mantenía rígido, como almidonado, y Mendoza dedujo que la suerte no le era favorable. Se encogió de hombros. Aquella partida dependía tan sólo del azar; el que tuviera el peor juego, perdía. Y, a pesar de ello, David había perdido la faz.

Terminó el reparto y cada uno miraba sus cartas. Raúl, únicamente, se hacía el distraído. Se echó hacia atrás, con las rodillas pegadas a la mesa, en la actitud del que es espectador tan sólo.

Mendoza pidió tres cartas, que Uribe le sirvió de la baraja. Colocó a su vez debajo las que le devolvía. Cortézar cambio dos. Al llegar el turno a Rivera, se limitó a decir:

—Estoy servido, gracias.

Lo dijo con humildad, como disculpándose. Observó que Páez, al coger la suya, había hecho un gesto de desagrado y dirigió su vista hacia él. Las botellas que Ana había amontonado sobre la plancha de madera del rincón proyectaban en la pared unas sombras deformes, gigantescas.

Páez, a su vez, miró a «Tánger»: no se atrevía aún a consultar en el semblante de sus compañeros y buscó el contacto de su mirada. Media hora antes, en el lavabo, lo había golpeado hasta hacerle llorar. Luego le frotó la frente con colonia y le secó las lágrimas con un pañuelo. Hasta le había dado palmaditas en la espalda. Al acordarse de ello, le entraron deseos de reír.

David pidió tres cartas. Entre las manos sostenía una copa de manzanilla que, de vez en cuando, se llevaba mecánicamente a los labios. Quería comportarse de un modo natural y apenas lo lograba.

Cogió las cartas y las colocó sobre la mesa, antes de mirarlas. Su actitud era petulante, de desafío. Conocía de antemano la respuesta y se abandonaba blandamente a su destino. La elección, por una causa oscura, le parecía la consecuencia lógica de una serie de hechos de los que era responsable. Sentía sólo un malestar en el oído y apuró la manzanilla imaginando que tal vez iba a calmarlo.

Las cartas eran distintas y de diferente palo. Antes de mirarlas, David tuvo que oír las voces de los demás anunciando sus tríos, sus figuras y colores, antes de comprobar que sólo tenía una pareja de nueves. «Debía ser así», pensó.

Y con una sonrisa amarga aguardó el momento en que los demás se creerían obligados a consolarlo.

IV

Alas de arcángeles vibrando como arpas, días livianos como plumas, como copos de nieve: hacía muchos años que David vio por primera vez una pistola y nunca como ahora le había traspasado el frío contacto del metal; la culata parecía aguardar el apretón de la mano, y el dedo, el contacto suave del gatillo. Talismán sagrado, objeto tabú, sería preciso cubrirla con encajes, restañar la pérdida del precioso líquido. Cuando Agustín se la había dado, le explicó en cuatro palabras el funcionamiento del mecanismo: «Bastará que la cojas así, apuntes por aquí, el seguro es esto». Palabras, fórmulas escuetas al alcance de cualquier aprendiz. Pero ¿y lo otro? Oh, sí, Dios mío. ¿Y lo otro?

«Es como apuñar el agua con las manos y echar las redes al mar. *Todo fluye, se escapa, permanecemos siempre extraños.*» El espejo le devolvió una imagen blanca, desangrada, de labios tirantes como viejas cicatrices. La pistola era negra entre sus manos; el índice se crisparía sobre el metal, la bala se hundiría blandamente. Él, David, el asesino. David niño, David bueno, David amigo, David, condenado David con alma de cobarde. Apagó la luz y volvió a encenderla, sin pistola ya. Debía familiarizarse con la muerte, necesitaba conocer al viejo, saber de qué color eran sus ojos, amarle antes del crimen. «Porque todos matamos lo que amamos, oíd, oídlo todos; unos con una mirada cruel, otros con buenas palabras; el cobarde lo hace con un beso, el valiente con una espada.» Ah, cuánto debía haber sufrido quien escribió aquello; había alcanzado la zona última; allí donde los interrogantes se transforman en nudos corredizos y se aferran vorazmente a la garganta.

Las jubilosas notas de una canción criolla ascendían del piso bajo. Acodado en la ventana, David creía ver canallescas mujeres, arrastradas por el revuelo campanudo de sus faldas, trazando remolinos de colores, cuerpos que hurtaban sus formas en el aire, ademanes como relámpagos, centelleos. Se pasó la mano por la frente: un pequeño muchacho que transpira. Y la pistola negra, allí, aguardando dar paso a miríadas de seres que acechaban el banquete de la muerte y reventaban en su propia podredumbre. Sobre la mesa tenía una Biblia abierta: «Jehová, Señor, Dios de los fuertes»; le condenaban, allí también, le condenaban. Llegó a sus oídos la atildada voz de un locutor. No era un gramófono ni siquiera una pianola automática. Doña Raquel tenía la radio enchufada y tacones ágiles percutían sobre la tapa de un piano viejo. «Señor, Señor de los débiles», pensó. Telarañas de nata sobre los ojos: lloraba. El viento sacudía la ropa tendida del vecino tejado y silbaba en sus oídos como la concha de un caracol de mar. David ajustó las hojas de la ventana: la música le hacía daño. Deseó ver a «Tánger» disfrazado de mago, haciéndole cualquier jugada de las suyas: sacándole naipes de las orejas, produciendo sombras chinescas con las manos. Ahora estaba lejos. Le habían dejado solo frente al objeto negro que aguardaba el hueco de su mano, la decisión súbita del dedo. Se sentó en la mesa del escritorio y abrió el cuaderno al azar.

«Mi niñez, a primera vista sin problemas, me parece de pronto enormemente complicada cuando trato de abarcarla por entero. El recuerdo que conservo de ella es turbio y fragmentario y, cuanto más medito en sus menudas incidencias, más difícil me resulta llegar a una conclusión válida.

»Yo era un niño tibio e incoloro, de escasa vitalidad y de una salud enfermiza que constituía el tormento de mis padres. Nací en el seno de una familia distinguida y bien relacionada de la que soy el último vástago. Todo contribuía, por tanto, a hacer de mí un heredero no importa de qué, si de recuerdos, de nombre o de fortuna, y el hecho de que tuviese otros hermanos no disminuía en modo alguno mi responsabilidad. En la época de mis padres, Barcelona no era la ciudad populosa de ahora. Acababa de deshacerse de sus murallas y, como el que acaba de despojarse de un traje demasiado chico, se extendía alegremente por el llano. Las riquezas estaban en manos de unas pocas familias y las que mi abuelo poseía se contaban entre las más elevadas. Había hecho su fortuna en las Antillas y, como los indianos de su tiempo, vivía en un magnífico chalet de estilo árabe, de las rentas cuantiosas de su ingenio de Matanzas.

»No llegué a conocerlo, pero sé por referencias que era todo un carácter. Conservo, eso sí, el recuerdo de su imagen fotográfica: el inmenso retrato de fondo negro que presidía las veladas familiares del comedor: un rostro terrible y rudo que me quitaba el sueño durante las noches. Mi abuela, su mujer, era una vieja menuda y regordeta, con la cara cubierta de verrugas, como de retoños agostados. A ella debo mi afición a las lecturas y a los entretenimientos solitarios. Hace mucho tiempo perdió a uno de sus hijos durante el sueño y el temor de que la historia pudiera repetirse le impulsaba a despertarme cada vez que me veía dormido. "El sueño es la imagen de la muerte", se excusaba. Y aún ahora me parece verla sonreír con la frente empañada de microscópicas gotas de sudor. Mis padres son dos caracteres bondadosos y sin relieve, cuya personalidad parece complementarse con la mezcla de sus brumas respectivas. Son borrosos y difuminados, sin grumos de ninguna especie y por más que medite acerca de ellos me causa siempre asombro el comprobar lo lejanos que pueden llegar a sentirse los seres a pesar del parentesco de la sangre, pues nada tengo en común con ellos.

»Poco antes de que yo naciera las propiedades de mi abuelo materno se evaporaron. Había sido un hombre emprendedor y, a todas luces, notable, pero jamás se tomó el trabajo de educar a sus hijos. Su carácter absorbente le determinaba a mantenerlos alejados del negocio. Estaba acostumbrado a jugar duro y su presencia le resultaba, sin duda, engorrosa. Y como era un especulador de fortuna cuyos asuntos andaban siempre enredados, la herencia que dejó en el momento de su muerte, si bien muy crecida en su cuantía, lo fue también en complicaciones y quebraderos de cabeza. Mis tíos no estaban preparados para soportar el peso que caía en sus hombros, y con el consejo de todos los familiares, liquidaron la hacienda de Cuba.

»Mi niñez transcurrió, a pesar de todo, en medio

de una gran facilidad, constelada de preceptores y de frailes. Nuestra fortuna era aún considerable, de forma que conocí siempre el hartazgo de los deseos satisfechos. La máxima preocupación de mi padre, que era aficionado a las fórmulas escuetas, consistía en hacer de mí un hombre de provecho. La experiencia que guardaba del abuelo no había caído en el vacío. Con cierta frecuencia me llevaba en automóvil a la fábrica, con alguno de mis hermanos, para habituarnos desde niños a cobrar interés en el negocio. Allí me puso en contacto con un extraño mundo de chiquillos medio desnudos, con los que me impulsaba a jugar, y que permanecían a mi lado, negros y desconfiados, como lagartos oscuros. Lleno de asombro, comprobé que tenían siempre hambre y suspiraban por los platos de comida que en casa me hacían comer casi a la fuerza. Eso les revestía a mis ojos de un prestigio grande y, junto a ellos, me sentía mediocre, tímido y estrecho.

»Muchas veces he creído que el dinero que nuestros padres almacenan para nosotros no hace sino aumentar nuestra debilidad. Siendo niño, me obligaba a asistir como padrino al bautizo de los hijos de los obreros. Era una medida social y no se lo reprocho. Tal vez yo en su lugar hubiera hecho lo mismo, aunque creo que entre mi generación y la suya media alguna diferencia: que nosotros no estamos, como ellos, convencidos de nuestros derechos y que si llegase la hora de defenderlos, lo haríamos tal vez por egoísmo, pero no por la certeza de nuestro fundamento.

»Como he dicho, me entregaba grandes bolsas de caramelos que repartía entre los niños como un mensajero feliz venido de otro reino. Oscuramente sentía yo entonces la necesidad de hacerme perdonar mi posición. Me sentía de los elegidos. Alguien había hecho un sorteo y mi boleto era premiado. Y aun ahora, cuando me rodeo de un cerco de propinas, no lo hago tanto por generosidad como por timidez y afán de perdón. Había adivinado muy temprano que el mundo no concluía entre las cuatro paredes de la casa y la versión que mis padres me ofrecían no bastaba para satisfacer mi curiosidad.

»La imagen que guardo de mí mismo es sucia, borrosa y asfixiante. Mis padres me rodeaban de un cuidado absurdo, que no conocía desfallecimiento. Cada curso suspiraba por la llegada del verano, durante el que nos trasladábamos a la casa de campo. Era un edificio viejo, que pertenecía ya a mis bisabuelos, y allí me encontraba mucho mejor que en la rígida clausura de las aulas. La mayor parte del día tenía el tiempo libre y durante tardes interminables me entretenía en vagar por las habitaciones abarrotadas de objetos inútiles. Había baúles llenos de libros, pantallas de colores, biombos desgarrados y pequeñas hornacinas saturadas de conchas y flores, y allí me sentía como el huésped de algún país fantástico.

»Al sistema educativo de mis padres prefería el que seguía don Ángel, un preceptor ridículo que durante los meses veraniegos nos daba clases de latín por las mañanas. Don Ángel era grueso y colorado, de movimientos torpes y ademanes grotescos; llevaba gafas con montura de oro en el punto de arranque de su voluminosa nariz. Su atuendo era pintoresco y astroso: camisas extravagantes de colores chillones. Miembro de una familia venida a menos, cuyas rentas escasas le obligaban a ganarse la vida dando clases a los hijos de gentes acomodadas, don Ángel había conquistado a mi padre con su lucida fraseología latina. Mientras hablaba tenía la costumbre de salpicar la conversación con una enjundiosa mezcla de citas que reproducía en sus idiomas originales. Muchas veces se me ocurrió la sospecha de que ni él mismo sabía lo que significaban, pero era tal su empaque al pronunciarlas, que mi padre aseguraba, muy serio, "que le había convencido".

»Don Ángel pasaba la mayor parte del día repantigado en el sofá de la sala, resolviendo crucigramas, a los que era singularmente apto por su inútil cultura enciclopédica. Mientras me obligaba a recitar las declinaciones se introducía polvos de rapé en su nariz peluda y estornudaba con visible fruición. Se había propuesto hacer de mí y de mis hermanos un modelo de joven bien educado y trataba de despertar mi gusto por lo delicado y lo exquisito. Me rodeaba de poetas griegos y latinos, "convenientemente traducidos" y, a instancias de él, mis padres me prohibieron la lectura de libros de piratas. Según don Ángel, el alma juvenil se embrutecía y deformaba fácilmente si se aficionaba a esta clase de lecturas y trataba por todos los medios de evitar el contagio.

»Consciente de la personalidad social de mi padre, se esforzaba en hacerme comprender los deberes y obligaciones de mi posición: "Eres de los escogidos —me decía— y debes comportarte como tal. No se echan margaritas a los puercos". Me aconsejaba el trato con gente selecta y hablaba con gran repugnancia de los que no tenían ni un pedazo de tierra en que caerse muertos. Le gustaba llamar a las cosas por su nombre y, en su odio a la pobreza, descubría su afán de pertenecer a la clase elegida y su falta de piedad por el dolor; y si autorizaba complacido cualquier regalo costoso a un muchacho de mi clase, se enfurecía cuando daba una limosna a un niño pobre: "Son sucios, horribles, están llenos de costras. No merecen que nadie se ocupe de ellos".

»Si bien la mayor parte del día me entretenía con

mis hermanos, los hijos de los aparceros que correteaban por la era me atraían con sus gritos. Algo mayores que yo, se movían con independencia absoluta, sin que nadie los vigilase. Llevaban camisita y calzón corto que apenas les llegaba a las rodillas; caminaban descalzos. Por timidez, jamás me había acercado a ellos y, cuando tropezábamos, no acertaba siquiera a saludarlos.

»Recuerdo una tarde de septiembre en que estaban vaciando los estanques. Mi padre había puesto en ellos peces de colores y, a medida que bajaba el nivel del agua, los veía correr como saetas, escurrirse y colear. En las partes en que había menos agua quedaban apresados en charcos pequeños de los que inútilmente querían evadirse; por la desesperación de sus coletazos parecía que también ellos presintiesen que su fin estaba próximo. Yo les miraba lleno de angustia, porque me sabía impotente para salvarlos, cuando el grupo de niños se aproximó a la balsa y me preguntaron qué pasaba.

»Les mostré los peces asfixiados e inmediatamente se descalzaron: bajaron la escalera, sumergieron sus pies en el fango y comenzaron a meter los peces en comportas de agua, que yo recogía desde arriba. Fueron para mí unos instantes felices. La visión de los peces, ebrios de vida, culebreando en las comportas me llenaba de dicha. Cuando metía la mano, los sentía escurrirse entre mis dedos y, casi sin darme cuenta, me sorprendí cantando en voz alta.

»Estaba enteramente absorto en mi tarea cuando oí un grito terrible a mis espaldas. La presencia de don Ángel, con el rostro congestionado y el cabello revuelto, me hizo estremecer de temor. El cubo me cayó de las manos; algunos peces quedaron en la arena, palpitantes, con sus lomos dorados manchados por el barro. Pero don Ángel no me dio tiempo siquiera de cogerlos. Lleno de ira, me arrastró por el brazo hasta la casa.

»Aquel día y los que siguieron me hizo lamentar con su desprecio la magnitud de la falta; yo me había deshonrado y envilecido tal vez de una forma irreparable al aceptar el trato con gente sucia e indigna. Hablaba con verdadero horror de los hijos de los aparceros "desnudos y viscosos como lombrices" y juró exterminar para siempre mis instintos plebeyos. Por desgracia suya no pudo ser así; murió al mes siguiente, mientras daba la clase de latín. Se quedó de improviso quieto y rígido, sin acabar de sorber el tabaco que acumulaba en su mano. Cuando esto ocurrió, mis padres viajaban por Europa y nosotros pasamos a hospedarnos en casa de una rica tía abuela.

»Doña Lucía, como la llamábamos todos, era una mujer devota y caprichosa que vivía aislada entre sus medicinas, sus canarios y sus santos. La casa en que habitaba estaba situada en el barrio alto, en las proximidades del Monasterio de Pedralbes. Las habitaciones eran inmensas e inhóspitas, atestadas de muebles enfundados y de pesados cortinajes, pero, al resto de la casa, Gabriel y yo preferíamos las buhardillas. Allí los objetos se amontonaban sin orden ni concierto: los sillones despanzurrados junto a los espejos polvorientos, las mesillas al lado de las arcas. Vagábamos entre ellos en un perpetuo estado de delicia, atraídos tan pronto por los ademanes desgarrados de las fundas como por el complicado mecanismo de los relojes descompuestos. Las viejas camas campesinas mostraban al desnudo la oxidada voluta de sus muelles. Contemplaba los planos de las antiguas fincas y un pergamino con las especiales bendiciones del pontífice a los afortunados descendientes de mi bisabuelo. La tía, nos llevaba a veces de la mano y nos indicaba la exacta procedencia de cada objeto.

»No sospechaba entonces el fondo contradictorio que se albergaba en el pecho de aquella mujer vieja. Su personalidad era una mezcla curiosa de ternura y crueldad refinada. Por un lado las cosas adquirían en sus labios un tono dulzón y zalamero. Deseaba que fuésemos buenos y sosegados, "ingenuos como criaturas". Esa forma de ser, la trasladaba incluso a la órbita de sus devociones. Las imágenes de sus santos eran mofletudas y sonrosadas, vestidas con ropajes suaves y vistosos. Imaginaba el paraíso como un gigantesco jardín de la infancia, atestado de angelotes y, cuando hablaba de Jesús, se refería a su niñez y a sus pañales.

»Por otro lado mi tía era una criatura y su egoísmo la arrastraba a extremos inconcebibles. Sumamente avara, era incapaz de algún obsequio altruísta. Pasaba la mayor parte del día apoltronada en la gandula con el breviario entre las manos, en una galería que daba al patio de un convento cercano. Su mayor entretenimiento consistía en observar el recreo de los frailes, a los que llamaba con cariñosos diminutivos y de los que sucesivamente se enamoraba.

»El excusado de los frailes radicaba en un pequeño edificio subalterno, cuyo sendero corría precisamente bajo el puesto de observación de mi tía. Doña Lucía, que era muy curiosa, se había entretenido en hacer una estadística promedio de los que concurrían durante el recreo de la tarde y, a veces, con aire compungido, se la oía lamentarse de las dolencias digestivas de algunos de los frailes. Un día, me sorprendió con una excitación insospechada: ella, que siempre permanecía tendida en la gandula, no podía aguantarse un momento quieta. Corría de un lado a otro, como un pajarillo, con el cabello revuelto y el rostro sonrojado. La sacudía un hipo que era medio risa y durante toda la tarde no se separó de la ventana. Luego supe que había enviado al convento una caja de golosinas laxantes, cuyo efecto había comprobado con la mirada fija en el sendero de los frailes. La curiosidad y el aburrimiento pueden llevar a hacer muchas extravagancias y mi tía demostró que era capaz de todo.

»Al comenzar el nuevo curso, mis padres me enviaron a un pensionado de lujo. Allí, arrastrado por el ejemplo de todos, me sumergí en el culto a la caridad y a la ternura. Mis compañeros eran fofos, delicados, espiritualmente grasos. Me parece verlos aún, tal como ahora son, pero con las caras regordetas de antes, apoyados desmayadamente en la barra de los bares con un: "*Barman*, sorpréndame con algo". Allí aprendí a estudiar por emulación. Los profesores se esforzaban en inculcarme lo que llamaban "un sano afán de competencia", y de hecho, lograron esclavizarme. En las colectas infantiles que organizaban para vestir a los niños pobres, escribían en la pizarra el nombre del vencedor y la cantidad que había satisfecho. Detrás, por riguroso orden de turno, se agrupaban los restantes. Cuando se producía un cambio en la clasificación, me recordaba el de las competiciones futbolísticas: el profesor tachaba con una sonrisa benévola el nombre del señorito destronado y colocaba en su lugar al nuevo líder. Y el que triunfaba al fin, repartía personalmente los juguetes a los niños, se fotografiaba en medio de ellos, sonriéndoles, acariciándoles e imitando todas las actitudes que los ministros acostumbran a asumir en estos casos.

»Organizaban asimismo unas competiciones infantiles con asistencia de los padres, en las que se ponía a prueba nuestro saber y la capacidad de resistencia de nuestros nervios. Por espacio de una hora nos acribillábamos mutuamente a preguntas, mientras el profesor presidía la contienda desde una butaca de felpa. Mi máxima aspiración consistía en ser el primero en todo. Una enfermiza necesidad de aplauso me espoleaba. Luchaba por las mejores puntuaciones con todas mis fuerzas y, aunque a veces fingía indiferencia por la gloria y simulaba ser inmune a los elogios, en realidad, mi corazón desbordaba de dicha cada vez que el director, en el reparto mensual de premios, dictaminaba: "David ha rebasado la cifra récord en la colecta misional. Ha sido, por tanto, el más sacrificado. También es el que se ha portado más bien y sus notas son las mejores de la clase". Resonaban los aplausos de todos y yo sonreía con fingida modestia, de acuerdo con mi papel de modelo.

»En una época en la que la mayor parte de los muchachos de mi edad pasaban el día jugando permanecía absorto en mis trabajos y deberes. Cualquier obstáculo me parecía escaso, con tal de continuar en el primer puesto. Empleaba largas horas en aprender los cuestionarios de memoria, pero, en mi coquetería, disfrazaba este esfuerzo tras un supuesto talento natural que me permitía aprender cualquier cosa con una simple ojeada. Mis maestros caían en la trampa; hablaban siempre de mis dotes con singular respeto. Me usaban de conejo de Indias en sus recitales y, aunque ello significase un esfuerzo de muchas horas, bastaba para contentarme la sonrisa complaciente del maestro, cuando decía: "Vamos, para usted no significa nada."

»Quería responder a todas las esperanzas; temía defraudar. La posibilidad de perder el primer puesto me quitaba el sueño. También los profesores se habían dado cuenta y lo empleaban como un arma contra mí. "Puede usted dar las gracias —decían— por no ser un niño como los demás; por haber nacido rico y bien considerado; por su talento fuera de lo común." Aunque estuviese en el primer puesto, advertían: "Poco ha faltado para que lo perdiera. Vigile, no se duerma en sus laureles. No sea que el próximo mes se lo arrebaten", y la felicidad que yo experimentaba por el premio, se disipaba para dar paso al miedo de que me lo arrebatasen al mes siguiente. Y de este modo continué obstinadamente con mi corona de laurel a cuestas en la portada de las revistas escolares, como un emperador de fantasía, sencillo, bondadoso y amigable.

»Me había acostumbrado a los elogios. A veces he pensado que si mis compañeros hubiesen aplaudido mis fechorías, habría podido ser perfectamente el modelo de alumno desaplicado. Todo ello formaba parte de mi oscura necesidad de hacerme perdonar algo y sólo bajo ese trasluz logro entenderme ahora. La idea de las esperanzas depositadas en mis espaldas, presidió todo el curso de mi niñez y no me abandonó siquiera el día que me hice universitario. Tan sólo el encuentro con Agustín, ocurrido pocos meses después, logró despertarme de mi abulia y embrutecimiento...»

Se detuvo, jadeante. La cabeza le pesaba. Al leer el cuaderno había obedecido al mismo impulso que, ahora, le llevaba a cerrarlo, como si lo leído le hubiese aclarado algo. Una inquietud extraña le hacía encender un cigarrillo detrás de otro y pasarse la mano por el cabello, que continuamente se le encrespaba. Bebió un trago de la jarra y comprendió que tenía otra clase de sed. «¿Beber?» Nunca lo había hecho. Sin embargo... Acudió a su mente la historia de aquella obrera que había consumido los años mejores de su vida en un telar y que se había entregado al primer hombre que pasaba por la calle para vengarse de su suerte. También él sentía deseos de descender, de mezclarse, de olvidar la clase a la que pertenecía. *Ser célula en un torrente de células, recorrer las calles moribunda de despanzurrados adoquines, ser gota de agua cuya muerte no deja ningún hueco.* Se pasó la mano por los labios; estaban resecos. Le parecía que se olvidaba de algo y se esforzada en recordarlo. Desistió: un hormigueo recorría todos sus miembros. Hasta el sábado, tenía tres días libres. Cerró el cuaderno y lo sepultó en el cajón. Luego se puso el abrigo y salió a la calle.

Porque día llegará en que el Señor separe a los fuertes y a los débiles, a la semilla y a la cizaña, y haga en su tienda convite de engordados, convite de purificados, de gruesos tuétanos, de purificados líquidos... Él está en el suelo boca abajo y tiene a la abuela detrás de él dándose impulso con el pie; la mecedora es de madera negra con respaldo de paja. En la pared hay una oleografía con el retrato de mis tíos y en la repisa la foto del abuelo con el uniforme de capitán de fragata. «Fue en Santiago —dice ella—; estaba solo y mató a quinientos yanquis.» «Oh —digo yo—, apenas deben quedar yanquis con vida.» «Dos o tres», dice Eduardo. Él tiene un melindro chupado entre los dedos y lo mordisquea con dientes de rata. «¿No quieres tomar un poco de chocolate?», dice. «Quiero ginebra —digo—. Tengo sed.» La mujer me sirve una. «Continúa», dice. «Qué guapo era el abuelo.» «Sí, muy guapo.» «¿Por qué mató a tantos yanquis?» «Querían robarle las tierras. Él era español.» «También yo soy español», dice Eduardo. «Todos somos españoles», dice la abuela. «¿Y yo?», dice Paula. «También tú, querida.» «¿Y yo?», dice Paco.

«También, también.» Yo abro el álbum y ella me dice: «Ésta soy yo hace cuarenta años; el señor del lado es el abuelo». Y yo digo: «¿Por qué murió el abuelo?». «Dios lo quiso —dijo ella—. Siempre se lleva a los mejores.» Vuelve a darse impulso con el pie y continúa leyendo el libro. «¿Es el de ayer?», le digo. «Sí, la Sagrada Biblia.» «¿Por qué es el mismo siempre?», digo. «Porque es el libro revelado.» Lo abro al azar y contemplo los dibujos. «¿Quiénes son esos?» «Los egipcios.» «¿Qué les pasa?» «Dios los castiga.» «¿Por qué los castiga?» «Porque son malos.» «¿Y esos niños?» «También son malos.» «¿Qué han hecho?» Ella dice que debemos ser obedientes y pensar que Dios nos está mirando. «¿Y el abuelo?», digo. «También él nos está mirando.» «Entonces, los muertos...», digo yo. «Todo son apariencias: somos ánforas, moldes de sustancias, reliquias de un pasado muerto.» *¿Qué dice? ¡Oh no sé!, está murmurando. Es el choque.* Todo el aire se ha vuelto arena. Los ojos me arden y las aspas de los ventiladores se mueven en el vacío. Quiero beber y vuelvo a coger la copa. «No, amigo, ya tiene usted bastante.» «¿Bastante? —digo yo—. Si sólo he bebido...» «Catorce copas» dice él. Y comienza a contarlas con el lápiz que se saca de encima de la oreja. «Catorce copas, ni una más, ni una menos. Eso sin contar con las que llevaba usted encima. Además, tiene usted mala cara.» «Eso no le debe importar a usted —digo—. Cada uno mira por lo suyo y no se preocupa de...» «¿No se lo digo yo? Ni siquiera se puede usted tener en pie.» Yo quiero decir que no, que todo es apariencia: «Nunca me han considerado como uno de los suyos —digo—. Es como si hubiera habido una barrera. Los hay que matan y otros que se dejan matar. ¿Usted comprende?». El hombre se ríe y dice: «Claro que sí. Usted tiene dotes oratorias. ¿Por qué no se presenta a diputado?». Todos ríen y me invitan a continuar. **Cómo** he deseado la prueba: la ocasión de mostrarles que yo era de los suyos y que también acepto las reglas del juego. Ellos me miran con caras retozonas, sorbiendo mis palabras con un dulce y empalagoso jarabe de grosella. «Vamos, explíquese, es usted estudiante. ¿No es eso?» Yo le miro a la cara. «Usted no es él.» «Claro que yo no soy él —dice—, yo soy yo.» Es gordo y lleva unas gafas de miope. «Estudio Derecho», digo. «¿Quiere usted ser abogado?» «Sí», digo. «Bravo —dice él—, quiere usted ser abogado y para eso estudia.» *Tengo sed*. «Hoy debiera ser un gran día para mí», le digo. «¿Es acaso su santo?», dice él. «No, no es mi santo.» «Entonces, ¿por qué es un gran día para usted?» «Porque tengo la oportunidad que siempre he deseado.» «¿Ah sí? —dice él—. ¿En qué consiste esa oportunidad?» Yo quiero decirle que son pocos los que disponen de un rico acervo de ideas, y menos aún, los que se toman el trabajo de vivirlas, y que pertenecen a esa especie escogida que protagoniza todas las aventuras, que vive por nosotros los amores de sus novelas, las peripecias del cinematógrafo y la existencia libre que todos anhelan. Y nosotros abandonamos en sus manos la tarea de vivir y de amar, de hacer aquello que desearíamos y que tal vez, sin su sacrificio, no lograríamos imaginarnos siquiera... «Canta usted muy mal», dice. «Lo sé. Siempre he tenido muy mala voz.» «Además está usted borracho.» «Es posible —digo—, me han sacado ya de tres bares.» «Realmente lleva usted una de las grandes, ¿no quiere usted descansar un poco?» Hay un banco de madera debajo del farol, y nos sentamos allí los dos. «¿Ha reñido usted con la novia?», me dice. «No tengo novia —digo—: La tuve, pero hace tiempo.» «Hace usted muy bien y le felicito. Yo no fui tan listo y ahora la tengo todo el día en casa dándome la lata. Dice que si no se hubiera casado conmigo habría sido una gran artista y ahora se paseará por ahí en auto... ¿No le hace gracia?» Yo me río para complacerle y él me pone una mano en el hombro. «Es usted muy simpático y debiera moderarse en la cuestión de las bebidas.» Me hace una señal turbia, que no entiendo y dice: «Lo uno mata lo otro». «Siempre sucede así —le digo—. Es la ley de la vida. Si uno no mata ha de esperar que...» «Conozco a uno que ya no puede hacerlo si no es con excitantes —dice—, todo por culpa del alcohol.» «En realidad apenas bebo.» «Ja, ja —dice él—, es usted muy gracioso.» Me dejo golpear cariñosamente en el hombro y le miro a la cara: tiene los ojos brillantes, como líquidos, y bigote de mogol. «En cambio, yo conservo toda mi potencia —dice—, lo mismo que a la edad de usted. Y eso que también a mí me gusta beber.» «Lo he hecho sin darme cuenta —digo yo—. Me dolía la cabeza y pensé que me calmaría.» «Hoy estoy completamente sereno y ¿sabe cuántas copas he bebido?» «Cinco», digo. «Nueve.» Me toma del brazo y me ayuda a levantarme. «Aquí cerca hay una casa de toda confianza. Si usted me invita podemos ir a ella.» «Le invito», digo yo. «Es usted muy simpático», dice él. Me pasa el brazo por la cintura y me ayuda a andar tieso. En el portal hay un dibujo de un niño mofletudo que se eleva, sin otra ayuda que unas alas que le crecen al lado de las orejas, sobre un paisaje pálido de nubes merengadas. «Fíjese —digo yo—, no tiene cuerpo.» «Quita —dice él—, es un Cupido.» Me lleva al vestíbulo y me ayuda a subir las escaleras. «Si quiere, le llevo en volandas», dice. «Gracias, es usted muy amable, intentaré hacerlo solo.» «Deje al menos que le ayude con el brazo.» «No se moleste», digo. «Hay que ser muy formales. Es una casa seria.» Él empuja la puerta que lleva al salón del fondo. «Hola,

Ricardo —dice la mujer—, ¿quién es ese chico?» «Es un amigo.» «Vaya, vaya, parece que está algo borracho.» «Lo he hecho sin propósito deliberado —digo—. En realidad debería haberme quedado en casa, descansando.» «Aquí podrá descansar —dice ella—. Le presentaré algunas chicas.» Va a buscarlas y vuelve con cuatro. «Hola, Ricardo, hola, hola», dicen. «¿Y éste?» «Soy yo.» «Es mi amigo.» «Hola», digo. «Tiene una linda cara», dicen. Él me aprieta el brazo por encima del codo y me las presenta: «A este chico le gusta hacer bien las cosas». «Bebida para todos», digo. «Tiene usted bastante, jovencito», dice la vieja. «Sólo una copa», digo yo. «Está bien», suspira ella. La rubia se sienta a mi lado: «Hola, Ojos Dulces.» «Hola», digo. «¿No has cogido frío en la calle?» *Calor, tengo la cabeza ardiendo*. Ella descorcha la botella: «Bébete ese poquito». Yo lo bebo. Se me estanca en el estómago. «Me encuentro mal.» «¿No te lo decía? Lo mejor es que descanses y me cuentes tus cosas.» «Sí —le digo yo—, en realidad necesito descanso.» Ricardo me abraza: «Suerte». «Vamos, Ojos Dulces, yo te prepararé bien la cama.» «¿Y la botella?», digo. «No la necesitaremos» dice.

«¿Qué haces?» «Me voy. Tengo trabajo.» «¿A estas horas?» «Ahora sé que he bebido únicamente para darme fuerzas y es una cobardía.» «Ojos Dulces, Ojos Dulces», dice ella. Está quieta y me mira con disgusto. «¿No me quieres ni siquiera un poquito?» Yo me visto y no le digo nada. «¿Ni siquiera un poquito?», dice. Yo me miro en el espejo. «Necesito un peine.» Ella me arregla y me hace el nudo de la corbata. «¿Cuándo volverás?» «Mañana.» «Eres un mentirosillo.» «Hola, ¿tan pronto?» «Dice que tiene trabajo.» «Adiós», digo. Me besan. Ella me acompaña a la calle. «¿No irás a caerte?» «Estoy sereno ya», digo. Llueve. Me quedo parado y extiendo los brazos. Dejo que la lluvia me empape la cara. «¿Le sucede a usted algo?» «Nada, gracias.» «Parece que le guste a usted mojarse.» «Estaba distraído», digo. «Venga, al menos en el portal no se mojará.» Tengo la parte inferior del cuerpo como de goma y me dejo conducir. «Aquí mismo tiene usted un bar.» El hombre me mira y se echa a reír. «¿Otra vez usted?» «No le conozco —digo—. No sé de qué me habla.» «Pues yo sí le conozco. Se ha bebido usted una botella de ginebra.» «No me acuerdo», digo. «Pues tiene usted mala memoria. Yo creía que se había ido usted a la cama.» «Me encuentro mal», digo. «Naturalmente —dice—, si se empeña usted en beber tanto irá usted a reunirse con su abuelo.» «¿Y cómo sabe usted quién es mi abuelo?» «Acaba usted de contármelo», dice. «Es verdad —digo—, me había olvidado.» La cabeza me da vueltas como un tiovivo y tengo el estómago hinchado como un balón de aire. «He incurrido en una gran falta —le digo— y merezco el más vivo desprecio.» «Vamos, no se ponga usted así, no hay para tanto. Un día tonto lo puede tener cualquiera, hasta el más pintado.» «Lo hice porque tenía miedo», digo. Él me sostiene con la mano para que no caiga. «¿Por qué no va usted al lavabo? Venga, yo le aguantaré.» «Gracias, puedo ir yo solo.» *Dios mío, ¿cómo ha sido? No sé, lo he encontrado ahí en la escalera, blanco como un cadáver.* Yo salgo a la calle. Taxi. «Ah, no, a usted no lo llevo.» «¿Que no me lleva?», digo. «Está usted borracho.» «Le daré el doble.» Me dice que sí. «Siga usted adelante, ya se lo indicaré.» «Cuide de no vomitar.» «Pierda cuidado, ya lo he hecho.» «A veces vuelve —dice— y la tapicería está recién puesta.» Yo la palpo para congraciarme. «Es muy buena —le digo—, realmente sería una pena.» *Aplícale alcohol a las sienes. Pobre criatura.* Alguien me sacude la cabeza y la marea me invade. «Si hubiera tenido más confianza no me habría embriagado», digo. «Es lo que siempre se dice en la resaca», me contesta. Yo me cojo la cabeza entre las manos. «Si se encuentra usted mal, avise», dice. «Estoy reflexionando, gracias.» Otra vez cierro los ojos y él me dice: «¿Es por aquí?». «Sí, el diecisiete.» Oh, Dios mío, ¿qué ha pasado? *Mira, ya se mueve. Continúa friccionando.* La portera me ha visto entrar y me pregunta: «¡Qué pálido está usted! ¿Se encuentra mal?». «No es nada, gracias. Cosas del calor.» «¿El calor? Querrá usted decir el frío.» «Sí, el frío», digo. Comienzo a subir los escalones y se me escapan. Uno, dos, tres, cuatro, cinco. Me caigo. Cinco, seis, siete, ocho. «Si Agustín supiera», digo.

«Oh, si supiera.» *David, David. ¿Me oye?* La cabeza me pesa como de plomo. Contemplo el arco iris durante unos momentos. Una ligera contracción me precipita al negro. Intento aflojar gradualmente los párpados: morado, rojo, naranja, la cercana explosión blanca. Vuelvo a recorrer la gama con el concurso de la mano y las tinieblas se espesan de nuevo. Un presentimiento violeta se torna amarillo de improviso. He retirado la mano. *David, Dios mío qué susto nos ha dado, creíamos que estaba usted muerto.*

Una hora antes de la cena le habían llamado por teléfono. Descendió al piso de doña Raquel, situado inmediatamente debajo del suyo y desde allí conversó con un antiguo amigo, de paso por Madrid aquellos días. Le traía un paquete de su madre con algo de ropa. David le dijo que iba a ausentarse una temporada, de forma que podía dejar la ropa donde mejor le pareciese. Sólo al colgar el aparato se dio cuenta de que había hablado como si no tuviera que usar la ropa nunca y no pudo evitar un estremecimiento. Había estado abajo escasamente dos minutos y al regresar cerró con llave la puerta de su departamento. Se dirigió a su cuarto y, antes de entrar en él, su vista tropezó con Gloria Páez.

Permanecía de pie junto al escritorio, de manera que la lámpara iluminaba la porción inferior de su cuerpo y mantenía en la penumbra la otra mitad que, deslumbrado apenas distinguía.

—No te asustes. Soy yo.

Él había retrocedido de un modo imperceptible y por un momento le pareció que aún soñaba.

—He visto luz desde la escalera y la puerta estaba abierta. No había nadie.

Al acercarse a ella tuvo ocasión de contemplarla con mayor calma. Le pareció algo más pálida que de ordinario y la mano que por un instante retuvo entre las suyas le quemó con su contacto.

—Había bajado un momento —balbuceó—. Yo... no sabía...

Se sentía turbado, como si aquella visita no entrase en las reglas de algún juego imaginario y personalísimo. De golpe, como una sacudida, se imaginó lo que iba a decir. Y sintió una gran compasión hacia ella: el deseo casi de pedirle disculpas. Ella dejó los guantes encima de la mesa y dirigió una mirada en torno.

—Hace frío. No sé cómo puedes vivir aquí en invierno.

Lo dijo con una voz que él no conocía y que le produjo una extraña turbación.

—En el hornillo tengo un poco de café. Voy a ver si está hecho.

Se separó con el alivio de sustraerse a su mirada.

Temía no poder soportarla si permanecía frente a ella. Los efectos del desmayo de la víspera no le habían pasado y se sentía extremadamente débil. Una corona dentro de llamitas azules lamía suavemente el pote del café. David levantó la tapa: hervía ya. Cogió el colador y llenó las dos tazas.

—No tengo azúcar —se excusó.

—Da lo mismo, gracias.

Le vio llevarse la taza a los labios con una mano que no vacilaba. «En cambio, yo...» Temía volcar la suya y la dejó reposar sobre la mesa.

Gloria llevaba un perfume suave que invadía poco a poco toda la habitación; como si alguien hubiese distribuido por allí ramos de magnolias. Otras veces, al entrar, ella solía curiosear en torno, haciendo preguntas, sonriendo. Ahora se mantenía de pie, en actitud forzada, sin atreverse a romper el silencio.

—Me he enterado que ayer sufriste un desvanecimiento y quería saber cómo estabas...

Se detuvo unos segundos y contempló sus propias manos a la luz de la lamparilla.

—He necesitado mucho tiempo antes de decidirme y créeme que no lo he hecho sin trabajo. —Consultó el reloj—. Tengo los minutos contados, pero no quiero irme sin hablarte. —Iba a decir que Jaime la aguardaba en la calle, pero se calló—. Había un malentendido entre nosotros y es preciso que lo aclare.

Y aún antes de que Gloria dijese nada, David experimentó una gran calma: le pareció que todo era liso y sencillo y que aguardaba aquella visita desde hacía muchos años. La animó a proseguir, con una sonrisa.

—Cuando vine a verte lo hice sin ningún propósito preciso. Luis me había pedido que lo hiciese y yo no pedí explicaciones. Te había tomado cariño este verano y me alegraba volverte a ver. Además, no sabía que estuvieses enamorado de mí. No lo hubiese hecho, créeme. No quería hacerte sufrir ni causarte ningún daño. Yo quería hacer un favor a mi hermano, y como tú y yo éramos amigos...

David movió la cabeza con suavidad.

—No te preocupes —dijo—. No tiene ninguna importancia.

Ella le miró con asombro porque su voz no traslucía ningún resentimiento. Era más bien plácida y, por primera vez desde que Gloria le conocía, no temblaba.

—Yo no sabía todo el asunto que os traíais entre manos, ni que Luis te hubiese dicho que deseaba tu ingreso en la banda. Yo nunca he querido eso de ti. Yo...

De nuevo la volvió a interrumpir.

—Lo sé; lo sabía ya cuando él me lo dijo y tú viniste a verme.

—¿Entonces?

Adivinó un temblor en los labios de ella y murmuró en voz baja, como avergonzado:

—A veces es dulce ser engañado.

Una sombra de sonrisa distendió sus labios pálidos.

—Me daba igual, créeme. Volvería a hacer lo mismo aunque supiese que te burlabas —y se llevó una mano al pecho, como si con aquel movimiento hubiese tratado de resumir lo que pensaba.

Ahora podía tomar el café y lo hizo con gran lentitud, sin abandonar su mirada un momento.

—Además, hubiera aceptado sin ti. Al menos me esfuerzo en creerlo. En cuanto a Luis... Deberías más bien darle las gracias de mi parte si te sugirió la idea. Pasaba una mala temporada cuando tú viniste. Te necesitaba.

Lo decía con extremada sencillez y él mismo se

asombraba de la precisión con que las palabras respondían a sus ideas.

La minutera del reloj dejaba oír su tictac. Iban a cerrar la portería y Gloria tenía que marcharse.

—Créeme, no tienes por qué excusarte. Hace mucho tiempo que mi madre me enseñó a agradecer las alegrías sin preocuparme de los motivos.

Se daba cuenta de que el tiempo conspiraba contra aquel minuto de paz, que le hacía sentirse extrañamente libre. Dentro de unos momentos tendrían que separarse y David sólo pensaba en endulzarlos.

—Vamos, arriba esos ánimos. No irás a llorar ahora. Vamos, vamos. No tiene ninguna importancia.

Con lágrimas en los ojos, Gloria le parecía extrañamente disminuida, y acudió a sus labios una frase de «Tánger»: «Sólo amamos lo que puede hacernos daño». Con la punta del pañuelo comenzó a quitarle las lágrimas.

—Ahora resultará que también tú eres débil...

Lo dijo sin ninguna ironía, pero, a la muchacha, le hizo el efecto de una bofetada.

—Tú... Tú... —dijo.

Temía despedirse así. Hacía esfuerzos desesperados para calmarla.

—Oye. Todo el mundo notará que has llorado. Eres una criatura. Te digo que nada tiene importancia.

Le elevó la barbilla y la miró cara a cara.

—Así, como buenos amigos... Es tarde. Será mejor que te acompañe hasta abajo. Créeme: no tienes por qué compadecerme: sería absurdo que yo te diese lástima.

—Yo... —dijo ella.

David ocultó la mirada.

—Hace tiempo que deseaba una ocasión como

ésta, Gloria. No creas que no sé lo que pensáis todos de mí y aunque no lo demuestre, sufro mucho. Ayer, ya lo sabes, me desvanecí, y creo que fue de miedo. Miedo de que me saliera mal. Hasta tengo sueños de estos. Algún peligro amenaza a Agustín y yo me interpongo y recibo la bala. Me dejo herir, matar, qué sé yo... Y, sin embargo, no sufro. Me entra algo así como una gran calma.

Y Gloria recordó lo que unos meses antes le había dicho su hermano: «David es de los que, en duelo, dejaría que le matasen».

Quiso decir algo y no pudo. Se limitó a adelantarse hacia él y rozarle la boca con la suya. Luego, huyó escaleras abajo.

David permaneció en la habitación vacía, vacilante, desorientado.

V

El señor Guarner se estaba desayunando en el comedor Imperio de su residencia, enfrascado en la lectura del periódico, cuando le dieron aviso de que le aguardaba un muchacho.

El secretario le había dejado el día antes la lista ordenada de las visitas: un subsecretario del Ministerio; el presidente del circulo mallorquín; Gerardo Segura, periodista.

El señor Guarner abandonó el discurso del señor Ministro a los miembros de la comisión Agropecuaria y se dirigió al despacho donde recibía las visitas.

El periodista estaba sentado enfrente de la mesa, con una cartera de piel negra encima de las rodillas.

—¿El señor Segura?

Se incorporó: era un muchacho de poco más de veinte años, de cabello dorado y ojos claros, que se abrían ingenuamente a lo imprevisto, nítidos, parpadeantes. Le tendió la mano que el joven vaciló en estrechar.

—Mucho gusto.

«Es tímido», pensó; e, imaginando que su costumbre de mirar a los ojos de la persona con quien hablaba podía turbarle, se esforzó en desviarlos también. Se recostó en la butaca delantera y, con un ademán, le indicó que le imitara.

—¿Se le ofrece a usted algo? Usted dirá.

Se había sentado a contrapelo y le dio la impresión de que se sentía a la vez confuso y avergonzado. Le miró las manos eran blancas, delgadas y sensibles, con los dedos esbeltos del que jamás ha trabajado.

«Parece un muchacho rico —se dijo—, probablemente hijo de familia distinguida.» No obstante, vestía con poco esmero.

—Soy el corresponsal de *El Alcázar* —comenzó. Mediante un gran esfuerzo había roto el hielo, pero se había interrumpido a la mitad.

Guarner le sonrió. Su falta de aplomo lo hacía a la vez atrayente y extraño.

—Bonito cargo para un muchacho de su edad... ¿Hace tiempo que lo ocupa?

El joven vaciló.

—No, unas semanas.

Ofrecía tal sensación de desamparo que sentía deseos de ayudarle. Su voz, aun siendo vacilante, resultaba, sin embargo, sumamente atractiva.

—Lo más pesado es, sin duda alguna, el aprendizaje. Hasta que uno se familiariza con el oficio, resulta algo engorroso. Aunque se tenga vocación. Luego, todo es distinto. Yo mismo, cuando empecé mi carrera parlamentaria, y le hablo a usted de la época de Canalejas y de Maura, pasé mis períodos de desfallecimiento. Después, uno ya no se acuerda de esos malos ratos.

Sonó, de improviso, el timbre del teléfono, y observó que el muchacho se estremecía. Era curioso. Diríase que tenía miedo. Charló durante medio minuto y desconectó.

—Acabo de cambiar unas palabras con un compatriota suyo, un sevillano, el mejor amigo mío. Es Ramírez, el secretario de Bellas Artes. Aunque no creo que lo conozca usted... Hace quince años que no vive en Sevilla.

Su acento no era andaluz, sin embargo. Pareció que leyera la sospecha en sus ojos y se apresuró a decir:

—En realidad no soy sevillano. Mi familia es de Barcelona.

Guarner tuvo una sonrisa, como si el dato les aproximara:

—¿Catalán? Allí nacieron mis abuelos. En realidad lo soy casi a medias. Vea usted, de segundo apellido me llamo Font: muy catalán, sin duda.

Aproximó el sillón a su butaca, deseoso de imprimir a sus palabras mayor cordialidad. Sus rodillas, ahora, casi se rozaban.

—Casualmente visité su ciudad hace tres semanas, con motivo del congreso de Cooperación. Tengo allí muy buenos amigos e insistieron tanto... Estaba más hermosa que nunca. Causa asombro ver lo que crece de un año para otro.

—Sí, creo que leí algo acerca de ese congreso en los periódicos.

—Es probable. La prensa concedió a los diversos actos una gran importancia. Tal vez recuerde usted mi discurso.

El joven denegó con la cabeza. Guarner imaginó que estaba nervioso y le ofreció una cajetilla de cigarros.

—No, gracias.

El anciano encendió uno y continuó:

—El discurso contenía unas citas de Maragall, que había aprendido en su idioma, imaginando que iba a agradarles, pero creo que las pronuncié bastante mal. Los que estaban más lejos no pudieron entenderme.

Esbozó una ligera sonrisa.

—Es una lástima carecer del tiempo suficiente para aprender las cosas que uno desea.

No contestó. Permanecía erguido en la butaca, la cartera siempre encima de las rodillas. De vez en cuando llevaba la mano derecha al bolsillo de la chaqueta, pero la retiraba en seguida, trémulo y convulso. Desesperando ya de obtener una respuesta, Guarner abordó la cuestión de nuevo:

—Bien. Supongo que ha venido usted a causa del proyecto de la enseñanza secundaria. Ayer tarde ya vinieron a verme algunos periodistas: Seguí, Javier Balaños. ¿Los conoce usted?

No, no los conocía. Sus ojos le miraban por instantes, acosados.

—Me pidieron algunas declaraciones sobre uno o dos puntos oscuros. Si a usted le parece, puedo entregarle una copia. Ello nos evitará a los dos perder el tiempo.

La voz le salió ronca de lo hondo de la garganta:

—Como usted quiera.

Guarner le volvió la espalda: sobre la mesa, encima de las montañas de papeles que nunca se decidía a ordenar había dejado una copia escrita a máquina. Comenzó a buscar. «*Sus ojos.*» En su cerebro se había despertado una sospecha, pero se resistía a darle crédito. Era absurda.

—Recuerdo que la dejé por ahí pero, entre tanto documento, va a ser difícil buscarla.

El joven no le contestó. Su respiración se había tornado jadeante y a duras penas podía refrenar el deseo de mirarle. No obstante se contuvo.

—Al fin, aquí está. Creo que ése... sí.

Se volvió; el muchacho se había puesto de pie y le

contemplaba con aire extraviado. Sus ojos azules parpadeaban, como heridos por una luz demasiado intensa y su mano derecha se aferraba a alguna cosa oculta en el bolsillo de la chaqueta. A pesar suyo, Guarner retrocedió.

—¿Le sucede a usted algo?

No obtuvo respuesta. El muchacho miraba frente a él con tal intensidad que Guarner se volvió un momento. Lleno de piedad, cubrió la distancia que los separaba.

—¿Se encuentra usted mal?

Le tomó por uno de los brazos —el que no metía en el bolsillo de la chaqueta— y trató de conducirle hasta el sofá.

Pero los músculos de su cuerpo estaban tensos y el brazo se le había agarrotado. A pesar de sus esfuerzos no pudo hacerle mover. Tieso, inmóvil, se erguía obstinadamente a contraluz, como una estatua de yeso.

Le sujetó entonces por la solapa y le sacudió con fuerza. Apoyado como estaba contra su pecho, de forma que el aliento le rozaba la cara, pudo ver la mano metida en el bolsillo y el objeto oscuro que oprimía entre los dedos. Experimentó una gran tristeza.

—Hijo mío —murmuró.

La tensión de sus músculos se relajaba poco a poco. Como efectos retardados de un mismo fenómeno, los párpados le palpitaban, pequeños músculos se contraían a flor de piel. Las facciones se distendieron, resquebrajadas en arrugas menudas. Y por un momento le pareció que estrechaba entre los brazos a otro hombre viejo.

Dócilmente, dejó que lo sentara. La luz le daba nuevamente en pleno rostro y su piel la absorbía como una esponja.

—Vamos, descanse, tranquilícese, no ha sido nada.

Aceptó el vaso de agua que Guarner tenía encima de la mesa y lo bebió a pequeños sorbos, de un modo mecánico.

—¿Se encuentra usted mejor? ¿Quiere que le sirva algo?

Sin saber por qué se sentía impotente frente al joven y como culpable de estar aún con vida. Era extraño. No tenía ningún miedo y se sentía más sereno que nunca.

El otro no le atendía: sus pensamientos estaban sin duda lejos de allí. Dejaba que apoyase la mano encima de las suyas y que le secara con el pañuelo la saliva que resbalaba por la comisura de sus labios.

—Vamos, vamos, hijo mío, tranquilícese.

Por fin pareció prestarle oído. Sus ojos se posaron en los suyos y brillaron, no supo si de pánico. Hizo ademán de incorporarse, pero las rodillas se negaron a sostenerle. Estaba muy débil aún.

—Usted, usted... —comenzó.

La culata de la pistola asomaba por el bolsillo de la chaqueta. Lo descubrió con sobresalto y quiso ocultarla, pero leyó en la mirada de Guarner que también él lo sabía.

Entonces reparó en la caricia de su mano y se desprendió con violencia.

—Déjeme —dijo.

Esta vez logró ponerse de pie; tenía el cabello alborotado encima de la frente y sus ojos destellaban como vidrios al sol. Lloraba. Guarner se quiso aproximar: jamás había tenido tanto desprecio a su vida ni le había pesado tanto.

—Hijo mío...

Pero le detuvo la expresión de su semblante, contraído por la rabia.

—Cállese. No tiene usted ningún derecho a llamarme así.

Su mano derecha se dirigía afanosamente hacia el arma independiente tal vez de la voluntad que le guiaba. Guarner no se movió.

—Cobarde. Ni siquiera es usted capaz de defenderse avisando a la policía. Prefiere dejarse matar. Hasta en eso... La piedad cochina.

Le volvió la espalda y abandonó la habitación.

Guarner estaba trastornado. La extremada violencia de sus palabras le había aturdido de tal modo que apenas acertó a darse cuenta de lo que ocurría. Se precipitó tras él.

—Por favor... No se vaya usted así. No está usted en condiciones de salir a la calle...

Un portazo brusco le cortó la frase a la mitad: el muchacho había salido.

Cuando llegó la doncella, atraída por el ruido de sus voces, se encontró al anciano con las manos en la cara, llorando como un niño.

El cuatro plazas alquilado por Luis estaba apostado en el chaflán con el motor en marcha dispuesto para el arranque. Desde su emplazamiento de mitad de la manzana, Rivera y Cortézar dominaban a la vez la portería, por donde debía salir su camarada, y la porción trasera del automóvil que ahora contemplaban. Su misión era únicamente informativa. Sólo en caso de extremo peligro debían intervenir y facilitar la huida.

Hacía media hora que aguardaban y la acera estaba sembrada de colillas. Rivera se paseaba con el sombrero echado atrás, fumando incesantes cigarrillos. Cortézar, detrás de él, se limitaba a mirar con atención la mercancía de una tienda de óptica. El establecimiento vecino era de ropa interior de señora, y la empleada, de pie junto a la puerta, seguía con aire absorto el movimiento de la calle: parejas, gente aislada que se apresuraba bajo el cielo gris ceniza.

Al otro lado de la manzana, una pareja de guardias se había detenido junto a un banco de madera. Uno de ellos, enorme, macizo, tenía unos grandes mostachos negros y un corpachón gigante, de casi dos metros. El otro, más bajito y endeble, deslizaba la lengua sobre el papel de fumar y se inclinó a recibir el fuego que el gigante protegía con sus manos.

—¿Tú crees que se van a quedar ahí? —murmuró Cortézar.

Raúl no dijo nada. Su amigo había hablado en voz baja a pesar de que nadie pasaba por allí cerca y su aspecto acobardado le llenó de irritación. Estuvo a punto de decir algo grueso, pero se contuvo.

Consultó el reloj. La aguja avanzaba con odiosa lentitud: empleaba un tiempo inverosímilmente largo en efectuar la rotación completa y cuando lo había hecho eso significaba tan sólo que acababa de transcurrir un minuto. Era exasperante.

«Si la luz avanza a trescientos mil kilómetros por segundo y un minuto tiene sesenta segundos, durante un minuto habrá recorrido, veamos... Trescientos por sesenta. Uff. Nunca he sabido hacer problemas.»

Los guardias continuaban fumando junto al banco de madera y conversaban con una mujer joven, que había sacado a pasear un chiquillo, al que contemplaba con ojos amorosos.

—Por lo visto —dijo Cortézar— no tienen trazas de marcharse.

Si David era descubierto al salir, la presencia de los guardias podía frustrar el golpe: se verían obligados a disparar.

—Sí, se van a quedar allí plantados.

—Fuman un cigarrillo los muy puercos.
—Están cansados.
—Mira. El grandote acaricia al niño.
—Sólo nos faltaba eso: «Hola, nene, ¿qué tal estás? Soy un guardia. Fíjate que alto». —Imitaba una voz aguda, de falsete.
—Verás cómo se sientan con la madre —dijo Cortézar.
—Mírala. Sonriendo: «Oh, cosas del niño, no le hagan caso, siempre le gusta jugar con los guardias.»
—»¿Son de verdad esas pistolas?» «Pum, pum. Nene muerto.»
—Ahora le pasa por debajo de las piernas. Qué bien. El guardia se abre de piernas para que pase el nene. Qué nene tan listo. Pum. Pum. Otra vez.
—Fíjate en la mamá: «Soy una mamá joven. Veintidós años. El sábado lo llevamos al cine y salió entusiasmado. Cada vez que ve un guardia quiere matarlo.»
—»Ja, ja. Me muero. Ay. El nene me ha matado. Pum.»
—»Miren cómo ríe el nene.»
—Nene de mierda.
—Hijo de puta de nene.

Los contemplaban con el ceño hosco, mientras la madre sonreía y el guardia levantaba el niño en brazos.

—Si se descuida, el tiro se lo vamos a dar nosotros —dijo Raúl.
—Nos cargaremos al angelito.
—Le echarían las culpas al guardia.
—Que se chinche el guardia.
—¿Te imaginas a la madre? «Asesinos, asesinos, habéis matado a mi hijo. Socorro, auxilio. Guardias.»
—»Los guardias somos nosotros, señora, y no

tiene por qué llamarnos a gritos; no somos sordos.
Además no hemos matado a nadie. Esa porquería de
niño de usted se ha muerto solo.»

—Y ella: «¿Conque mi niño es una porquería? Ya
les daré a ustedes buena porquería. Tomen. Tomen.»

—»Ay, qué daño, qué daño...»

Rompieron a reír de un modo impaciente, nervioso. Al verles tan alegres, una mujer que pasaba se volvió para mirarles. «David.» Consultaron de nuevo el reloj: las doce menos cinco.

—Hace ya media hora que está ahí arriba —dijo Cortézar—. No me explico cómo tarda tanto.

—Tal vez el viejo tenga visita, hombre. No seas impaciente.

—Por lo que le queda de vida... En fin, ya ha vivido lo suyo, ¿no te parece?

Raúl ahogó un bostezo nervioso. La mano que tenía en el bolsillo empuñó la pistola de un modo mecánico.

—Los viejos son unos egoístas. Si no se les mata a tiempo, no hay forma de acabar con ellos.

—El país está gobernado por vejestorios. Nos explotan.

—Podríamos obligarles a trabajar.

—Con un pico y una pala.

—Si les liquidamos sus herederos nos lo agradecerán. —Eso. Podríamos pedirles participación de beneficios.

—»Mire, señora. Nosotros hemos acelerado la muerte de su abuelito. ¿Nos quiere dar un regalo?»

—»¿Cómo no? El que ustedes prefieran. La verdad, nos han hecho un gran favor. El pobrecillo resultaba ya una carga.»

—»Además, olía muy mal. Todos los viejos, antes de morir, apestan.»

Detuvieron su pantomima unos instantes.

—Mira —exclamó Raúl, señalando en dirección a los guardias—. Se han largado.

—¿Será posible?

—Se han ido con la música a otra parte.

—Para mí, que olían el peligro.

—A la primera de turno nos los hubiéramos cargado.

—Los muy cobardes. Se han ido.

—Con el rabo entre las piernas.

No tenían nada que decirse, pero se sentían impulsados continuamente a hablar. Era como si prepararan una coartada contra ellos mismos: una huida y una válvula de escape.

—Fíjate, la portera vuelve a barrer la entrada. ¿Cuántas veces lo debe hacer al día?

—Qué sé yo. Hay gentes que no pueden estarse nunca quietas. Necesitan trabajar.

—Parece que tenga el mal de san Vito, la condenada.

En algún reloj distante oyeron dar los tres cuartos: debía ir adelantado. Ellos sólo tenían las doce menos veinte. Cortézar no pudo más y se volvió hacia Rivera.

—¿Tú crees que no le ha sucedido algo raro? A esas horas, hace rato que debería estar de vuelta.

—Sí, es muy extraño. Estaba citado a las once.

—Óyeme. Espera un momento. Voy a hablar con Mendoza.

Se alejó con lentitud, fingiendo un aire despreocupado. Al llegar frente a la casa donde vivía el anciano, arriesgó una mirada lateral: no había nadie.

Los árboles de la calle exhibían sus ramas desnudas y recortadas en un cielo gris de plomo. Las últimas hojas del otoño danzaban entre los pies de los transeúntes y se perfilaban sin relieve en lo alto de la copa de los árboles.

—¿Qué diablos debe sucederle? —preguntó al llegar.

Páez, sentado en el volante, hizo un ademán despreocupado.

—Hace media hora que tengo el motor en marcha.

En el asiento trasero, Mendoza rellenaba la pipa de tabaco y Ana se mordía nerviosamente las uñas. Hubo un silencio.

—¿No creéis que puede haberle ocurrido algo? —preguntó Cortézar.

Páez se volvió para mirarle.

—¿Ocurrirle? ¿Qué quieres que le ocurra? ¿Un desmayo? ¿O que el viejo le haya pegado a él un tiro?

—Si hubiese pasado algo a esas horas ya habría movimiento en el portal. Y fíjate, la portera aún está barriendo.

Cortézar pasó por alto las palabras de Agustín.

—Yo nunca fui partidario de que David lo hiciese. Siempre me pareció el menos indicado de todos.

—Entonces, ¿por qué dijo que sí? —preguntó Páez—. Con haber dicho que no le interesaba... Nadie le obligaba a aceptar.

Mendoza se llevó la pipa a los labios.

—Estáis hablando como si en lugar de matar al tipo, el viejo se hubiera cargado a David. Es algo aventurado, me parece.

—Tendré que parar el motor —dijo Páez—. Si continúa en marcha no me hago responsable de lo que después suceda.

—Páralo, entonces.

—Es lo que voy a hacer.

Oprimió una de las llaves del cuadro de mando y el cuatro plazas dejó de trepidar.

—¿Has mirado la gasolina?

—Tenemos para ir hasta Alicante.

—No creo que debamos ir tan lejos —bromeó Cortézar. Se volvió hacia Ana y dijo—: ¿No crees?

Mendoza hizo un ademán con la mano.

—No le preguntes nada, ahora. Está en éxtasis. Me ha confesado que, por medio del crimen, aspira a redimir su alma.

Ana no se dignó contestar. La realización de sus planes era completamente distinta de lo que ella se había imaginado. Su participación era escasa, nula, a los efectos de una represión policíaca. Desde que había pactado con Agustín, le asaltaba la impresión de haberse embarcado en una aventura que no le interesaba. La manera de ser de Mendoza le inspiraba profunda irritación y a duras penas podía dominarse.

—Se siente preterida —le oyó decir—. Imagina que no hemos sabido comprender sus posibilidades magníficas.

En medio de su odio, Ana no pudo por menos de admirar el singular talento que evidenciaba al desnudarla: Agustín era uno de esos hombres hábiles en quitar a los demás la razón de su existir, en poner al desnudo el mecanismo secreto de sus pensamientos.

—Dice que dejó a los anarquistas porque no la comprendían. Eran unos brutos. No se daban cuenta de que también tenía alma. Con lo delicada que es el alma de las mujeres. ¿Me explico o no me explico?

—No te explicas —dijo Páez—. Y lo mejor que puedes hacer es callarte.

Mendoza no hizo ningún caso.

—Las mujeres son extraordinarias, palabra. Con tal que se les reconozca su derecho al alma, puede hacerse de ellas lo que uno quiera. Claro está que lo más importante debe ser el alma. Y son tan pocos los que saben darse cuenta...

—Cuidado —dijo Cortézar.

David acababa de salir del portal y miraba en torno a él con aire de desconcierto. Luis puso el motor en marcha y abrió la puerta delantera. El corazón de todos latía con violencia.

—Si será estúpido —exclamó Agustín—. Se ha equivocado de lado.

David, en vez de dirigirse al lugar donde el automóvil estaba esperando, se encaminaba en la dirección opuesta. Se había dejado la cartera en casa de Guarner y llevaba un objeto oscuro en la mano derecha.

—Vamos —dijo Luis—. Lo alcanzaremos en la otra calle.

El cuatro plazas, dando una sacudida, arrancó a toda velocidad por Diego de León. Cortézar quedó en la acera con el propósito de avisarle.

Raúl, entretanto, se había precipitado al encuentro de David. Le abordó con violencia: la calle estaba medio desierta y era preciso arriesgarse.

—¿Qué ha ocurrido?

El otro no dijo nada. Llevaba en la mano la pistola y Raúl se volvió hacia atrás: el portal continuaba vacío, no les seguía nadie. Le cogió por la manga y comenzó a sacudirle.

—¿Lo has matado, di, lo has matado?

Tampoco consiguió hacerle hablar y tuvo que librar un forcejeo para quitarle la pistola de la mano. La calle estaba casi vacía, pero unas mujeres que pasaban se volvieron a mirarles. David caminaba rígido, como alucinado.

—Imbécil —murmuró Raúl—. ¿Quieres hacer el favor de soltarla?

Le golpeó en el pecho con ira y David tuvo que doblarse. Jadeaba como un animal perseguido y aflojó al fin la presión de la mano.

La pistola cayó al suelo: de una patada, Rivera la

introdujo en la boca de la alcantarilla más próxima.

—Déjamela, déjamela —balbuceó David.

Oía detrás de él el rumor de unas pisadas y levantó el seguro de su revólver. Durante una de las pausas se volvió para mirar: era Cortézar. Pero ya la gente que había presenciado el forcejeo se volvía para mirarles y comentaba en voz baja.

—Vamos, de prisa...

Cogió a David por el brazo y le hizo doblar la esquina. Sudaba. Docenas de personas les habían visto en la calle, tal vez corrían en esos momentos en busca de los guardias. Los habían cazado de la manera más estúpida. Experimentó una ira inmensa contra David y oprimió su brazo con rabia.

—Imbécil, imbécil.

Blasfemaba con odio reconcentrado, como no lo había hecho nunca. Centenares de miradas le señalaban. Toda su espalda era un mar de agujas oscilantes que se clavaban en la piel a un ritmo frenético. Sentía deseos de chillar, de morder. Luego, al comprobar que las rodillas no le obedecían y las piernas se adelantaban con mayor rapidez de la debida, comprendió que era el pánico.

Cortézar les seguía a lo lejos, con cautela, procurando guardar una prudente distancia. Al llegar al chaflán, dirigió miradas ansiosas en busca del automóvil, pero no pudo divisarlo. Sintió crecer su angustia.

David se dejaba arrastrar por el brazo y rezongaba palabras incomprensibles. Habían llegado a la otra esquina y allí se detuvieron a descansar. Su manera de comportarse podía despertar sospechas; a mitad de la manzana, Raúl divisó a un guardia de uniforme. Por la calle Maldonado no les seguía nadie. Habían encontrado un taxi libre y acomodó a David en su interior.

—Aguarda un momento —dijo—. Voy a avisar a Cortézar.

Dobló la esquina corriendo y le hizo señal de aproximarse. La calle seguía vacía.

—Ven, ahí tenemos un taxi.

Cortézar estaba pálido y sus ojos brillaban como ascuas.

—¿Lo ha matado? —dijo.

—No. No lo ha matado. Ven. De prisa.

Corrieron hasta el chaflán y al llegar allí se detuvieron en seco: el taxi ya no estaba.

Se acomodaron en el asiento delantero y el automóvil partió a toda velocidad.

—Bien, ya no nos sigue nadie. ¿Queréis explicaros con un poco de calma?

Era Luis el que hablaba: conducía el volante de un modo muy diestro y enarcaba las cejas con aire burlón. Raúl le dirigió una mirada llameante.

—¿Qué quieres que te explique? —barbotó—. ¿No te he dicho que se ha largado en el taxi sin dar explicaciones?

—Hubieras debido exigírselas —repuso Luis.

Rivera tuvo una sonrisa amarga.

—Sí, encima de haberlo arrastrado dos manzanas, rodeado de gente que nos miraba, debería haberle pedido explicaciones. Aún resultará que yo tengo la culpa.

—Nadie ha dicho que tú tengas la culpa —contestó Luis—. Pero otro cualquiera, en tu lugar, habría impedido que se escapase de una manera tan idiota. No nos encontraríamos, como ahora, en un callejón sin salida: al menos sabríamos a qué atenernos.

—Ya os he explicado antes que lo dejé acomodado en un taxi y fui a buscar a Cortézar. A vosotros

—añadió con una mueca rencorosa— no se os veía por ninguna parte.

—No había ninguna razón para que buscases a Cortézar. Es ya mayorcito: no se hubiera perdido. Si habías encontrado un taxi, lo lógico hubiera sido poner los pies en polvorosa. Era algo de sentido común, me parece.

—¡Qué sentido común ni qué mandangas! ¿No te he dicho que cuando lo metí en el taxi estaba medio idiota? Lo había tenido que arrastrar dos manzanas enteras y no podía suponer que me iba a dar el esquinazo.

—Sin embargo, insisto en que no deberías haberle dejado. Si había parado un taxi...

Raúl hizo un ademán con los brazos.

—Vete a la mierda.

El semblante irónico de Luis, le exasperaba: tenía conciencia clara de haberse jugado el pellejo, mientras forcejeaba en plena calle con David para arrebatarle la pistola y las objeciones de su camarada implicaban el desconocimiento de sus méritos.

—Dejaos de discusiones —dijo Agustín—. En estos momentos no conducen a nada. El que David te haya plantado en plena calle es asunto que no nos importa.

—Sin embargo, no debería haberle dejado —dijo Luis obstinadamente.

Hablaba con el deliberado propósito de molestarle. Los nervios de todos estaban excitados y saltaban a la menor chispa.

Raúl se aflojó el nudo de la corbata y comenzó a abanicarse con una cartulina que sacó del bolsillo de la chaqueta. Se había encarado con Mendoza y le volvía a contar lo sucedido con gran riqueza de ademanes.

«Cuando Raúl habla —se dijo Luis—, a veces no

se entiende lo que dice, pero acaba por convencer.» No obstante volvió a la carga.

—Si te hubieses quedado en el taxi en lugar de buscar a Cortézar, te habrías ahorrado todas esas explicaciones.

—¿No os lo decía? —exclamó Raúl—. Aún resultará que tengo yo la culpa.

Mientras hablaba se había quitado la chaqueta, que envaraba demasiado sus ademanes. Tenía las mangas de la camisa dobladas sobre el codo y el sudor formaba dos ruedas húmedas en los sobacos. Cruzó los brazos encima del pecho y ensayó su sonrisa amarga.

—Yo no he dicho que tengas la culpa —dijo Luis—. Pero no deberías haberle dejado. Cortézar es mayorcito. Ya sabe lo que se hace.

—Calla de una vez —dijo Agustín—. No metas más cizaña.

Luis abandonó un momento la dirección del volante.

—Yo no meto cizaña. Únicamente decía que, si se hubiera quedado con él, en lugar de buscar a Cortézar...

—Sí, no nos encontraríamos en esta situación y además Cortézar es mayorcito y sabe lo que se hace. Todo eso nos lo has dicho ya.

—Entonces...

—Lo mejor que puedes hacer es poner un poco de atención al conducir. A menos que te propongas atropellar a alguien.

—Quién sabe... —dijo Luis.

Se colocó un cigarrillo entre los labios y apretó el acelerador. Hubo un momento de silencio durante el que todos parecieron medir el alcance de su fracaso.

—Os lo había dicho —dijo Cortézar de pronto—. Siempre creí que David era el menos indicado. Podría haberlo hecho otro cualquiera, excepto él. Fue una imbecilidad de nuestra parte aceptarlo.

Páez se revolvió, como si lo hubiesen pinchado.

—Entonces, ¿por qué dijo que sí? Nosotros no le obligamos a nada. Fue él, quien se comprometió voluntariamente.

—No debíamos haberle admitido. Siempre fue un cobarde. Muy buen chico, de acuerdo, pero muy cobarde. No era un secreto. Todos vosotros lo sabíais. Si no admitimos a Uribe, tampoco debimos aceptarlo a él.

—Todo eso me parece muy bien —repuso Páez—. Pero deberías haberlo dicho antes. Cuando Agustín dijo que debíamos avisarlo nadie opuso el menor reparo. Únicamente yo expresé mis dudas y, si me descuido, uno de vosotros me parte la cara.

Raúl se frotó el bigote y le miró con aire desafiante.

—Si te refieres a mí habla más claro. No me gustan las indirectas.

Luis hizo una mueca con los labios.

—No me refiero a nadie en particular —dijo—; pero si te das por aludido, alguna razón has de tener.

La discusión, estéril, sin salida, amenazaba eternizarse. Mendoza la cortó con un ademán de la mano.

—Luis tiene razón. Fui yo quien propuso que avisáramos a David. Lo conozco desde hace muchos años y es amigo mío. Me pareció que tenía el deber de avisarle. Había colaborado con nosotros en la revista y no quise someterle a una humillación innecesaria. Cuando se lo propuse, pensaba brindarle una oportunidad. Mejor dicho, su oportunidad. Si hubiese triunfado en el intento, David sería a esas horas como uno de nosotros. Habría recibido su bautismo de fuego, de sangre. Si ha fallado, la culpa ha sido suya: él debe atenerse a las consecuencias.

—¿Consecuencias? ¿Qué consecuencias?

—Ése es asunto mío. Soy yo quien tiene la culpa y a mí corresponde arreglarlo.

El automóvil enfilaba Abascal a toda velocidad, en dirección a las nuevas construcciones de la Ciudad Universitaria.

—De todas formas —dijo Cortézar— aunque hubiese participado en el asunto no debimos dejar jamás que saliera de su papel de comparsa. Si se hubiese quedado en la calle, habría sido distinto.

—Todos teníamos iguales oportunidades — repuso Páez—. No fuimos nosotros quienes lo elegimos. Fue la suerte.

De nuevo divagaban. Cortézar le encedió ahora el cigarrillo.

—¿Tú crees que le descubrieron infraganti?

Raúl dejó de abanicarse unos segundos.

—¡Qué sé yo! Cuando salió de la casa llevaba ya la pistola en la mano. Lo primero que hice fue preguntarle si le había matado y me dijo que no.

—Sin embargo —observó Agustín—, nadie dio gritos ni asomó por las ventanas. En caso contrario, habría habido tiempo suficiente de revolucionar toda la calle.

La respuesta de Raúl quedó ahogada: Páez había cogido una curva muy cerrada y las ruedas patinaron de un modo estridente.

—... No nos seguía nadie.

—Entonces...

—Quizá no se hayan atrevido a asomar las narices.

—Yo creo que la policía, a estas horas, está ya en el piso —dijo Cortézar.

—Debieron llamarla por teléfono.

La idea de que los agentes pudieran estar al acecho de sus pasos, les llenó a todos de emoción. Insensiblemente, Páez aumentó la velocidad del auto.

—Tal vez en los periódicos de la noche venga la reseña del atentado —dijo Cortézar.

—Quién sabe. A veces lo silencian con el propósito de no causar alarma.

—Mientras David haya sido lo suficientemente listo para no ir en taxi hasta la puerta de su casa...

—Bah. Identificarlo sería como buscar un aguja —dijo Páez.

—Además, no tendrán tiempo.

Era Mendoza el que había hablado: Luis se volvió para mirarlo.

—¿Qué quieres decir?

El rostro de Mendoza expresaba una perfecta calma, pero sus grandes ojos claros, estriados de sangre, se agitaban inquietantemente. Luis no pudo evitar un estremecimiento.

—Nada. No quiero decir nada.

De nuevo hubo una pausa. Luis observaba a través del espejuelo el semblante de su camarada y sintió que el corazón aceleraba sus latidos en el pecho.

—Tenemos que comprar los periódicos —dijo Cortézar—. Apuesto cualquier cosa a que el viejo se ha chivado.

Se volvió hacia Ana, que desde su llegada no había abierto el pico y la contempló con estupor. Tenía el semblante rígido, acartonado, un ligero estrabismo acentuaba la dureza casi mineral de sus pupilas. Le vio mover los labios.

—Qué vergüenza...

—¿Qué dices? —preguntó Cortézar.

Ella continuó inmóvil y no se dignó contestarle. Hablaba para sí y volvió a mover los labios.

—Qué vergüenza...

En el asiento trasero del automóvil, testigo muda de una conversación que llegaba a sus oídos recortada, reducida a un confuso zumbido, lo había comprendido súbitamente *todo*. Sus proyectos la acuciaban, al rojo vivo: los titulares de los periódicos, los insultos, las amenazas, y dirigió una mirada en torno. «Estoy rodeada de un grupo de chiquillos. Todos se esfuerzan en comportarse como hombres.» Tal vez saldría en los periódicos: un atentado ridículo, poca cosa, tres líneas, asunto sin importancia; los burgueses iban a reírse de lo lindo. No pudo dominarse y ocultó la cabeza entre las manos. A su alrededor, la cháchara continuaba.

Habían acordado una reunión para las cuatro de la tarde y se despidieron en la misma calle. Mendoza tomó un taxi en la primera parada: tenía intención de visitar a un amigo suyo y temía llegar tarde. Cuando llegaron, dijo al chófer que aguardara y subió los escalones de cuatro en cuatro.

—¿El señor Castro?

La empleada, una mujer rubio platino, le contempló con curiosidad. Mendoza, con su chalina, no pertenecía al tipo habitual de clientes de la casa.

Acabó de escribir la carta que estaba redactando y lanzando un suspiro, se incorporó.

Una blusa de seda configuraba sus senos puntiagudos y al alejarse por el oscuro pasillo que conducía al interior, Agustín observó que empujaba el busto hacia adelante.

Aburrido, impaciente, dirigió una mirada en torno. Sobre el escritorio, un horrible paisaje de cromo y purpurina anunciaba los productos comerciales de la casa. Las paredes, desnudas, aparecían cubiertas de manchas. Sobre un estante, el ventilador inmóvil era como un horrible juguete mecánico de pétalos oscuros.

—Pase usted.

Lo condujo a una habitación pequeña en cuya puerta se leía la palabra «Director». Castro estaba sentado en el escritorio, junto a la máquina de escribir. Al verle, se incorporó.

—¿Qué te trae por aquí?

Cambiaron las cortesías de rigor entre dos viejos amigos. Luego, Agustín fue directo al grano.

—Hace unos meses me hablaste de un capitán de gendarmes que pasaba a sus amigos a Portugal.

Castro enarcó las cejas con cierto asombro.

—Sí.

—¿Podrías darme las señas?

—Desde luego.

Extrajo una cartulina de la carpeta y escribió su nombre en letra clara.

—¿Ha ocurrido algo? —preguntó.

Mendoza tuvo una sonrisa.

—Oh, por ahora, nada de particular. Pero es posible...

—Supongo que no habrás matado a algún ministro —dijo con aire de burla.

—Pierde cuidado. Soy mucho más modesto.

—Con tus teorías...

Tres años antes, en Barcelona, Agustín le había sacado de un grave aprieto. Castro le guardaba desde entonces una absoluta fidelidad.

—Te pondré unas líneas, si quieres.

—Será mejor.

Durante unos segundos los dos callaron. Sólo se oía el crujido de la estilográfica sobre la cuartilla. Luego, Mendoza preguntó:

—¿Tienes idea de lo que se le debe dar en esos casos? Una leve sonrisa apuntó en los labios de su amigo.

—No te preocupes. Corre a mi cargo.

—Hombre. No quiero que te creas obligado por...
—De eso ni hablar. Estamos entre amigos y hay confianza. Te lo diría.

Agustín le ofreció un cigarrillo.

—Prefiero de los míos. Gracias.

Introdujo la carta en un sobre y se la tendió.

—No he puesto fecha —dijo.
—Gracias.

De nuevo guardaron silencio y Agustín recorrió la habitación con la mirada.

—Estás bien instalado —dijo.
—Sí, me gano bien la vida.
—A criar barriga, claro...

Castro sonrió.

—Tú lo has dicho.
—Y una secretaria apetitosa.
—En los entreactos.

Hablaban como dos viejos amigos que ya no tienen nada que decirse y cuya amistad se nutre exclusivamente de recuerdos.

—¿Y tú?
—Al cabo de la calle, como siempre.
—Te envidio —dijo Castro.
—Todos dicen lo mismo.

Se había puesto de pie y le acompañaba por el pasillo.

—Espero que no hayas hecho algún disparate.
—Preferiría que pudieses arreglarlo de otro modo.
—Te escribiré de todas formas.

Se dieron la mano y Agustín se limitó a decir:

—Gracias.

Cortézar dejó los periódicos encima de la mesa. Había bajado a comprarlos al quiosco de la esquina, con la esperanza de leer alguna reseña del atentado, y por la expresión de desánimo que ofrecía su rostro, comprendieron que no ponía nada.

—Ni una palabra.

Lo dijo con aire avergonzado, como si fuese directamente responsable y se apresuró a añadir:

—Quizá no hayan tenido tiempo.

Por encima del bochorno —moral, físico— la palabra de Luis cobró un acento claro.

—Tiempo... Han tenido tiempo de sobra. Nunca compaginan el periódico antes de las dos.

Raúl había tenido un movimiento instintivo.

—Déjame. Tal vez a última hora...

—No. Tampoco pone nada. Ya lo he mirado.

El periódico quedó, arrugado, encima de la mesa. Hubo un momento de silencio.

—Tal vez, por el momento —dijo Cortézar— les interese mantenerlo en secreto.

Páez soltó una carcajada: tenía los ojos duros y su risa se elevó, desagradable.

—¿Guardarlo secreto, dices? No me hagas reír. El que un jovenzuelo intente matar a un tipo así no es asunto de Estado, créeme. En cambio, como anécdota, no es de las más malas. Un gran notición. A los viejos se les caería la baba de la boca hablando de vicio y corrupción y toda esa mandanga. A mi señor papá le gusta desayunarse cada mañana con una gacetilla de ese tipo. Me mira por encima del periódico: «Aquí hay una noticia, Luis, que te puede interesar. Léela, léela». Y se frota las manos, mirándome de reojo. Como el día en que dispone de una estadística sobre venéreas: «Mira, fíjate, qué estragos». Y me pide la opinión y se frota contra mí igual que un perro. Como no se atreven a hablarnos en primera persona, piden prestado lo que opinan al periódico. Para ellos, insisto, sería un notición.

—Con la diferencia —dijo Raúl— de que si hubiesen salido nuestros nombres, el asunto ya no les habría hecho tanta gracia.

—A mi padre —dijo Luis— se le atragantaría el desayuno para siempre. Luego, como de costumbre, le echaría las culpas a mi madre.

—Entonces —murmuró Cortézar— no me explico por qué no ha salido. Si era una buena noticia, razón de más para que hablasen de ella.

Quería volverle el argumento del revés, pero Páez le cortó a la mitad.

—Muy sencillo. Si los periódicos no han hablado de ello es que Guarner no se lo ha contado y si Guarner no ha abierto el pico *es que no ha habido tal atentado*.

—No te entiendo. Procura hablar un poco más claro.

—En pocas palabras. Que David nos dio el camelo con la pistola y la escenita callejera con Raúl. No hubo atentado de ninguna clase, estoy seguro. David no se sacó la pistola del bolsillo hasta que estuvo fuera de la casa.

—Me parece absurdo —dijo Cortézar—. Lo que dices no tiene ninguna lógica. Si no se atrevió a disparar contra el viejo, no tenía por qué sacar la pistola después.

—Además, tú eres el menos indicado para decirlo. No estabas allí cuando salió. No viste la cara que tenía, como yo la vi. No le defiendo, qué diablos, pero al tipo acababa de ocurrirle algo. El qué, lo sé tanto como tú. Pero estaba desencajado, como muerto.

Páez le había leído el pensamiento: hacía girar inconscientemente el vaso entre las manos y lo puso del revés encima de la mesa.

—Lo que te sucede, Raúl, está más claro que el agua. Tú imaginabas que te habías portado como un héroe y te resistes a aceptar que hiciste el ridículo.

La sangre afluyó al semblante de Rivera, como

una vaharada. Pero antes de que pudiese reaccionar, Mendoza le detuvo.

—Dejémonos de reproches inútiles. Si Raúl ha hecho el ridículo, lo hemos hecho todos. Esto en primer lugar. Además, si lo hemos hecho o no, tampoco lo sabemos. Hasta que localicemos a David, no podremos averiguar nada.

—Sí —dijo Cortézar—. Hasta que hablemos con David no sabremos nada. Todo lo que decidamos antes será perder el tiempo.

—¿A qué hora le llamaste?

—Primero a la una y luego a las cuatro. Como no estaba, dejé el recado.

—Entonces lo mejor que podemos hacer es aguardarle. Mientras no se haya largado...

—¿Largado? —dijo Raúl—. ¿Adónde quieres que se largue?

—Qué sé yo. Si a estas horas no ha dado señales de vida por algo será. No se estará paseando en taxi todo el día.

—Pierde cuidado —dijo Agustín—. Volverá.

Lo dijo con tal seguridad que les produjo a todos cierta sorpresa.

—Además —añadió con voz suave— es un asunto que sólo me atañe cuentas.

Su mirada al dar la vuelta a la mesa poseía una frialdad y hondura que ningún color acertaría a describir. Hubo un largo silencio.

—En principio, no me parece mal —dijo Cortézar—. Yo siempre me opuse a que se introdujera entre nosotros.

—Lo sé —dijo Agustín—. Y por ello mismo os libro de cualquier responsabilidad. Mía es la culpa y mías son las consecuencias.

Rivera extendió sus manos adelante: unas manos enormes, pálidas, sombreadas de vello, hechas para amasar, estrujar algo entre sus dedos. Se volvió a Agustín:

—Me gustaría saber a qué llamas tú «consecuencias».

Algo flotaba en el ambiente, impreciso, contrario, que segó, aún no nacida, la respuesta de Agustín. La atmósfera devenía espesa, saturada de bochorno. Afuera, se hacía esperar la lluvia. Vaciló unos momentos y añadió:

—Vosotros creéis que yo tengo la culpa y tenéis razón. Si David se introdujo en el grupo lo hizo contando con mi apoyo. Y si hemos llegado a ese callejón sin salida, también soy responsable. Por tanto, me creo con derecho de resolver la cuestión a mi modo.

Les contempló otra vez con aire interrogante y él mismo fue el primer sorprendido al tropezar con resistencia. No era una oposición clara, sino más bien turbia, diluida en multitud de datos fragmentarios: gestos de labios, movimientos de dedos, sonidos discordantes de una uña al rozar con la madera...

—Yo no quisiera que a David pudiese ocurrirle nada malo —dijo Raúl.

Había alzado su cabeza y se frotaba el bigote de un modo mecánico.

—Nadie te ha dicho que tenga que ocurrirle algo malo —repuso Mendoza—. Sólo he explicado que, este asunto, lo quiero zanjar por mi cuenta.

Pero Raúl le contemplaba con obstinada fijeza.

—Y yo te he dicho que David me ha parecido siempre un buen muchacho.

El ambiente se había enrarecido. Cortézar se creyó en el deber de intervenir.

—Os estáis desviando del asunto. Agustín dice una cosa y tú le respondes otra. Así no hay forma de entenderse.

Se detuvo un momento. Afuera había empezado a llover a mares, con demasiada fuerza para que durase. En el techo las gotas caían como un mar de perdigones que ahogaba y empequeñecía el timbre de sus palabras.

—Un camarada es siempre un camarada —dijo Raúl.

Su código moral, muy escueto, se reducía a unas cuantas normas a las que se aferraba tenazmente.

—David es mi mejor amigo —dijo Mendoza— y yo soy el primero en reconocer sus cualidades. Pero no estamos discutiendo esto. Yo os decía que soy el más indicado de todos para pedirle cuentas.

—Yo creo —dijo Raúl echándose el sombrero hacia atrás— que deberíamos interrogarle primero. Yo lo vi esta mañana y al chico le había sucedido algo. Yo no le defiendo, pero...

—Está bien. Todo esto lo sabemos. Ya nos lo has contado. Además, no me propongo hacer otra cosa. Antes de resolver algo, tengo que hablarle primero. No puede condenarse a nadie sin pruebas.

Raúl no dijo nada: en el semblante de los otros dos adivinaba que la opinión de Agustín prevalecía. Y se encogió de hombros.

—Haced lo que queráis. Tú verás lo que se puede hacer. Si eres amigo suyo, tienes una excelente ocasión de demostrárselo. Por mi parte ya he dicho que no tengo nada contra él y que sigo considerándolo un excelente camarada.

Era una derrota en toda la línea y se sintió irritado consigo mismo por haber cedido tan pronto.

—Todos estamos de acuerdo con lo que dices —observó Agustín—. David es un gran muchacho, pero el asunto en que anda metido es algo mucho más serio. Al participar en el juego no sólo arriesgaba su propia piel, sino la de todos nosotros. Se había comprometido a algo y no ha cumplido con su palabra. David ya no es un niño. Si no lo ha hecho, tendrá que justificarse, y si no se justifica, tendrá que aceptar el castigo.

Su razonamiento no tenía fallo: Rivera lo tuvo que admitir lleno de cólera. Experimentaba el deseo de proteger a David de un peligro imaginario y se limitó a decir:

—Lo sé. Pero es distinto. Él es un camarada.

—Camarada o no, ha traicionado nuestra confianza.

—Nos ha cubierto de ridículo —dijo Cortézar—. Durante meses enteros hemos hablado de ese asunto, para que termine así.

«Sí —pensó Raúl—, todo esto es verdad. Pero hay otra cosa.» No sabía qué y lamentaba su ignorancia.

—Mirándolo con calma, es casi mejor que los periódicos no digan nada. Si hablasen, nos harían caer la cara de vergüenza.

—Realmente, la única que ha reaccionado lógicamente es Ana.

David no tenía defensa posible. «Hubiera podido hacerlo de algún modo», se dijo. Pero, ahora, su oportunidad había pasado.

Se puso de pie y se apoyó en uno de los postigos; al otro extremo de la habitación, en el lugar donde el techo abuhardillado rozaba casi el suelo, Uribe dormía en un petate, dándoles la espalda.

Tenía la costumbre de presentarse en las casas de sus amigos a cualquier hora y se quedaba allí, tumbado en cualquier parte, hasta que la mujer de hacer faenas lo expulsaba.

Raúl apoyó entonces la nariz en los cristales; al diluvio de hacía unos instantes, había sucedido la calma: los transeúntes caminaban por la calle sin paraguas y las últimas gotas rezagadas restallaban en el antepecho com o pompas de jabón.

Comenzó a ponerse la chaqueta en silencio y al contemplar a sus camaradas, bostezó.

—Aún no he comido —dijo—. Y empiezo a tener un hambre horrorosa.

—También yo tengo apetito —dijo Cortézar.

—Entonces vente conmigo. Podemos tomar unos chipirones en Claudio.

Mendoza y Luis continuaron sentados.

—¿Cuándo volvéis?

Raúl hizo una mueca.

—Cuando os haga falta. *Je suis à votre disposition*.

—Entonces, os llamaré esta noche. Cenáis en la residencia, supongo.

—Tú lo has dicho —contestó Rivera.

Inclinó su cuerpo de gigante y salió detrás de Cortézar. En la habitación hubo un minuto de calma. Se oían sólo los últimos estertores de la lluvia: quejas, suspiros, gemidos de las gotas rezagadas. Mendoza se sacó la pipa del bolsillo.

—¿Qué te parece? —dijo.

El adolescente hizo un gesto con los labios.

—No sé a qué te refieres.

—A Raúl.

La cerilla describió una breve parábola y fue a caer sobre la alfombra. Se consumió lentamente, hasta quedar retorcida e inmóvil como un gusano blanco.

—No creo que diga nada —murmuró.

—Esperémoslo.

Chupaba con aire indiferente, la mirada perdida en la alfombra.

—¿Puedo contar contigo?

Luis aguardaba la pregunta y su corazón latió con rapidez.

—Desde luego.
—No he telefoneado a David.
—¿No?
—Pero está en casa. Creo que ya lo sabe.

Luis apretaba los labios, como para darse fuerzas. Extrajo un cigarrillo de la caja y lo encendió con un pulso que no vacilaba.

—¿Cuándo vamos?

Una columna de humo pasó ante sus ojos, como una bufanda deshilachada.

—Esta misma tarde.
—¿Has pensado en algo?
—Es difícil. Pero hemos de hacerlo. No habrá necesidad de violencia. Está vencido de antemano.
—¿Tú crees?
—Le conozco.
—¿Y los demás?
—Diremos que nos iba a traicionar.

Páez arrojó el cigarrillo recién encendido contra el cristal de la ventana.

—Sabes... Yo siempre lo había pensado...

La voz le salía ronca a pesar suyo.

—¿Pensaste?
—Que acabaríamos en esto.
—¿Tienes miedo? —preguntó Agustín.
—Iré adonde tú vayas.

Sentía dentro de sí una protesta oscura. Cada uno de los miembros de su cuerpo manifestaba su desagrado con los medios que tenía a su alcance: frío, calor, sed, molestias, irritación, cansancio. Luis se sirvió un coñac, desafiante.

—Podemos ir de siete a ocho y media —dijo Mendoza—. A esas horas la portera se va a la parroquia a rezar el Rosario. Es el único modo de eludirla.

—El asunto es mucho más complicado de lo que...

Había comenzado a hablar sin darse cuenta y se detuvo angustiado. Frente a él, Mendoza había enarcado las cejas y jugueteaba con la barba.

—Decías... —murmuró.

Luis se pasó la mano por la frente.

—Nada. No he dicho nada.

La sonrisa burlona de Agustín se diluyó a lo largo de su cara y permaneció aferrada a sus pupilas. Páez sintió que una ira espesa le ascendía a la frente.

—Entonces no hay más que hablar —le oyó decir—. Yo no te obligo a que me acompañes.

Luis se sintió ligeramente mareado, como después de haber bebido, y se acordó de David: «Hay muchas formas de obligar a uno.» Se sentía cazado entre sus propias redes.

—Dejarás el coche en la esquina procurando que nadie te vea. En fin, como esta mañana. Allí nos encontraremos los dos a las ocho. Yo estaré frente a la puerta de la panadería.

—¿Y el arma?

—No te preocupes. La llevaré yo.

—¿Por qué no vamos juntos?

—Tengo muchas cosas que hacer entretanto. Tú encárgate sólo del auto.

—¿Te las vas a arreglar tú solo?

—No te preocupes. Haz lo que te digo y ten confianza.

Se sirvió coñac en uno de los vasos y lo paladeó lentamente. Luis le seguía con la mirada, fascinado. Desde hacía algún rato, notaba una comezón en la espalda, como si alguien lo espiase por detrás. Se volvió de improviso y descubrió en la penumbra el rostro de «Tánger».

—¿Haciéndote el dormido, eh?

Su presencia entera constituía un reproche, le recordaba demasiado lo ocurrido en la «tarde de lepra», y se sintió lleno de cólera. Se dirigió hacia él con el semblante rígido. Sobre los ojos se le había formado una película salina y vaciló al avanzar:

—¿Puedes decirme qué haces ahí parado?

La tempestad se cernía encima de él y Uribe comenzó a temblar.

—Dormía —dijo con voz humilde—. He pasado toda la noche en blanco y tenía sueño. Agustín me dio permiso para dormir ahí, en el suelo. Te juro que no he oído nada.

Luis le agarró por las solapas y le hizo incorporarse, pero Mendoza se interpuso entre los dos.

—Déjale —ordenó.

Uribe se volvió a extender sobre el petate y los miró alternativamente con ojos asustados.

—Nos estaba espiando —dijo Luis.

—Es igual. No dirá nada.

«Tánger» se alisaba el abrigo con las manos y los miraba con aire ofendido. Tenía mucho miedo y se esforzaba en aparentar gran calma.

—Yo estaba aquí dormido —dijo— y no hacía mal a nadie. Trataba de ayudaros. Os había comprado unos dulces para el momento en que volvieseis de la guerra.

Miró en torno a él con aire absorto y revolvió entre la paja de la colcha.

—Me los he *comido* —dijo con aire desolado—. O se los han comido las ratas. No sé. No me acuerdo.

Páez le contemplaba con los puños crispados.

—Lo mejor que puedes hacer es largarte. Anda. Fuera.

Hizo una castañeta con los dedos y Uribe se puso de pie.

—No me hago repetir dos veces la misma cosa. Cuando no se me quiere en un lado, me voy al otro.

Hizo una pirueta de payaso y desde la puerta les gritó:

—Soy un tránsfuga.

En la escalera se pasó la mano por la frente. «De buena me he librado.» Pero creyó que le espiaban desde el rellano y continuó su monólogo en voz baja: «*Yo estaba en la casa ocupado en faenas menudas*». Miró hacia arriba. No había nadie.

Salió a la calle. Hacía unos minutos que acababa de llover y, ahora, como si la emanación que brotaba del suelo hubiese ascendido hacia lo alto, un viento fresco barría el bajo vientre de las nubes y despeinaba la hierba de los parterres laterales. Comenzaban a encenderse las luces. Los bloques de casas recién construidas carecían, desde lejos, de tercera dimensión. La luz rezumaba como un flit amarillo por las ventanas de las casas y pequeños charcos de agua salpicaban las aceras.

Una angustia terrible se había adueñado de «Tánger». Se reprochaba a sí mismo no haber intervenido antes, haber aguardado hasta el final. «Tendría que haberlo contado todo», pensó. Pero el miedo hacia Luis había sido más fuerte. También ahora, otra vez, traicionaba su confianza. Se acordaba de que Raúl había ido al bar de Claudio y esperaba encontrarlo allí. «Tiene que ayudarme, pensó, le contaré todo lo que he hecho.»

Corría contra la dirección del viento y le pareció que la naturaleza entera se confabulaba contra él: recibía en la cara las hojas de los árboles, la lluvia desprendida, las gotas retardadas. Y a medida que avanzaba le asaltó la impresión de que la calle corría en sentido opuesto y él permanecía en el mismo sitio, como un nadador contra corriente. Le cercaban pensamientos imposibles: «Ay, si yo fuera otro, si no fuera... Si pudiera empezar con otra vida». Pasaba delante de una iglesia y se persignó. «Van a matar a David.»

El viento arreciaba. Abrió la boca y comenzó a engullirlo a grandes tragos. Había llegado junto al bar de Claudio y dirigió una mirada a través de los cristales: no estaba. Preguntó a la muchacha: se había ido. No sabía dónde. Volvió a salir. Tal vez estuviese en la residencia. Tenía que encontrarle. Tropezó con el portero, al entrar. Buenas tardes. Unos hombres oscuros aguardaban en el salón de visita con el sombrero en las rodillas. Se escurrió por la escalera y desde allí les sacó la lengua. En la habitación de Rivera estaban las luces encendidas y entró sin llamar.

—¿Buscas a Raúl? —le dijo Planas—. No le he visto el pelo en casi todo el día.

Uribe le contempló estupefacto. Planas, como siempre, estudiaba. Tenía el semblante recién afeitado y las mejillas entalcadas. Hablaba con mesura, sin despegar apenas los labios: fru-fru-fru-fru. «Odioso, pensó Uribe. Siempre estudia. Suda. Echa salivillas al hablar.»

«... que cuando venga yo le transmitiré el recado inmediatamente a menos...»

Hablaba como una vieja solterona y sus ademanes eran los de una virgen. Repulsivo. Qué asco.

—Qué asco.

—¿Decías algo?

—He dicho: qué asco.

Le oyó reír. Uribe cogió papel y lápiz. «Van a matar a David esta misma tarde.» Lo dejó encima de la almohada de Raúl y se sintió más tranquilo: el secreto había dejado de serlo.

Salió a la calle. Qué alivio. Planas le enfermaba. «Dicen que estudia todo el día. Un horror.» Se acordó de David y sintió que la emoción le embargaba.

«Ahora sólo quedo yo. Toda su vida depende de mí.» Las lágrimas habían brotado de sus ojos y comprendió que nunca había sido tan feliz como en aquellos momentos. «Le salvaré a él y me salvaré a mí.» Había llegado a la parada de taxis y dio la dirección de David al chófer.

Sólo cuando abrió los ojos adquirió conciencia de que su sueño se prolongaba hacía largo rato. Había oído las campanadas del reloj aumentar uno a uno el número de sus toques y, entre sueños, el sordo entrechocar de las contraventanas le había llenado de sobresalto. Ahora, la luz formaba en el techo un semicírculo ondulado, que se extendía en forma radial, igual que un abanico. El resto de la habitación continuaba sumido en la penumbra.

David quiso incorporarse, pero no pudo. Sus brazos, sus piernas, el cuerpo entero respondían al llamamiento de su voluntad de un modo débil, lejano. Una náusea indefinida ascendía desde su estómago a la garganta. Su lengua era una tira de cuero: sus labios, dos moldes de caucho. Algo, no obstante, había permanecido despierto, mientras reposaba como un fardo encima de la colcha: al despertar miró en torno a él, sin dar muestras de asombro: Calculó la hora por la intensidad de la luz en el cielo raso: el reloj se le había parado. Al fin, haciendo un esfuerzo se puso de pie.

Una barahúnda de sonidos se elevaba desde la calle. Las voces, los ruidos, se coagulaban en el silencio expectante del cuarto, como algo necesariamente reclamado por la impaciencia de sus sentidos. Sus ideas se confundían; no podía pensar en nada. Se encontraba bajo el dominio puro de las sensaciones que, ante la manifiesta incapacidad de su cerebro para imponer orden en el caos, recababan la libertad de actuación con la firme seguridad de lo establecido, lo cotidiano, lo que se halla inscrito en el cuerpo.

Intentó recordar lo sucedido y no pudo. Quería hallar una explicación, la clave de los sucesos de la jornada, y miró alrededor en busca de socorro. La visión fragmentaria del rostro de Guarner, de su barba sedosa, de los dedos crispados en torno al gatillo, constituían imágenes separadas que no lograba aunar. «He fracasado —pensaba—, intenté disparar, pero no pude.» Sus ideas acudían a su mente en voz alta; no podía evitarlo. Las volvió a repetir de un modo mecánico y deslizó la mano sobre la frente empapada de sudor.

«Yo empuñaba el revólver con todas mis fuerzas y, sin embargo, no pude. Cuando era niño me decía: "Si antes de llegar a la tercera casa aún no he besado a Juana en los labios, soy idiota", y a pesar de ello no la besaba y me daba una prórroga de tres casas y tampoco me atrevía a besarla, aunque estaba muerto de ganas, y tenía que humillarme de nuevo. Con Guarner me sucedía lo mismo. Yo quería besar a Juana y me faltaban las fuerzas. A estas horas, se habrá casado con un hombre que sepa dominarla. Ella supo entender bien las cosas. Si hubiese seguido conmigo, habría sido un fracaso. Las personas como yo no sirven para el matrimonio. También Gloria se ha dado cuenta. Dice que Betancourt sabe bien lo que quiere y que yo voy a remolque. Me desprecia. Tal vez tenga razón y yo sea poco hombre. En la fábrica de papá me ocurría lo mismo. Papá gritaba como un energúmeno a los empleados y yo enrojecía de vergüenza. Deseaba hacer algo que, a ojos de ellos, me separase de él. Siempre he querido hacerme perdonar *no sé qué*. Qué extraño eso de querer una cosa que aún se desconoce.»

Se dio cuenta de que estaba divagando y se dejó caer en el lecho. Cómo le pesaba la cabeza. Qué cansancio. Acababa de ocurrírsele una idea y la dijo a media voz: «Pienso todas esas tonterías porque aún estoy soñando». Dormir, dormir, dormir, cerrar los ojos. Los abrió de nuevo y comenzó a descifrar en la penumbra los guarismos de la luz sobre la cama. Durante horas enteras había permanecido en la habitación sin hacer nada, bostezando. Mientras la lluvia percutía en el cristal de la ventana se tumbaba en la colcha boca arriba. Ni siquiera dormía. Contemplaba las cintas escurridizas que el agua formaba en los cristales y, al terminar el tabaco, reunía las colillas en la palma de la mano y las liaba con papel nuevo. Miraba hacia la ventana. En la mesita de noche, junto al espejo, descansaba un tomo de poesías. Lo tomó con ademán indolente, pero el cansancio que distendía sus músculos le impedía tener abiertos los párpados. Las líneas bailaban ante sus ojos: eran simples moldes de letra sin significado, sin belleza ni ritmo. Lo dejó caer al suelo.

«Es curioso que haya tenido que ocurrirme precisamente esta mañana. Podía haber sucedido cualquier otro día y no habría importado nada. A veces parece que el cuerpo se adelante a lo que uno quiere. En el colegio era el alumno modelo, pero lo mismo podría haber sido el más desaplicado. Yo no tengo iniciativas como Agustín ni sé reaccionar en los momentos difíciles. Lo veo todo oscuro y me callo. O, según como, me da por ponerme enfermo. Es como si el prójimo interrumpiera alguna cosa mía que no deseo compartir con nadie. Si algo me importuna, el cuerpo se dispone en mi lugar e inventa toda clase de tretas: me asalta un malestar difuso pero continuo: ya que no tengo fuerzas para escaparme, me zafo a mi manera y busco refugio en la irresponsabilidad.

Es lo que Agustín llama la válvula de escape. Hay otra mucha gente que es cobarde, pero disimula mejor que yo. Su valentía es una forma de engañarse. Sólo las personas como Luis saben lo que hacen. Pueden prescindir de los afectos ajenos y lo reducen todo a una cuestión de utilidad. Si me das, doy. Si me pegas, pego. Y así hasta el infinito. Tal vez estén ellos en lo cierto. Dicen que soy un cobarde y, con lealtad, reconozco que no se equivocan. Me habían dado una oportunidad. Yo tenía una pistola y él era un viejo. Otra vez divago.»

Permaneció quieto, medio envuelto en la ropa del lecho sin ningún pensamiento que le turbara, con los ojos vueltos arriba, fijos en los brazos de la lámpara, en el moho verdoso que manchaba sus extremos. Muchas veces, cuando la luz comenzaba a debilitarse, había asistido al entierro de todo lo visible: a la derrota sorda de la geometría, hundida en una tiniebla que disolvía los perfiles y confundía los objetos. La oscuridad se espesaba cada vez más. Tumbado en la cama, una sensación de abulia se adueñó progresivamente de él: le pareció que sus fuerzas vitales, abandonándole, nutrían, por ósmosis, la atmósfera de la estancia. El grifo del lavabo goteaba. En la habitación vecina, y David seguía su sonido con atención dolorosa, como si de su continuidad dependiese la resolución de algún enigma.

Cerró los ojos y soñó en que se encontraba en casa del político. Su despacho era, sin embargo, el estudio de Mendoza y Guarner le hablaba medio borracho. Jugaban al póker y Uribe hacía trampas. Luego, sin saber cómo, se encontró con una pistola en la mano y Juana, a su lado, le dio un plazo de tres minutos para asesinar al viejo: «Uno, dos, tres, si no lo haces antes de llegar a la tercera casa, eres un cobarde». Avanzó por una carretera sombreada de árboles y una gran multitud consultaba sus relojes de pulsera y le animaba con gritos y palmadas. Juana se había transformado en Gloria y el viejo ya no era Guarner, sino su propio abuelo. David intentó defenderse: «Todo es injusto. Han hecho trampas». Y Gloria le había obligado a comprender que, en aquellos momentos, el que se hubiese o no se hubiese hecho trampa, ya no importaba nada. Aquélla era su gran oportunidad y no podía desaprovecharla. De prisa, de prisa. Se le había encallado el revólver y, pese a sus esfuerzos, no salía el disparo. En torno a él arreciaban los gritos y las palmas; imágenes, jirones desprendidos, como anagramas, de linterna mágica. Gritos. Voces. De prisa. Matar. Matar.

Se despertó lleno de sobresalto y con la frente empapada de sudor. Se sentía deshecho, febril. La frente le pesaba. Había oscurecido y, a través del ventano del patio contempló las luces de las casas vecinas. Era curioso verlas semejantes a burbujas luminosas, milagrosamente suspendidas en el aire, con su impreciso halo de polen amarillo. Se mantenía extendido encima de la cama y la luz le teñía el rostro y los ojos con su infusión de manzanilla, como si padeciese del hígado. Una inquietud ambigua le señalaba la gravedad de aquellos momentos, pero se sentía incapaz de reaccionar. Con la mirada fija en el mobiliario de la pieza, se abandonaba suavemente a su destino. Tenía sueño: se le cerraban los ojos. Otra vez el rumor de las gotas que caían del grifo del lavabo. Estúpidamente se llevó a los labios el vaso de leche que le había subido la portera aquella mañana y comenzó a beberlo a pequeños sorbos, aunque no tenía sed. Eran minutos de torpor, de pesadez, de embrutecimiento, y él mismo lo sabía. «Se está decidiendo algo importante», pensaba. «Ha ocurrido algo y no sé qué es.» Vinieron a su memoria imágenes del pasado, recuerdos infantiles de su abuelo. Era extraño. Pensándolo bien, tenía el mismo rostro que Guarner. Tal vez fuese porque los dos llevaban barba. Pero se detuvo en seguida: cualquier reflexión le exigía un esfuerzo demasiado costoso. Vencido, por el cansancio, se aferraba al presente con avidez: como si toda su vida se hubiese condensado en el breve deslizar de los segundos que señalaba el paso de su sangre por las sienes.

Las bombillas del patio proyectaban en la habitación una luz turbia e imprecisa. Todo parecía estar muy sucio: el espejo sin marco de la mesita, el paño oscuro que cubría el escritorio, el empapelado de la pared. Súbitamente comenzaron a dolerle los oídos. Al principio, muy poco. Luego, cada vez más diferenciadas, unas punzadas dolorosas que se acordaban con los latidos de su pulso. Se llevó a los labios el vaso de leche, pero, de improviso, le resultó asqueante. La luz le parecía cada vez más turbia, y a medida que contemplaba el paisaje de la estancia con mayor detenimiento, llegó a la conclusión de que todo él se apoyaba en una base falsa: era un inmenso decorado de cartón piedra.

El dolor de oídos se hacía insoportable. Se sentó en uno de los lados de la cama y se entretuvo en oír el crujido de sus muelles. «Cuando era niño —pensó— me gustaba saltar y rebotar sobre los muelles de las camas viejas.» Consultó el reloj: marcaba las dos menos diez. Estaba parado. Lleno de desgana se puso de pie y comenzó a pasear de un extremo a otro de la pieza. La luz del patio le molestaba y ajustó los postigos. En su lugar, abrió la ventana de par en par: había luna llena y durante unos minutos se entretuvo en contemplarla: «Parece de juguete, pensó, como las que "Tánger" pone encima de su cama.» Se acordó entonces del vaso de leche y se apresuró a llevárselo a los labios. Antes de hacerlo, se detuvo. De nuevo le invadió la náusea indefinible de la leche y el deseo de tumbarse a descansar. Así lo hizo, tras de una breve vacilación y, oyó, amodorrado, desde la cama, las campanas de la iglesia vecina.

Experimentó la sensación de que algo desconocido le acechaba y le invadió el deseo de huir de allí. Creía que bastaba abrir la mano para que alguien, compadecido, le tendiese alguna cuerda. «He de hacer algo, pensó, antes de que sea demasiado tarde» La atmósfera se había tornado espesa, asfixiante. Y, como respondiendo al eco de su inquietud física, sentía acrecentarse los temores que le embargaban y cuyo origen no alcanzaba a desvelar. Quería moverse y se mantenía inerte. Se agitaba en un clima de pereza y de embotamiento, y no sabía decirse otra cosa que: «Va a suceder algo; va a suceder algo; va a suceder algo».

Se durmió otra vez, se despertó y volvió a dormirse de nuevo. Soñaba en voz alta. Luego se arrebujó en la cama y entornó los párpados. Una prisa intolerable le acuciaba. Su corazón latía con violencia. Había una cosa de la que no se acordaba en aquel momento de importancia capital. Debía hacer algo, en seguida, de prisa, y no sabía qué. Dirigió una mirada en torno. Una voz le susurraba al oído: «Aún estás a tiempo. Aún estás a tiempo». «¿A tiempo de qué?», había preguntado. Pero la voz no contestaba, sólo repetía su cantinela de un modo monótono, obstinado: «Aún estás a tiempo». Se incorporó en la cama y espió la habitación. No había nadie; todo estaba inmóvil, en el orden de siempre. «Han hecho trampa, pensó, tengo que salir de aquí y desenmascararles.» Trató de saltar del lecho, pero se dejó caer de nuevo. «*Ahora ya no tiene importancia.*» Se acordó de su pesadilla y empezó a temblar. «¿Qué significan los sueños? ¿Sirven de algo los presentimientos?» Cerró los ojos y la voz le habló: «De prisa, aún estás a tiempo».

—¿A tiempo de qué?

Gritó en voz alta y no obtuvo respuesta. Acababa de asustarse a sí mismo, y se echó a reír. «Es absurdo, pero todo eso lo he vivido antes, no una vez sino infinidad de veces, desde que era niño. En el fondo, siempre lo he aguardado: como una de esas pesadillas en que te aproximas al abismo y, aunque sabes que alguien te empujará por la espalda, te quedas allí, quieto, al acecho... Hay algo que te atrae y no sabes qué es. Tal vez el fondo de cada uno de nosotros sea esto, un abismo.» Pensaba a media voz y se tapó los oídos.

—Tengo que hacer algo —dijo.

«Calma, calma, me estoy portando como un estúpido. Si alguien me viera, creería que estoy chiflado. O que me falta "algún tornillo", como decían las criadas hablando de mi abuela. Es absurdo porque yo...»

—No me importa nada —gritó—. Nada, absolutamente nada.

Había perdido el dominio de sus nervios. Cogió el vaso de leche de la mesita y lo vació de un solo trago. Casi al instante la tuvo que escupir. Era repugnante: estaba agria. Además, no tenía sed. Lo que tenía era sueño. Cerró los ojos y se volvió a dormir. No se volvió a dormir. Ni él mismo sabía a ciencia cierta lo que pasaba. Luego se durmió de verdad y le despertó el húmedo roce de una mano. Era Uribe.

—David —murmuró.

Le obligó a incorporarse contra la almohada y le mantuvo sujeto por la manga. Había subido la escalera sin aliento y al entrar en el piso se había golpeado en la cara. El pómulo le sangraba ligeramente:

—David, David. Óyeme. Es preciso que te levantes en seguida y te marches.

Comenzó a zarandearle con todas sus fuerzas y David inclinó la cabeza hacia adelante. Uribe le pasó la mano por el cuello y le obligó a mirarle a la cara.

—Óyeme. Haz un esfuerzo y atiende. Vengo del estudio de Agustín y allí me he enterado de todo. Yo... —su voz vacilaba, se absorbía por sí misma, se quebraba—. Quería decirte una cosa, David. Pero has de escucharme. Oh, has de escucharme. ¡David!

Se sentó en la cama y lo atrajo hacia él. Notó que sus manos temblaban y se sintió lleno de odio hacia sí mismo. «Yo tengo la culpa de todo —pensaba—. Si no hubiera sido por mí, no habría ocurrido nada. Quería divertirme jugaba.» Echaba de menos a Raúl.

—Despiértate, David, por lo que más quieras, despiértate.

Le vio abrir los ojos y su inquietud se acrecentó, parecía idiotizado. Su mirada carecía de expresión.

—David, por el amor de Dios, atiéndeme.

El muchacho hizo un signo afirmativo con la cabeza pero la dejó caer hacia adelante, inerte, junto al hombro de «Tánger». Uribe creyó volverse loco.

—David, por lo que más quieras, despiértate. Tienes que escaparte. Yo hice trampa en el póker, te serví las cartas malas. Había bebido mucho aquella tarde y Páez me hizo creer que era una broma. Yo imaginaba que era un juego... Estaba tan triste aquella tarde, que necesitaba alegrarme, fuese como fuese. Quería ser audaz y brillante y que todos me quisierais. No sabía que cuando hablaban de matar lo decían en serio. Supuse que era un juego, ¿comprendes? Hasta entonces, siempre habíamos jugado e imaginé que era una broma.

David le contempló con sus ojos suaves y todo su rostro pareció embellecerse con aquella mirada.

—Lo sé —murmuró.

Le había observado un instante y en seguida cerró los ojos. Uribe sintió que los suyos se llenaban de lágrimas.

—Te juro que no sabía nada. Estaba muy borracho y no podía imaginar que Páez hiciese eso. Deseaba estar alegre, ¿comprendes? Hubiera hecho cualquier cosa con tal de estarlo. Ya sé que a ti te da lo mismo y que no querrás perdonarme... Yo... Sólo merezco que me escupas...

La voz se le quebraba en la garganta y, de pronto, le asaltó un pensamiento absurdo: «*Exactamente como en tus mejores momentos*». Vaciló, aterrado. Le había asaltado una duda horrible y, al ofrecer su mejilla a David para que escupiese en ella, comprendió que también ahora estaba representando. «Dios mío, Dios mío. Quiero a David, en serio. No finjo. No hago teatro.» Se sentía prisionero de sus disfraces y rompió a llorar con desesperación.

—Soy un canalla, un perfecto canalla. Yo tengo la culpa de todo. Quieren matarte. Esta misma tarde van a matarte. Yo estaba en el estudio cuando todos se marcharon y oí cómo lo decían. Te juro que no me lo invento. Te juro que no estoy borracho. Yo estaba tirado en la alfombra y hacía ver que dormía. Pero lo oí todo. Agustín dijo que tenía que matarte y Páez calló. No le contó lo de la trampa ni yo me atreví a contárselo. Tenía miedo de que me mataran a mí también.

Tenía los ojos semicerrados a causa de las lágrimas y sus párpados se estremecían de un modo incesante.

—Lo he oído todo. Y no estaba borracho. Páez se dio cuenta de que estaba allí y quiso pegarme. Era como un demonio, David. Ya me había pegado otra vez y yo temblaba. Pero lo oí todo. Esta noche vienen a buscarte. Aprovecharán el momento en que la portera va al Rosario y te matarán. Tienes que escaparte ahora mismo. Ya buscaré un lugar donde puedas pasar la noche y mañana te vas a Barcelona. O si lo prefieres, coge el expreso de las ocho. Yo...

Se llevó la mano al bolsillo y sacó varios billetes de cien pesetas.

—Tres, cuatro, cinco. Quinientas. Con eso tienes de sobra.. Yo ya me ocuparé de lo demás. Pero has de hacerlo ahora mismo. El tren sale dentro de media hora y ellos están por llegar. Si te encuentran aquí te matarán. Oh, David, David.

De nuevo había caído en el sopor y parecía no escucharle. Uribe le sujetó por los hombros y comenzó a sacudirle con fuerza.

David se acordó del sueño y pensó que la trampa lo había engullido al fin. Se lo dijo así a Uribe y la voz le salió de la garganta débil y ahogada.

David se acordó del sueño y pensó que la trampa no tenía ninguna importancia. Se lo dijo así a Uribe y la voz le salió de la garganta débil y ahogada.

—Eso no importa ya, Uribe. De todos modos habría fracasado.

Cerró los ojos como dando por zanjado el asunto, y «Tánger» sintió que su cuerpo se empapaba de un sudor real.

—Por Dios, David, levántate. Te juro que no finjo. Aún estás a tiempo. Tienes que levantarte.

«Sí —pensó David—, tengo que levantarme. Aún estoy a tiempo.» Sabía, al fin, de qué estaba a tiempo. Uribe se encargaba de decírselo al oído. «Te matarán, David, te matarán. Dentro de poco subirán a matarte.» Pero permanecía tieso, rígido, como acababa de acontecerle en el sueño. Se acordó de la pesadilla. Gloria. Juana. La pistola. El plazo.

—David, por Dios, David.

Uribe le hablaba junto al oído a media voz, con palabras que acompañaba de caricias, súplicas, amenazas. Y continuó inmóvil con la barbilla inclinada sobre el pecho y las blancas manos enlazadas encima de las rodillas.

—Tienes que oírme, David. Prométeme que me harás caso.

Temblaba como una hoja. En la penumbra lunar de la habitación había contemplado la esfera del reloj: faltaban veinte minutos para las ocho. Mendoza y Luis podían presentarse de un momento a otro. Si le encontraban allí, también le matarían.

—David —murmuró—. David.

Acababa de comprender que iba a marcharse y se dirigía insultos contra sí mismo. Miraba a David, tratando de espiar en su rostro algún signo de vida, pero desistió de pronto con un escalofrío. «Parece muerto, pensó, tiene la cara rígida lo mismo que un muerto.»

—David —susurró.

Le hablaba en voz baja, como invadido por el temor de despertarle. Él mismo veía sus ademanes, reproducidos en el espejo, y se sentía contemplado, atento.

—Te van a matar y has de marcharte ahora, en seguida. Te he dejado dinero. Quinientas pesetas. El tren sale dentro de media hora, pero puedes tomarlo aún si coges un taxi. Pero has de darte prisa. Mucha prisa...

La voz le salía de la garganta como un hilo y él mismo se daba perfecta cuenta de que ahora sonaba a falso. Pero no podía evitarlo. Algo más fuerte que él le impulsaba a mentir, a prolongar aquel instante odioso.

—Has de ir a la estación, ¿comprendes? Faltan pocos minutos y están por llegar. Ya te he dado el dinero, ¿ves? —Le dio un golpecito en la chaqueta y dejó allí los billetes—. Pero has de irte ahora mismo si no quieres que sea demasiado tarde.

Se detuvo y miró en torno a él, atónito, como hipnotizado. A través de la ventana abierta, contempló el paisaje que se extendía por encima de los tejados, y del que cualquier signo de vida parecía suprimido. Uribe se detuvo a pesar suyo, fascinado por el ademán de desamparo de aquellas casas viejas. La luna cubría con un baño de plomo los salientes de pizarra, los pequeños charcos y las paredes rezumantes. Le asaltó la impresión de hallarse en un paraje encantado, como el que se describía en los libros de cuentos. Inmóviles bajo el magnesio continuado, las fachadas se mostraban corroídas, gastadas. Y la minuciosidad, la gracia del parpadeo y el destello fugaz de las gotas que se desgranaban, parecían arrancadas de una lámina fotográfica.

Lentamente, se volvió hacia el espejo y analizó su pálido rostro de payaso. Al moverse se imaginó que hacía un esfuerzo sobrehumano, como si para lograrlo hubiese tenido que infringir alguna ley física, y en seguida se inclinó sobre su camarada.

—David —musitó—. Me veo obligado a dejarte ahora mismo. Pero es preciso que recuerdes cuanto te he dicho y, sobre todo, que vayas muy de prisa. Si te apresuras, aún tienes tiempo. Te he dejado el dinero ahí, en la cama. No tienes más que tomar el taxi y marcharte. ¿Me oyes?

Había inclinado la cabeza para auscultarle y le pareció que dormía. Desde hacía unos segundos los rasgos de su cara se habían afinado y una inteligencia extraña brillaba en sus pupilas. Ensayó una voz débil.

—David, ¿me oyes?

El muchacho tenía los ojos cerrados. Su pecho se arqueaba al respirar.

—David.

Le pasó la mano por la frente con mucha suavidad.

—Estás dormido, ¿verdad?

No obtuvo respuesta y se incorporó. El espejo le devolvía una imagen blanca, fantástica. Se llevó el índice a los labios.

—Chist. Duerme.

Le tocó con el dedo meñique la punta de la nariz y dijo una frase en esperanto: tampoco nada. Recogió la manta que resbalaba a los pies de la cama y la extendió con sumo cuidado hasta los hombros, procurando arroparle de la mejor manera. El muchacho respiraba de un modo jadeante y Uribe le aflojó el nudo de la corbata.

—Duerme, duerme tranquilo.

Se acordó del dinero que acababa de entregarle e introdujo la mano debajo de la manta. Sacó los billetes uno a uno y se los volvió a guardar.

—Tengo algunos gastos —murmuró.

Se alejó de la cama a hurtadillas, caminando sobre la punta de los pies y el índice inmóvil sobre los labios. El espejo le devolvía su imagen blanca y Uribe le hacía reverencias y le saludaba con la mano.

Al llegar a la puerta se detuvo. Acababan de dar las ocho y la campana de la parroquia convocaba a los fieles al santo Rosario. Toda su agitación se había desvanecido, sucedida por una calma mágica.

—Estoy loco —dijo a media voz.

Pero no experimentaba ningún remordimiento. Descendió los escalones de cuatro en cuatro y montó en el taxi que aguardaba en la puerta. La portera acababa de marcharse.

—Lléveme usted a cualquier taberna —dijo—. Mañana empieza la Cuaresma y es preciso que ahora me emborrache.

Cuando Mendoza y Luis llegaron le habían sorprendido en pleno sueño. Oyó el crujido de sus pisadas en el rellano y se despertó lleno de sobresalto. «Ya están aquí.»

Le asaltó la impresión un poco turbia de que se había olvidado de algo importante e intentó recordarlo vanamente mientras se levantaba de la cama. Quería que lo encontrasen de pie; a ser posible, lavado y arreglado. Uribe debía de haber cerrado la puerta al salir; oyó que vacilaban antes de pulsar el timbre y se apresuró a encender la luz.

—Ya va, ya va.

Se acordó de que no tenía nada que ofrecerles y por un momento pensó avisar a la portera. «Pero no vienen a beber. Vienen a matarme.» Lo dijo a media voz mientras se peinaba y se encaminó a la puerta. Desde allí dirigió una última ojeada al dormitorio: todo estaba en orden.

Agustín fue el primero en entrar; vestía con una gabardina blanca que no le había visto nunca y la chalina de pintor, mal anudada, le resbalaba, como una soga, por el pecho. No llevaba guantes, como confusamente había entrevisto en sus sueños y se sintió lleno de gratitud; las manos desnudas le infundían más confianza. Páez estaba detrás y se escurrió como una sombra.

—Venid. Sentaos.

La ventana estaba abierta de par en par y la cerró. Podía verles alguien. Encendió la lamparilla de la mesita y apagó la luz del techo. La habitación se dividió inmediatamente en dos zonas, que la onda luminosa delimitaba con regularidad.

—No tengo nada que ofreceros —se excusó.

—No te preocupes. Da lo mismo.

David tuvo el fantasma de una sonrisa y se apoyó

en el asiento de la butaca. Se sentía fatigado, indeciso. Ya no pensaba que iban a matarle.

—Os esperaba —dijo con voz suave.

Mendoza, frente a él, le contemplaba con los ojos medio entornados.

—Preferí no avisarte por teléfono. Sabía que nos aguardarías de todos modos.

Su voz se elevó vacilante:

—Gracias, Agustín.

Las manos le resbalaban a lo largo de las piernas, blancas y delgadas, como si durante largo rato las hubiese sumergido en una tina de agua.

—He estado durmiendo desde que he llegado —dijo—. Anoche, realmente, apenas logré dormir.

La mirada de Agustín era suave, casi acariciante. Antes de entrar en el piso había imaginado la escena: David, blanco y espigado, fumando con indolencia, como un ser sin nervios y sin sangre. Siempre había pensado que acabarían de ese modo. Y la ansiedad que experimentaba por él le daba la medida de su afecto.

—Por un momento —explicó David con sencillez— estuve a punto de irme. Era más fuerte que yo. Luego, se desvaneció poco a poco.

—Es natural —dijo Agustín—. También yo hubiese sentido lo mismo.

—Eres muy amable.

Lo dijo en voz muy baja, sonriéndole desde la sombra.

—¿Tienes un cigarrillo? Me hará sentir mejor.

Agustín hurgó en los bolsillos.

—No son muy buenos, pero...

—Lo mismo da.

Fumaron en silencio. David observó que Páez agitaba el pie con impaciencia. Asistente mudo al diálogo de los dos camaradas, se sentía excluido, ajeno. «Tiene prisa», pensó.

Le vio hacer un movimiento brusco y los cigarrillos de su petaca cayeron en todas direcciones. Instintivamente se inclinó para ayudarle; hincó una rodilla en la alfombra pero se detuvo confuso ante la mirada llameante del muchacho.

—Perdón —dijo.

Los colores le habían subido a la cara y lleno de confusión tomó entre sus manos la jarra de agua de encima de la mesa: las huellas de sus dedos quedaron impresas en el vidrio como las pezuñas de un animal extraño y se difuminaron lentamente sorbidas por el vaho.

Se acordó del primer día de su encuentro con Mendoza. Tenía la misma cara de ahora. Se apoyaba con el codo en un velador de mármol y, con la cucharilla, hacía círculos en el café. También estaba inclinado hacia adelante y sus ojos le medían con la misma dulzura. «Va a matarte.» Sintió que una emoción extraña hacía presa en él, como si todo su cuerpo fuese hueco, y tuvo miedo.

—Debe ser tarde —murmuró.

«¿Si no tuve el valor suficiente para matar, no lo tendré siquiera para dejar que me maten?» Una esperanza absurda, insana le hablaba junto al oído: «Mírale a la cara, David. Si le miras no te matará». Y se sintió lleno de odio hacia sí mismo.

Los ojos se le habían llenado de lágrimas y, para ocultarlas, se volvió hacia atrás. De prisa. Por favor. Agustín aprovechó aquel instante: el blanco estaba a menos de medio metro y el gatillo respondió a la presión. La bala se hundió en el pecho de un modo blando.

David no tuvo tiempo de darse cuenta: se inclinó hacia adelante y se derrumbó a cámara lenta.

—Perdóname —dijo Agustín—, tú sabes que era necesario.

Se volvió hacia atrás, de un modo instintivo, como aguardando la protesta de todo lo que, durante mucho tiempo, había compartido la vida de David: sólo un silencio que casi era sonido. El ruido había sido semejante al chasquido de un látigo. Sobre la alfombra el cuerpo había caído boca abajo y la mano se contrajo hasta quedar agarrotada.

Visto desde arriba daba la impresión de hallarse sumido en un profundo sueño. Tenía los brazos extendidos, siguiendo la línea del cuerpo como un nadador de «crawl» y sus pies inmóviles, juntos por los tacones, imitaban la aleta de un gran pez. Hacía un momento estaba lleno de vida, pensó. Ahora, por uno de los costados, empezaba a brotar la sangre. La mancha oscura se corría rápidamente, empapaba ya la alfombra...

Mendoza se agachó junto al cadáver y con sumo cuidado lo hizo volver boca arriba. David tenía los ojos abiertos, desviados, como las órbitas sin vida de una muñeca de lujo y, al echar la cabeza atrás, permanecieron vueltos a la luz como dos dalias claras. Torpemente, Agustín le bajó los párpados. Apoyó la cabeza en el pecho. No respiraba. Dentro de poco los gérmenes disgregadores del ambiente se introducirían en aquel cuerpo amigo sin resistencia y comenzarían a desfigurarlo.

—Está muerto —dictaminó.

Se volvió hacia atrás. Páez le miraba con el semblante desencajado y se apoyaba con las palmas de las manos en el escritorio de David. Arrodillado junto al cadáver, Mendoza le contempló con detenimiento y la sombra de una sonrisa distendió sus facciones.

—¿Te sucede algo? —dijo.

Todo el aplomo del muchacho había desaparecido a la vista de la sangre. Se llevó a los labios la jarra en que David había dejado sus huellas y comenzó a beber pequeños sorbos.

—¿Estás enfermo? —oyó que le decía.

Luis no contestó; observaba la mancha roja, mientras aumentaba lentamente de tamaño y, sin poderlo evitar, cerró los ojos.

—Creí que estabas dispuesto a llegar hasta el fin —dijo Agustín, con sorna.

Páez se mordió los labios. Se sentía ahogado, impotente.

—Y he llegado —murmuró—. Pero no me gusta ver la sangre.

Logró hablar de un modo natural a costa de un gran esfuerzo y él mismo se escuchó, asombrado.

—No hace falta que lo digas —dijo Agustín—. Lo veo.

Contemplaba el cadáver con aire hosco y se sintió lleno de rencor. Oscuramente, responsabilizaba a Páez de lo que había ocurrido y toda su mente destilaba veneno.

—No hay nada como estas situaciones para aprender a conocerse —dijo—. Hace algún tiempo, cuando volé a Londres con mi padre, uno de los motores se paró en pleno vuelo y el piloto creyó que nos íbamos a estrellar. La gente, al darse cuenta, comenzó a dar chillidos. Era algo inútil, no iba a salvarse nadie y, sin embargo, chillaban. Yo no cabía en mí de asombro. Me volví hacia mi padre, algo aturdido. Estaba junto a mí sin reconocerme y no hizo ningún caso de mis palabras. También se había puesto de pie y aullaba. Como puedes comprender, no pasó nada. Aterrizamos en la isla y nadie sufrió ningún daño. Pero aquello me fue muy instructivo. Desde entonces me he acostumbrado a dividir la gente en dos categorías: los que habrían chillado y los que no.
—Hizo una pausa durante la cual la sonrisa pareció

adherirse a sus rasgos como una emanación inmóvil y añadió—: Querido Luis, creo que tú habrías chillado también.

—Mierda —dijo Páez.

Se llevó la jarra a los labios y continuó bebiendo. Odiaba a Agustín; de estar en sus manos, sin duda lo habría matado.

—No te excites, por favor. Ten un poco de respeto a los muertos. Esto está muy mal. Además, tú quieres que me calle. Y yo te digo no. Hemos matado a David, es preciso que lo recuerdes y debes acompañarme hasta el final. Hasta el final, ¿comprendes?

Las palabras se hundían en su mente como impactos. Tenía que volverse. Agustín estaba arrodillado junto al cadáver y le hablaba. Tenía que volverse, tenía...

—Óyeme bien —le dijo. Nos hemos embarcado en el mismo asunto, y si nos cuelgan, nos colgarán a los dos. O escaparemos los dos. Tengo un permiso fronterizo para ir a Portugal si las cosas se complican. Pero ahora es preciso que te enteres de esto. Lo que acabamos de hacer es un asesinato. David está muerto ya. Fíjate.

Le elevó uno de los brazos y lo dejó caer, rígido, inerte.

—Ha muerto y no tienes que temerle. Sólo los vivos hacen daño. Los muertos —volvió a levantar el brazo y lo dejó caer—, los muertos, no.

Se arrodilló en la alfombra y con la ayuda de un pañuelo le quitó el reloj. Estaba parado. Las agujas marcaban las dos menos cuarto. Se puso de pie y recorrió la habitación con la mirada. Luis le observaba, pálido, con los labios temblorosos.

—¿Qué buscas?

Agustín no le hizo ningún caso. Dio cuerda al reloj y lo detuvo a las nueve. Luego cogió el cortapapeles más pesado y golpeó la esfera con el mango. La aguja se detuvo en seco, bajo la esfera resquebrajada. Con sumo cuidado volvió a ajustárselo a la muñeca. En seguida, dirigió una mirada en torno.

—Vamos, haz algo —dijo con voz despectiva—. No es así como queda la habitación después de un robo.

Abrió los cajones del escritorio y vació su contenido por el suelo. Empleaba el pañuelo para coger cualquier objeto, cuidando de no dejar ninguna huella. Las cuartillas del diario volaron sobre la alfombra, salpicaron la pieza de blanco. Luego abrió la puerta de la mesita, revolvió el armario de la ropa. Páez le contemplaba sin hacer nada. Recordó que se había apoyado en la mesa y borró sus huellas con un pañuelo. Repitió la misma operación con la jarra de agua. Luego se quedó inmóvil, de espaldas al cadáver, con la cara empapada de sudor y un frío húmedo en la espalda y las axilas.

—Ahora —dijo Agustín— no tienes más que golpearlo.

Acababa de vaciar el cajón de la ropa y le contempló con aire irónico.

—¿Golpearle? —barbotó Páez—. No te entiendo.

—Me explicaré, entonces. Hemos venido aquí a robarle y David ha intentado defenderse. Le hemos golpeado y como se resistía ha sido preciso disparar. ¿Está claro ahora?

El rostro del muchacho se había demudado.

—Esto es absurdo. Está muerto.

—Muerto o no, tienes que golpearlo. Lo prometiste.

—Te dije que llegaría hasta donde tú llegases —repuso Luis—. Pero eso no entra en el juego.

—Si quieres decir con ello que lo haga primero yo estoy dispuesto a complacerte.

Se aproximó al cadáver e hizo ademán de golpearlo.

—No, por Dios...

La voz le brotó de la garganta, inhumana, lo mismo que un aullido. Le envolvía una nube espesa. Sentía deseos de vomitar. Se pasó la mano por la frente y balbuceó:

—No puedo, ¿entiendes?, no puedo... Te lo suplico. Eso no. —Se detuvo unos momentos y añadió con voz más ronca—: Yo obligué a Uribe a hacer trampas.

—¿Trampas?

—Sí. Le sirvió las cartas malas. Yo...

La mirada de Agustín tenía la dureza del metal.

—¿Y puedes decirme qué tiene que ver eso con que no puedas golpearle?

La confesión había aflorado a los labios de Páez contra su voluntad. Pero la respuesta de su camarada le hizo sentirse aún más infeliz.

—Yo... Ahora... No.

—¿Ahora? ¿Dices: ahora? ¿Has necesitado verle muerto para darte cuenta? ¿O no te has convencido aún de que lo está? Si quieres...

Repitió el ademán de hacía unos momentos.

—No. Por favor.

Luis comenzó a decir obscenidades, pero se detuvo en seco. Alguien acababa de subir por la escalera. Hubo un segundo durante el que todo pareció congelarse, como si una cámara fotográfica se hubiese detenido a mitad de la proyección para facilitar la contemplación del conjunto y bruscamente, un timbrazo enloquecedor cayó como una piedra, en aquel remanso quieto y comenzó a irradiar sus ondas a lo largo de la estancia, sobre los muebles inmóviles, los cajones abiertos, los blancos papeles de la alfombra y el cadáver del muchacho.

Los dientes de Páez castañetearon. El ansia de gritar le ascendía por la garganta como un sifón irresistible. Tuvo que taparse la boca con las manos y comenzó a gemir. Agustín se metió en el bolsillo de la gabardina el revólver que había dejado encima de la mesa. Se aproximó al interruptor de la lamparilla y apagó la luz.

El timbre volvió a sonar de nuevo. En la habitación a oscuras sólo se oía el lento gotear del grifo del lavabo y las pisadas del intruso en el rellano de la escalera.

—Señorito David.

Era doña Raquel. Se acordó que no había echado la barra de la puerta y a paso de lobo se dirigió al recibidor. A sus espaldas, Luis gemía. Había hecho ademán de escaparse y su pie aplastó un objeto blando. *David*. Dio un respingo y se aferró al hombro de Mendoza.

—Nos van a coger. No tenemos escape.

Agustín le abofeteó en plena cara.

—Quédate ahí. Quédate o te mato.

Lo dejaba en la habitación, a oscuras, con el cadáver.

—No... No...

La voz se le estrangulaba. Mendoza no le hizo ningún caso. Cerró la habitación y se adelantó por el recibidor de puntillas. Raquel había introducido la llave en la cerradura y la puerta se abrió de improviso. Acababa de encender la luz y la mujer retrocedió.

—Qué susto me ha dado usted —exclamó al reconocerle—. Había llamado dos veces e imaginaba que no había nadie. Subía con la cena del señorito.

En la bandeja, muy bien servida, había un plato de sopa, patatas fritas con salsa y dos filetes de ternera. Mendoza la contempló fascinado. *Comida para David*.

Doña Raquel hizo ademán de entrar en el dormitorio, pero Agustín no se apartó de la puerta.

—Duerme —dijo—. Será mejor que lo deje aquí entretanto. Dentro de poco, si no se despierta, se la daré yo.

La mujer le miraba indecisa. Había algo extraño en el ambiente. Su misma entrada...

—¿No quiere usted que lo deje encima del escritorio?

Mendoza continuó firme ante la puerta.

—Muchas gracias. Creo que nos las arreglaremos bien los dos solos. Si necesitase algo la llamaría. David no se encuentra bien. En fin, ya lo sabe...

Doña Raquel dejó la bandeja encima de una mesita destartalada. Era aficionada a las pláticas y se apresuró a coger el cabo que le ofrecía.

—Pobrecillo —dijo con gran ternura—. Ya sabe usted el susto que nos dio anteanoche. Cuando lo encontramos estaba amarillo, lo mismito que un cadáver. Tanto que yo le dije a la niña: el señorito se nos muere. Qué susto, Santo Dios... Para mí —añadió bajando la voz— que eso le viene del padre. No es normal que a los veinte años se tenga el corazón como ese chico. Cuando lo comparo con mi niña...

Llevaba una bata de sarga y el pelo, teñido, era un ejército de menudos rizos.

—No hay nada como llevar la vida que Dios manda, ¿no le parece? No se dejarían luego todas esas lacras. Si uno es honrado de corazón...

Mendoza no la oía. Contemplaba la salsera con expresión fascinada. Se volvió de improviso.

—Cuando haya concluido la llamaré. Entretanto prefiero que duerma un rato.

—Pobrecillo —dijo la mujer—. Pobrecillo.

No se decidía a dar por terminada la conversación y se balanceaba alternativamente sobre una y otra pierna.

—Si me necesita, ya lo sabe. No tiene más que bajar un piso. Dígale que dentro de media hora le subiré el flan.

—No se preocupe. Se lo diré.

La había acompañado hasta la puerta y la ajustó con el pestillo. Durante unos minutos permaneció erguido, inmóvil. La bandeja le atraía en una forma irresistible. Salsa. Dos filetes tostados.

Nunca había sentido tanta calma como ahora. «De modo que era eso, pensó. Tantos años pensando en una cosa semejante para que resultase así. Es increíble.» Cogió la bandeja con la mano izquierda y penetró en la habitación. Luis se precipitó a su encuentro.

—¿Qué pasa? —dijo—. Por Dios, ¿qué pasa?

Con gran lentitud, Agustín dejó la bandeja encima de la mesa y se arrodilló en busca del enchufe. Páez gemía en voz baja. La espera le había enloquecido. Su cuerpo era como de goma.

—Tenemos comida —dijo Agustín con voz átona.

Bajo la asalmonada luz de la pantalla, la salsa parecía aún más roja. Sangre. Páez desvió la mirada.

—¿Quieres decirme qué ha pasado?

Había llegado al extremo límite de sus nervios y le pareció que iba a desvanecerse.

—Calma —dijo Agustín—. Sobre todo, mucha calma.

Tomó asiento en la butaca de David, y contempló la bandeja con detenimiento.

—Fíjate —murmuró—, han traído la cena. La cena de un muerto

—Cállate —gritó Luis.

—Parece apetitoso. ¿No quieres un poco?

—Cállate.

Comenzó a blasfemar. Las palabras ascendían atropelladamente por su garganta y a veces formaban un nudo que le impedía hablar.

—Entonces, déjame comer a mí.

Eligió con los dedos, al azar, un trozo de patata frita y lo mordisqueó por la punta.

—Qué rica.

Lo hundió en la salsera. El líquido rojo, escurridizo, goteaba en el mantel. Se lo llevó a los labios y lo mascó con deleite.

—Hacía siglos que no comía nada tan bien guisado. Realmente David sabía cuidarse. Esa salsa...

—Cállate.

Se había vuelto de espaldas al cadáver y miraba con desesperación los machetes clavados en la pared.

—Nos han visto ya. No hay coartada que valga. Debiste... Oh, oh, qué imbécil... En tu lugar...

—En mi lugar —dijo Agustín.

—La habría matado. —Se volvió hacia él y añadió con desafío—: Sí, lo habría hecho.

Agustín se llevó a los labios uno de los filetes.

—¿Sí? ¿Y qué habrías conseguido?

—Salvarnos —exclamó—. Sí, salvarnos. Estamos cogidos, no tenemos salida. Esta misma noche nos atraparán...

—Quieto —dijo Mendoza—. Hablas sin saber lo que dices. No te encuentras en ningún callejón sin salida y si tú quieres nadie te atrapará. Son imaginaciones tuyas.

—No te entiendo.

—Te lo explicaré entonces en pocas palabras. La mujer sólo me ha visto a mí. No tiene por tanto motivos para sospechar que haya intervenido otro. Tú dices que no tenemos ninguna salida, pero deberías hablar en singular. Soy yo quien no tiene ninguna salida. A ti no te ha visto nadie.

La nube que desde hacía unos minutos enturbiaba la mente de Luis desapareció como por ensalmo. La sangre volvió a fluir por sus venas de nuevo.

—Quieres decir que...

—Nada. Simplemente que estás en libertad. Nadie te ha visto entrar. La mujer no te ha visto. No sospecha nada. Su llegada te ha salvado.

Páez vaciló, dividido entre la esperanza enloquecedora y el temor de que Agustín bromease.

—¿Y tú? —logró articular al fin.

—¿No te he dicho que no diré nada? Allí está la puerta. Puedes marcharte cuando te plazca.

Luis tragó saliva. La calma de Agustín, más que ningún grito, le aterrorizaba. Experimentaba un deseo inmenso de huir de allí, pero algo más fuerte que él lo inmovilizaba junto al cadáver.

—Yo... No sé cómo...

—Lo que puedas pensar me tiene sin cuidado. Vamos. Lárgate.

—¿Y tú qué...?

—No digas que te preocupas por mí. No lo creo.

—Yo...

—Fuera. Largo.

Páez avanzó hacia la puerta, dando un rodeo para evitar el cuerpo de David. Agustín le miraba. Sus pupilas se clavaban en su espalda como dardos.

—Fuera.

Al quedarse solo lanzó un suspiro de alivio. Le pareció que la escena se había quedado sin comparsas, que al fin podía dialogar con David. Se acordó de sus palabras: «¿Qué ha sido de nosotros?». Ahora podía contestar:

—Estamos muertos los dos.

Dejó el filete a medio masticar y consultó la esfera del reloj. «Dentro de diez minutos, pensó, no habrá ya quien le pille.» Dirigió una mirada en torno.

David había sido siempre un chico cuidadoso. El desorden le repugnaba.

Comenzó a recoger las cuartillas del diario que minutos antes había esparcido a su alrededor. Volvió al orden primitivo los cajones, la ropa y los estantes. En el lavabo hizo una gran hoguera con los escritos y los vio retorcerse, frágiles y negros, como fragmentos de papel carbón. Y le pareció que con aquello había quemado el último residuo de David.

Alzó por los hombros el cadáver de su camarada y lo condujo hasta la cama. Había dejado de sangrar. En la alfombra el charco era oscuro, casi negro. Lo extendió sobre la colcha con dificultad —estaba ya algo rígido— y apoyó su nuca en la almohada. La cara expresaba una gran paz, como Agustín no le había visto nunca en vida y, antes de alejarse de él, le besó ligeramente en la mano.

La habitación estaba de nuevo en orden. Mendoza la recorrió con la mirada y apagó la lamparilla. La ventana estaba cerrada y la abrió de par en par. Arrojó el reloj aplastado al tejadillo vecino y abandonó el dormitorio.

La luz del recibidor estaba encendida. También la apagó. Todo debía tener el orden de siempre. Era extraño. Sentía una gran calma. Descendió el tramo de la escalera que iba de la buhardilla al tercer piso y golpeó en la puerta de doña Raquel.

—Ah. ¿Es usted?

—Yo me marcho ya, pero creo que David la necesita. Suba usted a hacerle compañía. No conviene que esté solo.

—Ahora mismo voy, don Agustín. En cuanto acabe de fregar los platos.

—Cuando quiera. Muy buenas noches.

Bajó la escalera pausadamente y en el portal encendió la pipa. La portera no había llegado aún. Con las manos hundidas en los bolsillos se dirigió al bar de la esquina.

«Es extraño, pensó Agustín, parece como si desde un principio lo hubiera presentido. Había algo en su manera de ser que me turbaba: el ademán de extender las manos cuando se sentaba, su forma de sonreír, la expresión que tenía de pedir excusas. Si me hubieran preguntado el motivo, no habría sabido responder. Pero lo pensé desde el comienzo.»

La mujer le había servido una botella de ginebra y le sonreía acodada en la barra del bar. Era una rubia gruesa, ordinaria y chillona, que conocía por sus frecuentes visitas al local. Se había propuesto rescatarle de la bebida y le cuidaba con una ternura verdaderamente tiránica.

—No te la bebas toda, bichito —le dijo al descorcharla—; ya sabes que no te conviene.

Le servía el alcohol a regañadientes y un día que estaba muy borracho llevó su solicitud hasta acompañarle al estudio. Mientras apuraba la copa, la contempló con detenimiento. Tenía el cabello ahuecado en menudos rizos y la cara cubierta de una espesa capa de polvos. Sus ojos eran oscuros, como de azabache. Le devolvió la sonrisa.

Se acordaba perfectamente de todo y sentía una gran calma. Acababa de matar a su camarada y ahora permanecía allí, bebiendo. «Todo estaba previsto desde un principio. Mi última lección era matarle y la suya dejarse matar. Los dos representábamos una escena aprendida, de las que acaban mal.» Empezaba a ver claro. «Si Ana no hubiese acudido a visitarme y si David no hubiese sido amigo de Gloria y si Luis no se hubiera propuesto jugarle una mala pasada; y si Uribe... Siempre el si... La casualidad. No hay nada sino un absoluto azar.» Se sirvió cuatro copas, una detrás de otra. «Ahora soy un asesino, dentro de poco me detendrán.»

Desde detrás del mostrador la empleada le guiñó un ojo. Su cuerpo se hallaba en continuo movimiento, de forma que los senos se esculpiesen en la blusa blanca del delantal. Colocó sobre la barra media docena de vasos. Los llenó de peppermint hasta la mitad y proyectó sobre el líquido de los vasos un chorro de sifón. El verde esmeralda empalideció lentamente. A través del vidrio se divisaban espirales más oscuras que se anillaban en lo alto: era como el vaho turbio que se levanta a mediodía sobre las playas veraniegas.

—Bebes demasiado —le dijo al pasar.

Se entregaba a una frenética actividad, con la jactancia que ponen las personas cuando se sienten observadas. Continuamente descolgaba botellas de los estantes superiores, devolvía al mozo las copas vacías, mantenía a un tiempo distintos diálogos. El local estaba bastante animado. Una promiscuidad cálida agrupaba a la gente en torno a las mesas. Las conversaciones se oían desconectadas, sobre un fondo de susurros, de palmadas, de sifones vacíos que se tornaban roncos.

En aquellos, momentos, calculó, doña Raquel debía revolucionar con sus chillidos a toda la escalera. Continuó bebiendo, casi sin parar. El nivel de la botella descendía de un modo sensible, estaba a menos de la mitad. Se le había ocurrido una idea absurda mientras descifraba los extraños guarismos de la etiqueta: «*El viejo es un simple pretexto*». Todos los incidentes y sucesos de aquel día agitado, sus conversaciones con Luis y con Ana, la necesidad de comprometerse de un modo irrevocable, le parecían episodios periféricos, desgajados de la línea primordial de su actuación. «He necesitado todos esos rodeos para darle muerte.» Un fatalismo extraño presidía su amistad desde un principio. Ahora, los dos habían muerto. Apuró el vaso de un trago. Muertos. Sin remedio.

La mujer estaba ahora al otro extremo de la barra. Los mozos evolucionaban en torno a ella, descompuestos en infinidad de movimientos, como actores de cine a cámara rápida. «Hay algo, pensó, que nos distinguía de los demás. Un abismo que ni sus padres ni los míos supieron salvar. Nos habíamos embarcado en una aventura y ellos permanecían en el muelle. Ni nosotros podíamos retroceder ni ellos acercarse a nosotros. Vivimos demasiado aprisa.»

Se acordó de repente del profesor de música al que visitaba todas las tardes y que había intentado ponerle en guardia contra la solicitudes de la vida. Había pasado su vida en un seminario y hablaba con voz aguda de los efectos del pecado. «Hay algo mucho peor que el fuego y los tormentos, más que sentirse antorcha viva y permanecer no obstante incombustible; es la carencia de amor, la soledad, el vacío.» Sus ojos se encendían como burbujas de agua oscura, cuando le hablaba de la muerte y del demonio. Agustín le escuchaba fascinado. Como un enfermo, se recreaba en la contemplación de sus síntomas. «Yo también...» Un día tuvo el valor de franquearse. «Noto algo. Un tirón invisible que me hace sentir distinto.» Y el viejo había extendido sus manos convulsas, agarrotadas como las garras de un águila: «El demonio».

Desde la mesa, llamó a la mujer con un movimiento de la mano.

—Siéntate —le dijo—. Es hora ya de que descanses.

Ella le hizo un signo, como diciendo «después», y

se enfrascó en sus ocupaciones con renovado ardor.

En una ocasión se lo había contado a David... «El preceptor asistía horrorizado al despertar de mis sentidos. Todas las tardes, al caer el sol, subía a la buhardilla donde vivía y le ayudaba a revolver las cenizas del brasero. Recuerdo que me arrebataba la badila de las manos. Era mi pozo, mi vertedero. Las confidencias habían creado entre nosotros un vínculo de horror. Yo tenía catorce años y en casa se hacía lo que ordenaba. Aquel viejo chiflado me procuraba la tensión necesaria que requería para existir, la que me faltaba entre los míos: le oía hablar de la "soledad", del "trino del diablo", de la "caída". Un día me enseñó la partitura de la sonata de Tartini. Desde entonces le acompañaba al piano cuando la interpretaba...

»A veces sucede que tienes apego a una cosa y de pronto descubres que es mejor prescindir de ella. Yo he buscado desde entonces la sed y ya no puedo volverme atrás.»

Justamente lo contrario de David. «David buscaba la aprobación; cuando le faltó el amor de los suyos, se procuró un substitutivo...» Aleccionados recíprocamente con el ejemplo, habían crecido apoyándose el uno en el otro, como dos verdaderos camaradas. Ahora David estaba muerto y su muerte no había probado nada: de rechazo lo había matado a él. «Oh, David, David, pensó, te he dado muerte y sin saberlo me he matado a mí.»

La ginebra no servía. Hubiese deseado una droga más fuerte que el olvido. Se volvió hacia la mujer y le hizo un signo. Aún no. Tiene trabajo. Miró el reloj. En aquellos instantes miríadas y miríadas de microbios se cebaban en el cuerpo de David. «¿Y el mío?, pensó. ¿Acaso estoy más vivo que él?» En el bolsillo de la chaqueta guardaba la carta de recomendación que le permitiría el cruce de la frontera. «¿Huir? ¿De qué? ¿De quién?» Se bebió otra ginebra. La botella estaba casi vacía. «En veinte minutos, pensó, un verdadero récord.» Le pareció que toda su vida era un impulso oscuro que convergía hacia el acto de matar y que en el momento de verificarlo, lo había dejado vacío, idiotizado.

En la mesa vecina acababa de formarse una tertulia. Media docena de hombres se habían reunido en torno al velador, y aunque nadie reparaba en su presencia, Agustín tuvo la impresión de que deseaban decirle algo. Llamó a la mujer con la mano y le entregó un nuevo billete.

—Tráeme otra.
—¿Otra?

Le miró con profundo reproche y se encogió de hombros.

—Trae seis vasos también.
—¿Para qué los quieres?
—Y uno para ti, mujer.

La contempló mientras descorchaba la botella y rozó la manga de uno de los hombres con un curioso ademán púdico.

—¿Me harían ustedes el favor de beber conmigo?

El hombre tenía el mentón cuadrado y unos curiosos ojillos mogoloides. Imaginó que Agustín bromeaba, pero vaciló ante la expresión serena de su rostro.

—El favor es de usted.
—Sírvase, tenga la bondad.

Él mismo le llenó la copa. La mujer había dejado entretanto las demás encima de la mesa.

—¿Qué es eso?
—El señor invita.

Agustín acogió sus sonrisas con el semblante sereno. Elevó la copa, aceptando el brindis y se limitó a decir:

—Por David.

La botella pasó de mano en mano. Todos se apresuraron a aprovechar la magnanimidad del desconocido y tan sólo la mujer seguía con ojos desaprobadores lo que, con buen criterio, juzgaba un despilfarro.

—Vamos, no bebas más. Ya te has bebido una botella.

Pero Agustín no le hizo ningún caso. Una noche, tiempo atrás, durante una pesadilla, había soñado en que mataba a David con una de las dagas de su colección, sin que el muchacho ofreciera resistencia. Y ahora revivía el sueño con gran precisión de detalles. David había curvado el cuello, para facilitar la entrada de la hoja, y no lanzó un solo quejido. Mendoza se lo contó al día siguiente: su madre, muy supersticiosa, le había enseñado desde niño el poder adivinatorio de los sueños. Y la expresión de David al escucharle no se le había borrado de la memoria. «Es extraño —le dijo—. También yo he soñado eso muchas veces», para callarse con aquel pudor tan suyo que le asaltaba después de franquearse. No había vuelto a pensar en ello y al recordarlo el corazón le latió con mayor fuerza. «De modo que...», pensó; pero el rumor de las voces, al elevarse, le había clavado en el sitio. Pero ahora...

Acababa de entrar una mujer vieja, con el cabello alborotado y señalaba hacia la casa de David con grandes aspavientos. La mayor parte de los clientes se arremolinaron en torno suyo. A través de la puerta, se percibía el rumor de la gente que corría y las voces confusas del exterior.

—Han matado a un joven... Sí, en el diecisiete... Raquel, la del tercero... Sí, hace unos minutos.

Los hombres de la tertulia salieron al exterior. Afuera, el griterío era cada vez más fuerte. Únicamente la mujer se había quedado junto a la puerta, con los brazos en jarras, y al descubrir que estaba solo hizo un ademán con la mano.

—Ven, ¿no quieres sentarte?

Agustín pensaba en David y sintió que una emoción extraña se agolpaba en su garganta. Creía verlo de nuevo, pálido, con el dorado cabello desmelenado, y la sonrisa triste de sus labios sin sangre. «Tú te aproximas a mí con un cuchillo y yo no me escapo. Es extraño. Tengo sueños así desde que te conozco. Si fuera supersticioso creería...» Y él le había atajado con unas bromas groseras sobre el cuello y las caderas de cierta muchacha con la que soñaba a menudo por entonces. «Si hubiésemos hablado, tal vez...»

Algunos de los hombres de la tertulia ocuparon su lugar en torno a la mesa y, al darse cuenta de que Mendoza no se había movido del asiento, quisieron informarle.

—Es un estudiante del diecisiete. Acaban de pegarle un tiro. La mujer se desmayó al verlo y ahora la policía le toma declaración en su casa. No dejan subir.

El fino diseño de las cejas de Agustín trazó un ángulo pronunciado, como un acento circunflejo.

—Sí —dijo con voz sencilla—. Lo he matado yo.

Se llevó una mano al bolsillo de la gabardina y depositó la pistola encima de la mesa.

—Ésta es el arma.

Cuando Raúl entró en la habitación, Planas se hallaba como siempre, inmerso en sus estudios. La luz de la lamparilla describía un círculo luminoso sobre la mesa de trabajo y reverberaba en las páginas del libro de texto que sostenía entre las manos.

—Uribe vino a buscarte hace un rato —dijo.

Rivera se encogió de hombros con desgana y comenzó a sacarse la chaqueta.

—Te dejó una nota.

—¿Sí?

—Encima de la almohada.

Cortézar, que acababa de entrar, tendió el sobre a Raúl: «Van a matar a David esta misma tarde». La voz le salió súbitamente ronca.

—¿Cuándo se ha ido?

Planas hizo tabalear sus uñas afiladas sobre la madera de la mesa: era su forma de indicar que pensaba.

—Hará una hora y media.

—¿Estaba borracho?

Planas sonrió: su sonrisa era recatada, de solterona. Con los anteojos bifocales que empleaba para el estudio parecía una gallina clueca, un ave bondadosa.

—No. Al menos no de un modo exagerado. Bueno, ya sabes lo difícil que es verle sobrio...

Raúl tuvo deseos de abofetearle. Le tendió la nota.

—¿Y esto? ¿Cuándo ha escrito esto?

—Me indicó que te dijese que había venido a buscarte.

—¿Y no se te ocurrió preguntarle qué significaba?

A contraluz, el rostro entalcado de Planas era una superposición de discos blancos: barbilla, ojos, pómulos.

—Como puedes comprender, no leí su contenido —dijo.

Raúl se frotó el bigote con ademán áspero.

—Ah, olvidaba que eres un ser sin tacha.

Cortézar se había aproximado a él y le quitó el papel de las manos. Rivera se ponía de nuevo la chaqueta.

—Vamos.
—¿Tú crees?
—Vamos.

Se sentía irritado, lleno de cólera. Al abrir la puerta, Planas se incorporó en el asiento.

—¿Ha ocurrido algo?

Raúl le soltó una obscenidad. Bajaba los escalones de cuatro en cuatro. Cortézar jadeaba detrás de él.

—¿Dónde vamos?

Al llegar a la calle logró darle alcance. Volvió a repetir la pregunta.

—Yo voy a su casa.

La respuesta le dolió como una bofetada. Instantáneamente la sangre se agolpó en sus mejillas. El recuerdo de la conversación sostenida a media tarde a propósito de David se había posado en su cerebro como un murciélago de alas desplegadas. Continuó corriendo junto a él.

—Taxi.

Se acomodaron en el asiento trasero y el vehículo arrancó quejosamente. Raúl no decía nada, pero Cortézar adivinaba en su silencio una repulsa más fuerte que cualquier palabra.

—Confío en que «Tánger» haya llegado a tiempo —dijo.

Un escalofrío súbito le hizo estremecerse. «Ojalá no haya ocurrido algo, ojalá, ojalá.» Se había olvidado por entero del atentado de la mañana y le parecía asistir a un juego monstruoso cuya baza era David.

—Creo que habrá llegado a tiempo. —Algo más fuerte que él le impulsaba a hablar: la voz le salía a pesar suyo—. En una hora y media ha podido...

Había vuelto su rostro hacia el de Raúl. Éste ladeó ostensiblemente la cara.

—Oh, cállate.

El automóvil se detenía obediente a las luces del tráfico. Un sentimiento de culpa se había adueñado de él: «No les debí dejar. Podía imaginarme que iba a ocurrir eso». Contempló los asientos delanteros. Aquello era el fin. Al primer embate se había deshecho la banda. Y la certidumbre de que todo acababa de derrumbarse le asaltó como un presagio.

Consultó la hora en la esfera luminosa de una relojería: las nueve y cuarto. Su reloj de pulsera señalaba las nueve y diez: cinco minutos de diferencia, decisivos, tal vez. Cortézar no podía separar la vista del reloj: tras la esfera redonda, la caja estaría atestada de pequeños resortes, ruedecillas de acero, minúsculos engranajes. Y tal vez a esas horas David ya no fuese David y hubiese otro en su lugar, con las mismas facciones, usurpando su lugar en el espacio.

Habían llegado a la plaza de las columnas y avanzaban contra dirección.

Abrió la puertecilla del taxi y se dirigió hacia la casa con paso rápido. Cortézar había liquidado la cuenta y corrió detrás de él.

—Espera...

Un viento frío se aferraba a las ropas de los transeúntes y estremecía la superficie de los charcos. Raúl había olvidado su sombrero en el taxi y el cabello le caía en rizos sueltos sobre la cara. La colilla, apagada, permanecía adherida a sus labios.

—No corras.

Aunque hablaba a gritos, el viento arrastraba sus palabras como hojas, como plumas de ave, que hacía danzar junto a las otras, las reales, bajo el soporte gris de las columnas.

Cortézar sentía una gran opresión dentro del pecho, el temor de afrontar lo inevitable. Delante de él, Rivera caminaba con su habitual balanceo, como si todos sus miembros se moviesen en virtud de unos hilos invisibles y alguien se entretuviese en sacudirlos a tirones.

Al doblar la primera esquina, se detuvieron. Protegidos por la pared de las casas, respiraron con más calma. Un centenar de personas se arremolinaba junto a la siguiente travesía: obedientes al magnetismo de algún acontecimiento imprevisto, escuchaban con la cabeza baja y se apretujaban para ver mejor. Un farol proyectaba una luz turbia sobre sus semblantes y Raúl observó que discutían y charlaban.

A medida que se aproximaba, moderó el paso. La reunión no era un simple grupo callejero, como los que de ordinario rodean al charlatán: era más vasta y silenciosa y se desplegaba en abanico a la puerta del bar.

—¿Qué pasa? —dijo Raúl.

Por el timbre de la voz, Cortézar dedujo lo ocurrido.

—Mira.

Su mano señalaba la portería del diecisiete: dos guardias uniformados vigilaban la puerta de entrada. Un pequeño grupo de personas forcejeaba y se empujaba como en el bar de la esquina. Y los curiosos de uno y otro lado se hacían visitas e intercambiaban opiniones e informes.

—¿Se ha enterado usted?

—No. ¿Qué pasa?

—Han matado a un muchacho allí arriba. —Señaló la portería que custodiaban los guardias y el grupo de curiosos—. Y el asesino está ahí, en el bar. Por lo visto, se ha entregado él mismo.

Raúl se abrió paso a codazos. Su figura, tan llamativa, obraba el milagro de partir la multitud en dos: un sendero hecho de brazos, piernas, caderas y rostros humanos. Cortézar caminaba aferrado a sus espaldas.

—¿Dónde está?

—Ahí dentro —dijo una mujer gruesa—. Pero no le permitirán pasar. Han sacado afuera a todos los parroquianos y ahora no dejan entrar a nadie.

—Yo lo he visto todo —dijo un hombrecillo que la sujetaba por el brazo—. Yo acababa de llegar con mis amigos y el tipo éste nos invitó a tomar ginebra. Su pinta era muy rara. Eso de invitar sin más ni más a un desconocido es extraño...

Raúl no le escuchaba. Con la nariz aplastada en los cristales, observó el interior del local. La dueña lloraba apoyada en el mostrador. Tres agentes de uniforme conversaban junto a la puerta del fondo. El resto estaba vacío.

—... Y no es lo peor. El muchacho era amigo suyo. La patrona acababa de subirle la cena y el tipo tuvo el valor de comérsela al lado del cadáver. A mí que no me digan. Hay gente que lo hace por necesidad, pero esos señoritos...

—Diez años llevo viviendo en este barrio y no había oído nada semejante. Yo a esos fulanos los mandaría fusilar sin ninguna clase de piedad. Cuando el caso es tan claro...

—Dicen que eran de buena familia y habían venido aquí a estudiar. A estudiar qué, me digo yo. Nunca hacen nada, se levantan a media mañana... Para mí que ha habido algo entre ellos y el asesino...

—Una mujer —exclamó ella—. Siempre que hay asuntos así anda de por medio una cuestión de faldas. Si de mí dependiese, a todas las puercas que viven de explotar a los muchachos se les acabaría la buena vida. Jesús, con lo que cuida una a los hijos para que luego te los roben de ese modo.

Al otro lado de la puerta, los dos mozos del establecimiento contemplaban a Raúl con sospechosa fijeza. Algunas veces, con Agustín y con David, habían ido juntos a aquel bar. Los ojos del primer mozo le acechaban como canes.

—El dinero —decía la mujer—. Si en lugar de recibirlo de los padres tuvieran que ganarlo rompiéndose las uñas...

—El tipo no me hizo de entrada ninguna gracia. Eso de invitar así, sin motivo... No me diga que no es extraño.

Cortézar comenzó a tirarle de la manga. También él había reparado en los dos mozos. Estaban apresados entre una multitud que profería amenazas y rociaba al asesino de insultos.

—Vámonos

Había perdido la faz y sentía que un sudor frío le empapaba todo el cuerpo. Raúl quiso decirle algo, pero su voz se vio ahogada en los gritos de la gente.

—Miradlo. Asesino. Asesino. Asesino. Que lo maten. Asesino.

Uno de los guardias había abierto la entrada del local. Detrás de él, Agustín caminaba entre otros dos. La gabardina le hacía parecer más robusto de lo que era y una expresión irónica endurecía los rasgos de su cara.

Situados en la primera fila, ni Raúl, ni Cortézar tuvieron tiempo de huir. Una muralla de cuerpos, puños, brazos alzados les impedía el retroceso. El oleaje humano les impulsaba hacia adelante. Mendoza les había descubierto en seguida y su sonrisa les alcanzó como un dardo.

Los insultos llovían sobre él: ademanes de cólera, gritos incomprensibles, bocas abiertas, como de peces asfixiados. Agustín se detuvo junto a la puerta, mientras los guardias trataban de abrirse paso, y ellos bajaron la vista negándole, como Pedro, ante la multitud que vociferaba. Fueron unos segundos de agonía y vergüenza, durante los que hubieran querido desaparecer. Mendoza pasó sin decirles nada.

«*Es como si al matar a David nos hubiésemos matado a nosotros, y como si al negar a Agustín hubiésemos negado nuestra vida.*» Una marea blanda, turbia, envolvía a Raúl como un manto espeso. Observó que Cortézar había huido entre el público. Acababan de introducir a Mendoza en el coche celular y la multitud comenzó a dispersarse. Junto a la puerta, ceñudos, los dos mozos le observaban de hito en hito.

Le pareció que todos los rostros se volvían hacia él y que el desprecio marcaba para siempre los rasgos de su cara. Apretó el paso. No tenía por qué estar allí. David había muerto y, con él, todo su pasado.

Al llegar a la plaza se detuvo y registró sus bolsillos. Encontró un cigarrillo aplastado en el pantalón y lo encendió, protegiendo la llama con las manos.

Luego prosiguió su lenta marcha con las manos hundidas en los bolsillos. La luna bañaba con su pátina indiferente la estatua ecuestre y el centro asfaltado de la plaza. Como una sombra, se escurrió entre las casas soñolientas hasta perderse en el reflejo gris de las arcadas.

*Madrid-Barcelona,
otoño de 1952, primavera de 1953.*

Impreso en Talleres Gráficos
LIBERDUPLEX, S. L.
Constitución, 19
08014 Barcelona